TSIPPORA

DU MÊME AUTEUR
CHEZ *POCKET*

LA MÉMOIRE D'ABRAHAM
LA FORCE DU BIEN
LE MESSIE
LES MYSTÈRES DE JÉRUSALEM
LE JUDAÏSME RACONTÉ À MES FILLEULS
LE VENT DES KHAZARS

La Bible au féminin

1. SARAH
2. TSIPPORA
3. LILAH

MAREK HALTER

La Bible au féminin

**

TSIPPORA

ROBERT LAFFONT

ISBN 2-266-14615-7

Je suis noire et belle,
Filles de Jérusalem.
Comme les tentes de Qédar,
Comme les tentures de Salomon.
Ne me voyez pas si noire
Celui qui m'a basanée
C'est le soleil.

Le Cantique des cantiques, 1, 5-6

Si un étranger vient habiter avec toi dans ton pays, ne l'humilie pas. Il sera pour toi comme l'un de vous, l'étranger qui séjourne avec toi, et tu l'aimeras comme toi-même, car vous avez été étrangers au pays d'Égypte.

Lévitique, 19, 33-34

Ce n'est pas parce que sa vie fut trop brève que Moïse n'atteignit pas Canaan, mais parce que c'était une vie humaine.

Franz Kafka, *Journal intime*,
19 octobre 1921.

N'êtes-vous pas pour moi semblables aux fils de Kouch, fils d'Israël ?

Parole de Yhwh.

N'ai-je pas fait monter Israël d'Égypte,
Comme les Philistins de Qaftor, les Araméens de Qir ?

Amos, 9, 7

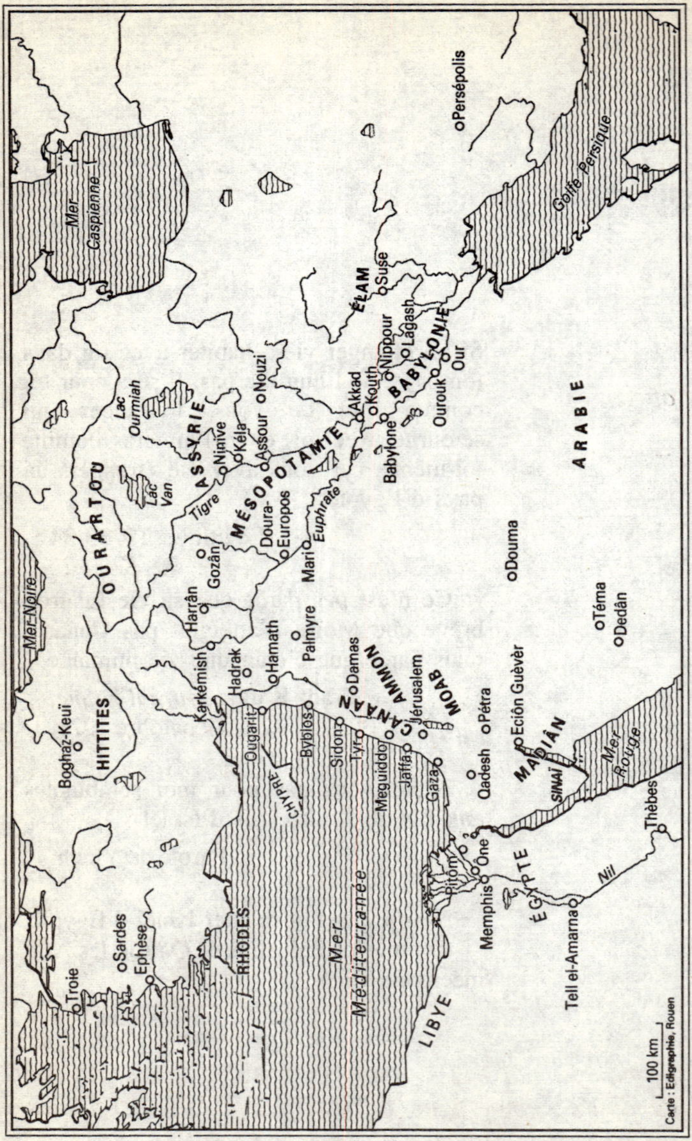

Le Proche-Orient ancien

Prologue

Horeb, dieu de mon père Jethro, accepte mes offrandes.

À l'angle du nord, je pose les galettes d'orge que j'ai grillées de mes mains. À l'angle du sud, je verse le vin dont j'ai cueilli le raisin.

Horeb, dieu de gloire qui fait gronder le tonnerre, écoute-moi ! Je suis Tsippora la Noire, la Kouchite, celle qui est venue ici depuis l'autre côté de la mer des Joncs. J'ai fait un rêve.

Dans la nuit, un oiseau m'est apparu. Il volait haut. Un oiseau au plumage pâle. Je le regardais voler en riant. Il volait au-dessus de moi et criait comme s'il m'appelait. Alors j'ai compris que cet oiseau, c'était moi. Ma peau est aussi noire que le bois brûlé. Mais dans mon rêve j'étais un oiseau blanc.

J'ai survolé la cour de mon père. J'ai vu ses maisons de briques blanchies, ses grands figuiers, ses tamaris en fleur et le dais de vigne sous lequel il rend ses jugements. J'ai vu, du côté des jardins, les tentes des serviteurs à l'ombre des térébinthes, les palmiers, les troupeaux, les chemins de poussière rouge et le grand sycomore de la route d'Epha. Sur le chemin qui conduit à ta montagne, ô ! Horeb, j'ai vu le cercle des maisons de briques crues, les fours et les fosses à feu du village des forgerons. J'ai volé assez loin pour voir le puits d'Irmna et les routes qui mènent aux cinq royaumes de Madiân.

Et j'ai volé vers la mer.

Une coulée d'or la recouvrait. Son éclat était si violent que nulle part je ne pouvais poser mon regard. Tout m'aveuglait : le ciel, l'eau et le sable. L'air qui glissait autour de moi ne me rafraîchissait plus. Alors j'ai voulu cesser d'être un oiseau et redevenir moi-même. J'ai touché le sol de mes pieds et j'ai retrouvé mon ombre. Je me suis protégée les yeux de mon châle, et c'est ainsi que je l'ai vue.

Entre les joncs qui s'avançaient loin dans la mer, une pirogue se balançait. Une pirogue robuste et parfaite. Je l'ai reconnue sans peine. C'était celle qui nous avait portées, ma mère et moi, depuis le pays de Kouch jusqu'au pays de Madiân, d'une rive à l'autre nous maintenant en vie malgré le soleil, la soif et la peur. Et là, dans mon rêve, elle nous attendait pour nous reconduire au pays où je suis née.

J'ai appelé ma mère pour qu'elle vienne sans tarder.

Elle n'était pas sur la plage, ni le long de la falaise.

Je suis entrée dans la vase boueuse. Les joncs aux feuilles coupantes m'ont entaillé les bras et les paumes. Je me suis allongée dans la barque. Elle était à ma taille. Les joncs se sont écartés devant l'étrave, la mer s'est ouverte devant moi. La pirogue avançait entre deux immenses murs liquides. Des murs si proches que j'aurais pu en toucher l'eau verte et dure de la pointe des doigts.

La peur m'a noué le ventre. Je me suis recroquevillée. La terreur m'a fait crier.

Bientôt, je le savais, les falaises d'eau, tout là-haut, allaient se rejoindre comme les bords d'une plaie et m'engloutir.

Je criais, mais la plainte que j'entendais était celle de la mer, souffrante et déchirée.

J'ai fermé les yeux avant d'être noyée. À l'instant même où la pirogue touchait brutalement le fond, là, debout sur les algues, vêtu du pagne à plis des princes d'Égypte, les bras chargés de bracelets d'or des poignets aux coudes, un homme m'attendait. Sa peau était blanche et son front couvert de boucles brunes. D'une main, il a arrêté la barque. Puis, me soulevant dans ses bras, il a traversé à pied la mer des Joncs. Sur la rive opposée il m'a serrée contre lui, posant sa bouche sur la mienne, me donnant le souffle que la mer avait cherché à me retirer.

J'ai ouvert les yeux. Il faisait nuit.

La vraie nuit, celle de la terre.

J'étais sur ma couche. J'avais rêvé.

J'ai demandé : « Ô ! Horeb, pourquoi m'avoir envoyé ce rêve ?

Est-ce un rêve de mort ou un rêve de vie ?

Ma place est-elle ici, près de mon père Jethro, le grand prêtre de Madiân, ou est-elle dans le pays de Kouch qui m'a vue naître ? Ma place est-elle parmi mes sœurs à la peau blanche et qui m'aiment ou là-bas, de l'autre côté de la mer, parmi les Néhésyou qui subissent le joug de Pharaon ?

Ô Horeb, écoute-moi ! Dans ta main je remets mon souffle. Je danserai de joie si tu voulais me répondre, toi qui connais ma détresse.

Pourquoi l'Égyptien m'attendait-il au fond de la mer ?

Pourquoi avoir effacé le nom de ma mère et même son visage de ma mémoire ?

Quelle route me montre le rêve que tu as interrompu ?

Ô ! Horeb, que je ne sois pas déçue de t'avoir appelé. Pourquoi restes-tu silencieux ?

Que vais-je devenir, moi, Tsippora, l'étrangère ?

Ici, aucun homme ne me prendra pour épouse car ma peau est noire. Mais, ici, mon père m'aime. À ses yeux je suis une femme digne de respect. Parmi les peuples de Kouch, qui serais-je ? Je ne parle pas leur langue, ne mange pas leur nourriture. Comment y vivrais-je ? Seule la couleur de ma peau me ferait semblable à mes semblables.

Ô ! Horeb, tu es le dieu de mon père Jethro. Qui sera mon dieu si ce n'est toi ? »

Première partie

Les filles de Jethro

Le fugitif

Horeb resta silencieux ce jour-là et tous ceux qui suivirent.

Le rêve demeura longtemps dans le corps de Tsippora. Il s'y maintint comme le poison d'une maladie.

Des lunes durant, elle redouta la nuit. Elle se tenait sur sa couche sans bouger, sans fermer les yeux, sans même oser effleurer ses lèvres de sa langue par crainte d'y trouver le goût de la bouche de l'inconnu.

Elle songea un moment à se confier à son père Jethro. Qui, mieux que le sage des rois de Madiân, eût pu la conseiller ? Qui, plus que lui, l'aimait et savait être attentif à ses tourments ?

Pourtant, elle se tut. Elle redoutait de paraître trop faible, trop enfantine, semblable aux autres femmes, toujours prêtes à croire leur cœur plutôt que leurs yeux. Devant lui, qui était si fier d'elle, elle voulait être forte, raisonnable et fidèle à tout ce qu'il lui avait enseigné.

Avec le temps, les images du rêve s'estompèrent. Le visage de l'Égyptien devint flou. Une saison s'écoula sans qu'elle y songeât une seule fois. Puis, un matin, Jethro annonça à ses filles que le jeune Réba, le fils du roi de Sheba, l'un des cinq rois de Madiân, serait leur hôte le lendemain.

— Il vient chercher conseil auprès de moi. Il sera là avant la fin du jour. Nous l'accueillerons comme il le mérite.

La nouvelle déclencha rires et gloussements parmi les femmes de la maison. Filles de Jethro ou servantes, toutes savaient à quoi s'en tenir. Depuis bientôt une année, il ne se passait guère de lune sans que le beau Réba vienne demander conseil à Jethro.

Tandis que l'on s'affairait au festin du lendemain, les unes préparant la nourriture, les autres la tente de réception, les tapis et les coussins qu'il fallait dresser dans la cour, Sefoba, l'aînée des trois filles de Jethro qui vivaient encore dans la maison paternelle, dit tout haut, avec sa simplicité habituelle, ce que chacune pensait tout bas :

— Des conseils, Réba en a désormais reçu plus qu'on n'en a besoin dans toute une vie. Ou alors c'est que derrière son beau minois se cache la plus grande sottise qu'Horeb ait placée chez un homme. Il veut s'assurer qu'il est toujours au goût de notre chère Orma et que notre père, trouvant assez de sagesse dans sa patience, acceptera d'en faire son gendre !

— On le sait, pourquoi il vient, reconnut Orma en haussant les épaules. Mais à quoi bon ces visites ? Elles m'ennuient. Elles se ressemblent toutes. Réba s'assoit devant notre père, passe la moitié de la nuit à bavarder et à boire du vin, et s'en retourne sans jamais se décider à prononcer les mots qu'il faut.

— Oui, on se demande bien pourquoi, susurra Sefoba, faussement pensive. Peut-être ne te trouve-t-il pas assez belle ?

D'un regard plein d'ombres, Orma s'assura que sa sœur plaisantait. Sefoba pouffait, tout heureuse de sa taquinerie. Tsippora perçut la menace d'une dispute coutumière entre les deux sœurs. Elle caressa la nuque d'Orma en signe d'apaisement, ne recevant qu'une tape sur la main en remerciement.

Bien que nées de la même mère, Sefoba et Orma ne pouvaient être plus dissemblables. Petite, ronde, d'une sensualité pleine de tendresse, Sefoba n'éblouissait pas. Ses sourires révélaient la simplicité et la droiture de ses pensées comme de ses sentiments. On pouvait lui faire confiance en tout, et Tsippora, plus d'une fois, lui avait confié ce qu'elle n'osait dire à nul autre. Orma, elle, possédait quelque chose de ces astres qui demeurent brillants alors que le ciel est déjà inondé de soleil. Il n'y avait pas, dans la maison de Jethro, et peut-être bien dans tout Madiân, femme plus belle. Et certainement aucune femme plus fière de ce don d'Horeb.

Des prétendants avaient écrit de longs poèmes sur la splendeur de ses yeux, la grâce de sa bouche, l'élégance de son cou. Des chansons de bergers, sans oser prononcer son nom, vantaient ses seins et ses hanches, les comparaient à des fruits fabuleux, des animaux inouïs, des sortilèges de déesse. Orma goûtait cette gloire avec une ivresse qui ne s'éteignait jamais. Cependant, elle semblait vouloir se satisfaire du feu qu'elle répandait. Nul homme encore n'avait su lever en elle un intérêt plus grand que celui qu'elle avait pour elle-même. Au grand désespoir de Jethro, qui la voyait soigner ses robes, son maquillage et ses bijoux comme si rien de plus précieux n'existait au monde, et qui ne parvenait pas à en faire une épouse, une mère. Malgré tout l'amour qu'il lui portait, à elle, la fille cadette de son sang, certains soirs il ne pouvait retenir de dures paroles, lui qui rarement perdait son calme :

— Orma est pareille au vent du désert, tonnait-il en présence de Tsippora. Elle souffle dans un sens puis dans l'autre, gonfle les baudruches pour les faire claquer dans l'air. Son esprit est un coffre vide. Même la poussière de la mémoire ne s'y entasse pas ! Sans doute est-elle plus belle de jour en jour, un joyau dont je me demande si Horeb, dans sa colère, ne veut pas faire mon épreuve et mon fardeau.

Tsippora protestait avec douceur :

— Tu es sévère. Orma sait très bien ce qu'elle veut et a beaucoup de volonté, mais elle est jeune.

— Elle a trois années de plus que toi, répliquait Jethro. Il serait temps qu'Orma se soucie moins de faner et plus de fructifier !

De fait, les candidats au mariage n'avaient pas manqué. Mais Jethro, ayant promis à Orma qu'il ne choisirait jamais son époux sans son consentement, attendait, comme les prétendants. Désormais de nouveaux poèmes se chantaient à travers le pays de Madiân, assurant que la belle Orma, fille du sage Jethro, était née pour briser les cœurs les plus durs et que bientôt, intacte et aussi vierge qu'au jour de sa naissance, Horeb la transformerait en une superbe roche de sa montagne que seul le vent caresserait. Et c'était ainsi que Réba avait décidé de relever le défi, venant s'incliner devant Jethro avec l'impatience d'un chef de guerre avant l'assaut. Nul ne doutait que cette ténacité dût recevoir sa récompense.

— Cette fois, reprit Sefoba, il serait temps que tu te décides, petite sœur.

— Et pourquoi ?

— Parce que Réba le mérite !

— Pas plus lui qu'un autre.

— Allons donc ! Quel autre homme lui préférerais-tu ? s'enflamma Sefoba sans plus plaisanter. Il a tout pour plaire.

— Pour plaire à une femme ordinaire !

— Pour te plaire, princesse. Tu veux un homme digne de ta beauté ? Demande à chacune d'entre nous, les vieilles comme les jeunes. Réba est le plus bel homme que l'on puisse vouloir câliner : long et mince, une peau couleur de datte fraîche et des fesses bien dures !

Orma gloussa :

— C'est vrai.

— Tu veux un homme puissant et riche ? poursuivit Sefoba. Bientôt, il sera roi à la place de son père. Il possédera les pâturages les plus fertiles et des caravanes si riches qu'elles joignent le levant au couchant. Tu auras autant de servantes que de jours dans l'année, il te nourrira d'or et de tissus d'Orient !

— Pour qui me prends-tu ? Devenir l'épouse d'un homme parce qu'il possède d'imposantes caravanes, quel ennui !

— On raconte que Réba peut demeurer une semaine sur la bosse d'un chameau sans se fatiguer. Sais-tu ce que cela signifie ?

— Je ne suis pas une chamelle, je n'ai pas besoin, comme toi, de me faire chevaucher chaque nuit en poussant des glapissements qui empêchent les autres de dormir !

Les joues rondes de Sefoba s'empourprèrent.

— Cela, tu ne le sais pas encore !

Mais comme les rires s'amplifiaient, elle ajouta crânement :

— C'est vrai, lorsque mon époux n'est pas à courir derrière les troupeaux, chaque nuit il me mange ! Car moi, je n'ai pas le cœur sec d'Orma, j'ai du bonheur à le rassasier. Ce qui, nuit après nuit, acheva-t-elle en riant à son tour, n'est pas aussi facile que de rallumer le feu pour les galettes !

— Le fait est que les saisons passent, intervint doucement Tsippora quand le calme fut revenu. Tu as déjà repoussé, ma chère Orma, tous ceux qui pouvaient prétendre devenir ton époux. Si tu renvoies Réba, qui osera t'espérer ?

Orma la considéra, un brin étonnée. Une grimace opiniâtre plissa son joli nez.

— Si Réba ne vient que pour bavarder avec notre père, sans se déclarer, alors, moi, demain, je resterai dans ma chambre, assura-t-elle. Il ne me verra même pas.

— Allons, tu sais très bien pourquoi Réba ne te demande pas à notre père ! Il craint ton refus. Lui aussi a son orgueil. Ton silence même devient un affront. Peut-être est-ce la dernière fois...

— Tu diras que je suis malade, l'interrompit Orma. Tu prendras l'air très triste et très inquiet, et on te croira...

— Je ne dirai rien du tout ! protesta Tsippora. Et certainement pas un mensonge.

— Ce ne sera pas un mensonge ! Je serai malade. Tu verras.

— Bouhh ! s'exclama Sefoba. On sait d'avance ce qu'on verra ! Tu vas te farder, recouvrir tes lèvres de rouge, resplendir et, comme d'habitude, tu seras plus belle qu'une déesse. Réba n'aura d'yeux que pour toi. Il ne refermera même pas la bouche sur l'excellente nourriture que nous lui servirons. Voilà bien la grande tristesse d'être ta sœur. Les hommes les plus beaux, les plus fiers, avec toi, on en vient toujours à contempler leur air niais !

Les servantes, qui écoutaient de toutes leurs oreilles,

pouffèrent de rire, et Orma avec elles. Tsippora, se levant, dit avec autorité :

— Allons mener les brebis au puits. C'est notre jour et nous sommes déjà en retard. Cela nous fera oublier les époux qui sont et ne sont pas.

*
**

Le puits d'Irmna était à une bonne heure de marche de la cour de Jethro. Au loin, puissante et recouverte d'une longue coulée de lave pétrifiée où miroitait le soleil du soir, se dressait la montagne du dieu Horeb. À son pied, entre les plis et replis de roches rouges, des plaines d'herbes courtes que l'hiver parfois rendait vertes s'étendaient jusqu'à la mer. Ainsi était le pays de Madiân, vaste, dur et tendre, envahi de sable brûlé et de poussière de volcan où, telles des barques sur l'huile mouvante de la chaleur du désert, flottaient des oasis. Là, les puits à l'eau abondante et miraculeuse étaient source de vie autant que lieux de rassemblement.

Tous les sept jours, ceux qui avaient dressé leurs tentes à moins de deux ou trois heures de route, ou possédaient, comme Jethro, jardins, troupeaux et maisons de brique, avaient le droit de remplir leurs outres au puits d'Irmna. Ils pouvaient aussi, le temps que le soleil déplace les ombres de six coudées, y faire boire le petit bétail, que leur troupeau fût important ou maigre.

On était à la fin de l'été, les hommes avaient déjà quitté la cour de Jethro avec le gros bétail pour le vendre sur les marchés du pays de Moab, avec les armes de fer produites par les forgerons. En attendant leur retour, au creux de l'hiver, c'était aux femmes de conduire au puits ce qu'il restait de bêtes. Tsippora et ses sœurs, avec la nonchalance de l'habitude, y poussaient les brebis. Sous le piétinement des sabots, la poussière du chemin se soulevait comme de la farine.

La longue tige du chadouf était déjà visible lorsque les filles de Jethro découvrirent un troupeau de vaches à longues cornes se pressant autour des abreuvoirs qui prolongeaient le puits.

— Hé ! mais elles boivent notre eau ! s'exclama Sefoba, les sourcils froncés. À qui sont ces bêtes ?

Quatre hommes apparurent, se glissant entre les vaches qu'ils repoussaient de leurs bâtons. Le visage mangé par des barbes hirsutes, vêtus de vieilles tuniques blanchies de poussière et rapiécées, ils vinrent se poster en haut du chemin, plantant leur bâton dans le sol.

Orma et Sefoba s'immobilisèrent, laissant leurs brebis avancer seules. Tsippora, qui se tenait à l'arrière, les rejoignit, protégeant ses yeux du soleil pour mieux voir qui les attendait.

— Ce sont les fils de Houssenek, dit-elle. Je reconnais l'aîné, celui qui a un collier de cuir autour du cou.

— Eh bien, ce n'est pas leur jour, fit Orma en se remettant en marche. Ils vont devoir déguerpir.

— Ils n'ont pas l'air de le vouloir, remarqua Sefoba.

— Qu'ils le veuillent ou pas, ce n'est pas leur jour, et ils vont partir ! s'énerva Orma.

Les brebis avaient senti l'eau. Il n'était plus question de les arrêter. Elles se mirent à trotter vers les puits, bêlant et se bousculant avec un bel entrain. Tsippora retint Sefoba par le bras.

— Il y a moins d'une lune, notre père a rendu un jugement défavorable à Houssenek. Ni lui ni ses fils n'aiment la justice...

Sefoba la dévisagea, les sourcil levés, pour la prier de mieux s'expliquer. Tout à coup l'une et l'autre sursautèrent.

— Que faites-vous ? criait Orma. Êtes-vous devenus fous ?

Avec agilité, poussant de petits cris rauques, les fils de Houssenek couraient à la rencontre des brebis pour les disperser. Les bêtes, affolées, se mirent à galoper en tous sens. En quelques secondes, elles s'éparpillèrent. Alors que Tsippora et Sefoba tentaient vainement de les arrêter, certaines dévalèrent la pente, au risque de se rompre le cou contre les roches. Derrière elles, les fils de Houssenek riaient en faisant tournoyer leurs bâtons.

Sefoba, essoufflée, cessa de courir inutilement. Les yeux noirs de fureur, elle pointa le doigt sur le troupeau disséminé.

— Si une seule bête se blesse, vous vous en repentirez ! Nous sommes les filles de Jethro, et ce troupeau lui appartient.

Les quatre hommes cessèrent de rire.

— Nous savons très bien qui tu es, marmonna celui que Tsippora avait désigné comme l'aîné.

— Alors, vous savez aussi que ce n'est pas votre tour d'être au puits, gronda Orma. Fichez le camp et laissez-nous en paix. En plus, vous puez comme de vieux boucs ! C'est répugnant.

Rajustant, d'un geste lourd de mépris, sa tunique qui avait glissé de son épaule, et soulignant d'une grimace son dégoût, Orma se rapprocha de Tsippora. Insensibles à l'insulte, les hommes observaient chacun de ses mouvements, fascinés. Puis l'un d'eux dit :

— C'est notre jour, aujourd'hui. Et demain, et encore après-demain si bon nous semble.

— Bête sauvage ! siffla Orma. Tu sais bien que ça ne se peut pas.

Tsippora posa une main sur son bras pour la faire taire, tandis que le fils de Houssenek se remettait à ricaner.

— C'est notre jour quand on veut. Nous avons décidé que ce puits nous appartenait.

Sefoba lâcha un cri de rage. Tsippora s'avança de quelques pas.

— Je te connais, fils de Houssenek. Mon père a rendu un jugement contre toi et tes frères pour avoir volé une chamelle. Si tu veux te venger en nous empêchant d'atteindre le puits, c'est stupide. Ta punition n'en sera que plus dure.

— Nous n'avons pas volé de chamelle. Elle nous appartenait ! s'exclama l'un des frères.

— Qui es-tu, noiraude, pour me dire ce que je peux ou ne peux pas faire ? railla l'aîné.

— Je suis la fille de Jethro, et je sais que tu mens.

— Tsippora ! fit tout bas Sefoba.

Trop tard. Moulinant l'air de leurs bâtons, les trois hommes s'étaient approchés, séparant Tsippora de ses sœurs. L'aîné des fils de Houssenek la repoussa d'un coup sur la poitrine.

— Si c'est vrai que ton père est ton père, c'est qu'il a baisé le cul d'un bouc noir, rigola-t-il.

La main de Tsippora claqua sur sa joue avec tant de force que l'homme chancela. Ses frères cessèrent de rire pour l'observer, surpris. Tsippora voulut en profiter pour fuir. Mais l'un des hommes fut plus rapide. Il lança son bâton entre ses jambes. Elle tomba de tout son long.

Avant même qu'elle tente de se relever, un corps lourd, puant la sueur et grognant de haine, s'affala sur elle. Elle cria de peur autant que de douleur. Des doigts durs s'agrippèrent à sa poitrine. Le tissu de sa robe se déchira, un genou s'enfonça entre ses cuisses. La tête en feu, elle percevait, lointains, les hurlements de Sefoba et d'Orma. La nausée lui monta à la gorge tandis que ses bras faiblissaient. L'homme semblait avoir mille mains, des doigts griffaient ses cuisses, sa bouche, son ventre, écrasaient ses poignets et ses seins.

Puis Tsippora, les yeux clos, entendit un bruit mouillé, pareil à celui d'une pastèque qui éclate. L'homme gémit et roula sur le côté. Sur elle, il ne restait que son odeur.

Elle n'osa bouger. Tout autour, ce n'étaient que halètements, bruits de luttes et piétinements.

Sefoba cria. Tsippora ouvrit enfin les yeux. Sefoba entraînait Orma vers le puits. Tout près, l'aîné des fils de Houssenek semblait dormir, la joue écrasée contre une pierre, la bouche rouge de sang et le bras bizarrement tordu.

Tsippora se releva d'un bond, prête à s'enfuir. Alors seulement elle le découvrit.

Il se tenait face aux trois hommes encore debout, son bâton levé à hauteur d'épaule. Ce n'était pas un simple bâton de berger, mais une arme véritable, pourvue d'une lourde pointe de bronze. Il était vêtu d'un pagne plissé, ses pieds étaient nus ainsi que sa poitrine. Sa peau était très blanche, sa chevelure longue et bouclée.

Son bâton soudain pivota, dessinant une courbe parfaite. Avec un claquement mat il faucha les jambes du plus jeune des fils de Houssenek, qui bascula avec une exclamation de douleur. Les deux autres firent un bond en arrière, pas assez vite cependant pour échapper à l'arme qui s'abattit sur leur nuque, les forçant à s'agenouiller.

L'inconnu pointa un doigt sur l'aîné qui n'avait pas repris conscience et déclara :

— Emmenez celui-là.

La voix était sèche, l'accent rendait les mots étranges. Tsippora songea : « Il vient d'Égypte ! »

De la pointe de sa lance, l'inconnu poussa les fils de Houssenek qui soulevaient leur frère blessé. De la même voix, butant encore sur les mots, il dit :

— Maintenant, filez. Ou je vous tue.

Tsippora entendit les éclats de joie de ses sœurs. Elle entendit leurs pas qui s'approchaient et son nom qu'elles appelaient. Mais elle était incapable de tourner la tête vers elles et de leur répondre. L'inconnu la regardait. Il la regardait avec des yeux qui lui étaient familiers. Une expression, une assurance, une bouche qu'elle reconnaissait. Elle vit ses bras tendus vers elle pour lui saisir la taille et la soulever, et elle les reconnut bien qu'ils ne fussent pas couverts d'or.

Pour la première fois depuis des lunes et des lunes, le rêve qu'elle avait fait, et qui l'avait tant troublée, redevint vivant en elle.

*
**

Les bergers disparus, il y eut un instant de gêne. Sefoba courut prendre Tsippora dans ses bras, s'affaira sur sa tunique déchirée. Elle en resserra les pans, tentant de les maintenir avec la fibule d'argent. Elle murmurait :

— Ça va ? ça va ? Ils ne t'ont pas blessée ? Oh ! Qu'Horeb les réduise en cendres !

Tsippora ne répondit pas. Elle était incapable de détacher son regard de l'étranger à la peau si blanche, de ses yeux si brûlants et de sa longue bouche. Seule la barbe naissante le distinguait de l'Égyptien de son rêve. Un peu rousse, éparse, elle laissait voir la peau des joues. Une barbe d'homme habitué à être rasé, très différente de celle des hommes de Madiân.

Lui aussi la contemplait, serrant encore le bâton entre ses poings comme s'il craignait d'avoir à se battre de nouveau. Tsippora songea qu'il avait déjà vu des femmes noires. Son visage n'exprimait aucune surprise, plutôt de l'admiration. Personne ne l'avait encore scrutée de la sorte. Elle en fut troublée.

Orma brisa la tension.

— Eh bien, qui que tu sois, nous te devons beaucoup !

L'étranger se retourna. Ce fut comme s'il découvrait Orma. Tsippora remarqua le frémissement de ses lèvres alors que son sourire s'élargissait. Ses doigts relâchèrent enfin le bâton. Ses épaules se redressèrent tandis que sa poitrine se gonflait. Devant la splendeur d'une femme, il se comportait comme tous les hommes.

— Qui es-tu ? demandait Orma, d'une voix aussi douce que son regard.

Il fronça les sourcils, se détourna de la jeune fille. Ses yeux parcoururent les collines chatoyantes, les brebis qui reformaient le troupeau et remontaient bruyamment la pente jusqu'au puits. Tsippora pensa que cet homme était un solitaire.

Il leva son bâton pour le pointer sur la mer.

— Je suis venu de là. Là-bas. De l'autre côté de la mer.

Il butait sur les mots, les prononçait un à un avec autant d'effort que s'il soulevait des pierres. Le rire d'Orma jaillit, miel de caresse et piment d'ironie à la fois.

— De la mer ? Tu as traversé la mer ?

— Oui.

— Tu viens d'Égypte, alors ! Cela se voit.

Tsippora songea : « C'est un homme en fuite ! »

Sefoba joignit les mains en signe de respect et de salut.

— Je te remercie de tout mon cœur, étranger ! Sans toi, ces bergers auraient souillé ma sœur. Et peut-être même nous auraient-ils violentées toutes les trois.

— Et après, ils nous auraient tuées, assura Orma.

L'étranger n'en semblait pas impressionné. Il lança un coup d'œil vers Tsippora qui se tenait à présent toute droite, telle une statue. Il eut un petit geste modeste. Il montra la margelle de l'abreuvoir où il avait abandonné une gourde de belle peau, mais toute plate.

— Le hasard. Je cherchais le puits pour ma gourde.

Orma demanda :

— Tu voyages seul ? Sans escorte ni troupeau ? Tu cherches ton eau au hasard ?

L'embarras gagna aussitôt le visage de l'étranger. Sefoba vint à son secours :

— Orma ! Ne pose pas tant de questions !

Orma effaça le reproche de son plus beau sourire. Elle s'éloigna un peu, avança jusqu'à la margelle du puits, annonça que l'eau était bien basse. Tsippora ne douta pas qu'elle s'agitait ainsi pour s'assurer que l'étranger la suivait des yeux, fasciné, telle une abeille qui ne peut s'extraire d'une figue éclatée par le soleil.

Orma maintenant jetait la corde où était suspendue une petite poche de cuir avec laquelle on se désaltérait. Elle s'exclama :

— Tsippora, viens boire un peu d'eau. Tu ne dis rien. Tu es sûre que ça va ?

L'étranger l'observa à nouveau. Tsippora sentit tout à coup sur son corps les griffures du fils de Houssenek. Ses cuisses et son ventre en étaient douloureux. Elle alla prendre la gourde que remontait Orma. Dans son dos, Sefoba expliquait :

— Nous sommes les filles de Jethro. Mon nom est Sefoba, voici Orma et Tsippora. Notre père est le sage et le juge des rois de Madiân...

L'étranger hocha la tête.

— Sais-tu au moins que tu te trouves sur les terres des rois de Madiân ? questionna Orma, ourlant les lèvres.

Sefoba manqua de protester, mais l'étranger ne parut pas percevoir l'ironie.

— Non, je ne sais pas. Madiân ? Je connais mal votre langage. Je l'ai appris en Égypte. Un peu...

Orma allait encore parler, mais il leva la main. Une main qui n'était pas celle d'un berger. Pas plus que celle d'un pêcheur ou d'un homme qui travaille la terre et malaxe la glaise des briques. Une main qui savait tenir des armes mais aussi faire les gestes simples des puissants : donner des ordres, réclamer le silence et l'attention.

— Mon nom est Moïse. En Égypte, cela signifie : « Tiré des eaux ».

Il rit. Un rire qui, étrangement, le faisait paraître plus vieux. Il posa un regard rapide sur Tsippora, comme s'il espérait qu'elle allait enfin parler, remarqua sa taille et ses cuisses fines qui se dessinaient sous la tunique, ses seins fermes, mais n'osa croiser les prunelles d'un noir lumineux qui l'affrontaient avec insistance. Il désigna les brebis.

— Les bêtes ont soif. Je vais vous aider.

*
**

Un moment elles l'observèrent, silencieuses, étonnées, certaines que cet homme était un prince. Un prince en fuite.

Tout en lui désignait le puissant seigneur. Ses maladresses comme sa force, la finesse de ses mains comme la qualité de sa ceinture. On voyait qu'il n'avait pas l'habitude de puiser l'eau dans un puits. Il attrapait le balancier trop haut, glissait ensuite trop près du pivot. Lorsque les outres se soulevaient, dégoulinantes et aussi lourdes qu'une mule morte, il lui fallait se suspendre de tout son poids à la poutre de cèdre pour en maintenir l'équilibre et la faire pivoter au-dessus de l'abreuvoir, où les brebis, bêlantes d'impatience, attendaient. Que d'efforts inutiles ! Sous les plis du pagne, ses cuisses gonflaient, puissantes et dures, les muscles de ses épaules et de ses reins roulaient, bien visibles sous la peau lustrée de sueur.

Malgré son manque de savoir-faire, ou à cause de lui, il s'obstina. Finalement, ce fut lui tout seul qui abreuva les bêtes sans que Tsippora ou ses sœurs fassent le moindre geste pour l'aider, jusqu'à ce que le ballant de cèdre, libéré trop soudainement de sa charge, se détende avec une vibration sourde. Les épaules de l'Égyptien tremblèrent. Il manqua perdre l'équilibre. Orma émit son petit rire de gorge. Tsippora eut la présence d'esprit d'attraper la gourde vide qui giflait l'air. Quand elle se retourna, la main fine d'Orma était posée sur le palan, tout près de celle de l'étranger.

— Les brebis ont assez d'eau pour l'instant. Grand merci pour ton aide. Mais on voit que, dans ton pays, tu n'as pas l'habitude de manier le chadouf.

Moïse lâcha la poutre.

— C'est vrai, dit-il seulement.

Il frotta ses mains l'une contre l'autre pour les désengourdir. Il contourna le puits pour aller chercher sa propre outre et la plonger dans l'eau.

Orma ajouta :

— Ce soir, il y a une fête dans l'enclos de notre père. Il reçoit le fils du roi de Sheba qui vient lui demander conseil. Il serait certainement content de pouvoir te remercier de nous avoir sauvées des mains des bergers. Viens partager notre repas.

Sefoba approuva bruyamment :

— Oh oui ! Quelle bonne idée ! Bien sûr qu'il faut te remercier. Notre père sera heureux de te rencontrer, c'est certain.

— Notre bière et notre vin sont les meilleurs de Madiân. Je peux te l'assurer.

Le rire d'Orma était comme une volée d'oiseaux. L'Égyptien releva le visage, la contempla en silence.

Sefoba insista :

— Tu n'as rien à craindre. Nul n'est plus doux que notre père Jethro.

— Je dis merci, mais je dis non, fit-il.

— Mais si ! s'écria Orma. Je suis certaine que tu n'as nul endroit où dormir, peut-être pas même de tente ?

Moïse rit. Ses cheveux brillaient sur sa nuque. On avait envie de passer ses doigts sur sa joue pour en effacer l'ombre rugueuse de la barbe naissante. Son bâton désigna une nouvelle fois la mer.

— Pas besoin de tente. Là-bas, pas de tente. Pas la peine.

Il fit glisser la lanière de sa gourde sur son épaule et leur tourna le dos, s'éloignant déjà, lançant la pointe de son arme devant lui.

— Hé ! s'écria Orma, un instant surprise. Étranger ! Moïse ! Tu ne peux pas t'en aller comme ça !

Il se retourna et les regarda toutes les trois comme s'il n'était pas certain de bien comprendre. Comme s'il pouvait y avoir une menace dans la protestation d'Orma. Enfin, un nouveau sourire, léger et heureux, dévoila la blancheur régulière de ses dents.

— C'est moi qui dis merci. Pour l'eau. Vous êtes belles. Belles toutes trois. Trois filles du sage homme !

Tsippora, à l'entendre dire « toutes trois », se ressaisit et leva le bras en guise d'adieu.

*
**

— Eh bien toi ! s'exclama Orma à l'adresse de Tsippora. C'est comme ça que tu le remercies ! Il te sauve et tu ne dis pas un mot ?

La déception lui tirait les traits en une moue boudeuse. Elle observa encore le bas du sentier. Dans la poussière ocre, Moïse s'y confondait à l'ombre. Il marchait vite.

— Tu aurais pu le rappeler ! Dire quelque chose, grondait encore Orma. D'habitude, ce ne sont pas les mots qui te manquent !

Tsippora ne répondait toujours pas. Sefoba lâcha un soupir et lui attrapa le bras.

— Qu'il est beau ! C'est un prince.

— Un prince d'Égypte, approuva Orma. Avez-vous remarqué ses mains ?

Et, se tournant vers Tsippora :

— Alors ? le fils de Houssenek t'a coupé la langue ?

— Non.

— Enfin ! Pourquoi ne lui as-tu rien dit ?

— Tu parlais assez abondamment pour moi, fit Tsippora.

Sa voix était tout enrouée. Sefoba rit et Orma consentit à sourire. Elle eut même un petit geste pour arranger la fibule de Tsippora qui retenait mal sa tunique déchirée.

— Et ses vêtements ! As-tu vu sa ceinture ?

— Oui.

— Son pagne est usé et sale car il n'a personne pour prendre soin de lui. Mais sa ceinture, je n'en ai jamais vu de pareille.

— C'est vrai, reconnut Sefoba. Aucune femme de Madiân ne sait tisser un lin si fin, ni si bien le colorer.

Elles avaient beau chercher Moïse entre les feuillages gris des oliviers, il n'était plus visible.

Sefoba fronça les sourcils.

— Peut-être n'est-il pas prince...

— Il l'est, j'en suis certaine, la coupa Orma.

— Peut-être. Mais prince ou pas, que fait-il ici ?

— Eh bien... commença Orma.

— Il est en fuite, il se cache, dit Tsippora d'une voix neutre.

Ses sœurs lui jetèrent un regard intrigué. Mais comme Tsippora se taisait, elles firent la moue.

— Tu sais quelque chose et tu ne veux pas nous le dire ? Il est peut-être en voyage, objecta Orma, brusquement méfiante.

— Un Égyptien, un prince, s'il l'est, ne voyage pas seul au pays de Madiân. Sans serviteur, sans personne pour porter ses coffres, ses jarres d'eau, sans femme ni tente.

— Peut-être est-il avec une caravane ?

— Oui ? Alors où est-elle ? Aucun chef de caravane

n'est venu saluer notre père. Non, lui, c'est un homme qui se cache.

— Se cache de quoi ? demanda Sefoba.

— Je ne sais pas.

— Un homme comme lui n'a peur de rien ! s'énerva Orma.

— Je pense qu'il se cache. Je ne sais pas s'il a peur, corrigea Tsippora.

— Oublies-tu déjà l'aisance avec laquelle il a brisé les os du fils de Houssenek ? Sans lui...

Orma eut un petit hochement menaçant du menton. Tsippora ne répondit pas. Devant elles, au pied de la pente menant au puits, il n'y avait plus rien d'autre à voir que la terre dorée et blanche, le sillon du chemin s'enfonçant dans l'argent des oliviers et les roches sombres, chaotiques, qui s'accumulaient au-dessus des falaises surplombant le bleu étincelant de la mer.

Sefoba, pensive, déclara :

— Tsippora a raison : il est en fuite. Sinon, pourquoi a-t-il refusé de venir saluer notre père ce soir ?

Orma haussa les épaules et se détourna. Sefoba et Tsippora la suivirent, et elles rejoignirent les brebis. Tour à tour, elles levèrent le balancier pour remplir une dernière fois l'abreuvoir. À chaque levée, elles montaient moitié moins d'eau que l'Égyptien un instant plus tôt, mais avec beaucoup moins d'effort. Elles accomplissaient leur tâche, silencieuses, ne pensant qu'à lui, à son étrangeté, à sa beauté, à sa force, à ses mains sur le palan et à son sourire. À cette manière, aussi, qu'il avait de soudain baisser les paupières pour regarder de côté.

Ce fut comme si ces pensées les séparaient. Même Sefoba, la jeune mariée, ne pouvait s'empêcher de songer à cet homme avec des pensées de femme.

Tsippora fut sur le point d'avouer : « Ce Moïse, j'ai rêvé de lui il y a plus d'une lune. Il m'a déjà sauvé la vie une fois ! Il m'a prise dans ses bras pour m'emporter du fond de la mer où j'allais me noyer. »

Mais qui l'aurait comprise ? Ce n'était qu'un rêve.

De l'autre côté de l'abreuvoir, Orma rassemblait les bêtes avec des petits cris aigus, les pressant inutilement. On devinait à son visage durci et son regard brûlant qu'elle voulait l'Égyptien à ses pieds. Elle possédait toute la beauté, toute la blancheur de peau propres à y parvenir. Ce fut sans surprise, sur le chemin du retour, qu'elle annonça :

— Nous allons raconter à notre père ce qui s'est passé au puits. Il voudra certainement voir l'Égyptien et il l'enverra chercher. L'étranger ne pourra pas refuser, il sera bien obligé de venir jusqu'à l'enclos.

— Non !

Le ton de Tsippora fut si péremptoire que ses sœurs sursautèrent et s'immobilisèrent, laissant les brebis avancer seules.

— Il ne faut rien dire, reprit Tsippora avec moins de brutalité.

— Et pourquoi ? demanda doucement Sefoba.

— Notre père voudra punir les fils de Houssenek. C'est inutile.

Orma s'esclaffa.

— J'espère bien ! Qu'il les punisse, du fouet et du bâton ! Qu'il les laisse macérer sans eau sous le soleil !

— Ils méritent une leçon, approuva Sefoba. C'est certain.

— Ils l'ont reçue, la leçon, insista Tsippora. L'aîné est peut-être déjà mort. Ils voulaient montrer leur force, ils ont trouvé plus fort qu'eux. À quoi bon les rendre plus furieux et envenimer nos pâturages de leurs cris et de leurs projets de vengeance ?...

— Voilà que Tsippora se prend encore pour notre père ! ricana Orma.

Elle rejeta son voile sur son épaule et se remit en marche en balançant les hanches.

— Je me fiche bien de Houssenek et de ses fils. C'est l'Égyptien qui m'intéresse. C'est de lui que je vais parler à notre père dès que nous arriverons !

— Es-tu donc si sotte ?

La voix de Tsippora claqua dans l'air chaud. Sefoba ouvrit de grands yeux. En trois enjambées Tsippora fut devant Orma.

— L'étranger a dit « non » ! Tu as entendu comme moi, n'est-ce pas ? Sa parole n'a-t-elle aucun poids pour toi ? Ne peux-tu respecter sa volonté ?

Orma quêta l'aide de Sefoba d'un coup d'œil.

— Sa volonté ! Que sais-tu de sa volonté ? Il était seulement embarrassé. Il ne parle pas bien notre langue.

— Il la parle assez pour dire oui ou non. Il connaît la différence.

— Tu ne l'as pas même remercié. Pas un mot !...

— Et alors ?

— Ce n'est pas bien. À cause de toi, nous lui devons...

— Je sais très bien ce que *je* lui dois. C'est moi qui étais entre les mains du fils de Houssenek, rappelle-toi.

— C'est notre père qui doit le remercier.

— Il le fera quand il le faudra. Je te le promets.

— Il... Oh, Sefoba, dis quelque chose !

— Et quoi donc ? soupira Sefoba. Tsippora a raison : il a dit non !

— Ses yeux me juraient le contraire. Je sais mieux que vous ce que les yeux d'un homme disent.

— Orma, écoute-moi !

— Ce n'est pas la peine. Je t'ai entendue. Et je te réponds : je parlerai à notre père, parce que personne ne peut m'en empêcher, pas même toi.

Tsippora attrapa les poignets d'Orma. Elle les serra durement, l'obligeant à lui faire face.

— Cet homme m'a sauvée de la souillure. Peut-être même m'a-t-il sauvé la vie, c'est vrai. Je sais ce que je lui dois aussi bien que toi. Mais je sais aussi qu'il ne veut pas de regard sur lui, pas de chatteries, pas de roucoulades. Il parle mal notre langue, il a peur des mots qu'il prononce. Il veut de l'ombre. N'as-tu pas remarqué la manière dont il a disparu tout à l'heure ? Il n'y a qu'une façon de le remercier de son aide, c'est de le laisser dans l'ombre autant qu'il le souhaite. Es-tu capable de comprendre cela ?

Comme chaque fois que la colère emportait Tsippora, ses paroles prenaient un poids qui rappelait Jethro. Orma, la bouche pincée, baissa le front.

— Laisse-lui le temps de changer d'avis, veux-tu ? poursuivit Tsippora avec calme, comme devant une enfant butée. Orma, s'il te plaît, laisse-lui le temps ! Il n'oubliera pas ta beauté. Quel homme le pourrait ?

La flatterie retroussa les lèvres d'Orma.

— Qu'en sais-tu ? Tu crois toujours tout savoir, mais qu'en sais-tu ?

Sefoba s'approcha et glissa les bras autour de la taille de sa sœur.

— Allons, pas de dispute ! Ton prince ne va pas s'envoler. Nous verrons demain.

Orma repoussa ses caresses.

— Avec toi, Tsippora a toujours raison.

Sefoba insista, gentiment moqueuse :

— Et puis, que ferais-tu de l'étranger ce soir ? Tu vas être très occupée. Souviens-toi que Réba sera là.

— Oh ! Celui-là...

— « Oh ! celui-là » ! Celui-là, justement, il vient de traverser le désert pour que tu l'abreuves de ta beauté.

— Il m'ennuie à l'avance.

— Nous verrons cela.

Les bracelets d'or

Le domaine de Jethro avait l'apparence d'un petit fortin. Une vingtaine de maisons en briques de glaise et aux toits plats formaient le mur aveugle d'une enceinte longue d'un millier de coudées. Une seule porte s'y ouvrait, un lourd portail d'acacia orné de bronze qui demeurait béant depuis le lever du jour et permettait de voir arriver les voyageurs de loin.

À l'intérieur, les fenêtres et les portes, badigeonnées de bleu, de jaune et de rouge, donnaient sur une cour de terre battue. Les serviteurs s'y affairaient entre les chameaux, les mules et les ânes qui avaient transporté jusque-là les visiteurs du grand prêtre, selon leurs richesses et leurs rangs. Puissants ou faibles, depuis le plus lointain des cinq royaumes que comptait Madiân, ils venaient demander conseil et justice au sage Jethro. Il les recevait dans le fond de la cour, tout devant sa chambre, sur une estrade dressée sous un vaste dais en poutres de sycomore ombré par le feuillage d'une précieuse vigne.

En l'honneur du jeune Réba l'estrade fut recouverte de magnifiques tapis de pourpre, rares et rapportés à grand prix de Canaan. Des coussins brodés d'or furent disposés autour d'énormes plateaux en bois d'olivier recouvert de cuivre. On y avait déposé des moutons grillés fourrés d'aubergines, de courges et de petits poireaux et décorés de fleurs de térébinthe. Les jarres étaient remplies de vin et de bière, et les coupes de bronze serties d'azurites regorgeaient de fruits.

Des musiciens et des danseurs, affublés de tuniques multicolores, s'impatientaient sur une estrade voisine dressée pour la circonstance. Les coups des cymbales et le tintement des clochettes qui retentissaient par intervalles décuplaient l'agitation régnant dans la maison.

La soirée se déroulait comme Sefoba l'avait prédit. Néanmoins, Tsippora demeurait sur le qui-vive. Orma pouvait bien se révéler incapable de tenir sa langue. Par bonheur, la présence et le faste dont savait s'entourer le fils du roi de Sheba captivèrent son attention.

Réba arriva sur une chamelle blanche, suivi d'une troupe de serviteurs qui déployèrent pour lui, sur le sol de la cour, un magnifique tapis de Damas acheté à des caravaniers d'Akkad. Il y prit place devant Jethro. Après les salutations d'usage et les remerciements à Horeb pour le voyage effectué sans encombre, il offrit des cages de pigeons et de colombes au vieux sage. Devant Orma, on ouvrit un coffre de cèdre marqueté de bronze et d'ivoire qui contenait une étoffe fabuleuse. Les servantes la déplièrent. Au bout de leurs doigts, elle flotta dans l'air telle une fumée, déployant toutes les couleurs de l'univers. Ce tissu passa de main en main, les doigts effleurant son extraordinaire finesse. Tsippora en soupesait l'infime contact contre sa paume lorsque Orma demanda :

— Cela vient-il d'Égypte ?

Tsippora suspendit son souffle tandis que Réba, fier des exclamations provoquées par son présent, prenait le temps de boire une gorgée de vin bien frais avant de répondre que non, tout au contraire, cette merveille avait été tissée dans l'Orient lointain. Par des hommes disait-on, et non des femmes.

Il ne fut plus question d'Égypte. La gorge de Tsippora se dénoua.

Le cadeau de Réba était si éblouissant, avait coûté tant de richesses – peut-être un troupeau entier de belles chamelles blanches ? – et d'efforts pour être étalé aux pieds d'Orma que, pour une fois, celle-ci parut ébranlée. Elle accomplit ce que son père et ses sœurs attendaient depuis si longtemps : elle alla s'agenouiller sur le tapis devant Réba.

Les mains croisées au creux de sa poitrine, qui n'en parut que plus gonflée et plus palpitante, elle s'inclina en murmurant :

— Sois le bienvenu dans la maison de mon père, Réba. Je suis heureuse de ta venue. Tu es un homme selon mon cœur. Puisse Horeb protéger ta destinée et ne pas t'accabler de sa colère.

Le visage de Réba rayonna. Jethro, fait très rare, rougit d'émotion. Tsippora rencontra le regard de Sefoba, qui lui adressa un clin d'œil. Cette soirée allait-elle être bénie entre toutes ? Demain, enfin, Réba pourrait demander la main de la plus belle des filles de Jethro sans craindre le ridicule.

Cependant, à la grande inquiétude de ses hôtes, lorsque commença le festin Réba n'accorda plus qu'une attention distraite et même lointaine à Orma. Il sembla prendre tout son plaisir à la musique et à la conversation de Jethro. Chacun se demanda si c'était là un jeu ou une ultime prudence.

Puis, les jarres de bière et de vin se vidant, la fête devint plus bruyante et plus joyeuse. Les torches de naphte crépitaient lorsque Sefoba se mit à danser devant les femmes qui, comme elle, attendaient le retour trop lointain de leurs époux. Ce fut un signal. Orma héla de jeunes servantes qui allèrent à leur tour danser sous les yeux de Réba. Jethro cessa de parler et se contenta de sourire.

Lorsque l'attention de Réba fut suffisamment captivée par les danseuses, Orma parut.

À la lumière des torches chacun put voir qu'elle ne portait plus de tunique. Elle s'était voilée du magnifique tissu offert par Réba. Du haut de son buste jusqu'à ses pieds, piqué de broches et de fibules, il la moulait tout autant qu'il déployait autour d'elle une aura ondoyante, lui laissant les épaules, la nuque et les bras nus. Colliers et bracelets se mirent à tinter sur sa chair délicieuse, rythmant l'envoûtement de la danse.

Jethro leva une main où l'on devina la menace d'une réprimande, l'ordre d'un retrait. Mais la main revint sur son genou. Les yeux du vieux sage, pétillants de malice, se détournèrent avec une désinvolture un peu excessive. Comme les autres, il avait vu la bouche de Réba s'ouvrir sans pouvoir se refermer.

Tsippora attendait ce moment avec impatience. Nul ne faisait plus attention à elle. Ombre dans l'ombre, elle s'éloigna du cercle de danse.

Elle se glissa sous l'appentis qui servait de cuisine. À l'exception de deux fillettes endormies près d'un panier de figues, les servantes l'avaient déserté pour profiter de la fête. Tsippora dénicha un grand sac de lin écru, tissé épais et formant une double poche, avec lequel on chargeait l'échine des ânes et des mules. Dans la pénombre à peine trouée par les braises des foyers, elle le remplit de toute la nourriture qu'elle put trouver. Viandes cuites, semoules, pains d'orge, pastèques, dattes en quantité, figues, amandes ou nèfles. Tout ce que les poches du sac pouvaient enfourner et ses épaules porter.

Ployant sous le fardeau, elle quitta la cuisine et alla dissimuler le bât tout près de la porte de l'enclos, soigneusement fermé comme chaque nuit.

Accroupie, elle se reposa un instant. Là-bas, dans la cour, vibraient les trilles des flûtes, les roulements des tambours et les tintements des clochettes de chevilles des danseuses. De temps à autre, des rires vrillaient l'air. Assurément, nul ne se souciait d'elle. Tsippora s'enfonça un peu plus dans l'obscurité, se glissa jusqu'au cellier de Jethro. Avec précaution, elle retira la lourde barre bloquant la porte. À tâtons, elle s'empara d'une jarre de bière qu'elle revint cacher près du sac.

À son retour, Orma ne dansait plus. Lovée sur un amas de coussins en face de Réba, le buste incliné, elle écoutait les murmures du prince de Sheba. À quelques pas, deux vieilles nourrices dormaient dans les bras l'une de l'autre, ayant depuis longtemps renoncé à leur surveillance.

Sefoba avait disparu. Pour le plus grand bonheur des hommes de la suite de Réba, seules les plus jeunes des servantes dansaient encore, profitant jusqu'à en perdre le souffle des restes de la fête et du courage des musiciens. La noble tête de Jethro dodelinait, apparemment bien alourdie d'alcool. Tsippora glissa son bras sous les épaules de son père, lui embrassa la joue pour le réveiller un peu et l'aida à se lever.

— Il est temps de te coucher, mon père. Appuie-toi sur moi.

Jethro murmura avec reconnaissance :

— Ma petite fille !

Il se laissa conduire jusqu'à sa couche. Tandis que Tsippora tirait une couverture sur sa poitrine, il lui attrapa la main.

— Ce n'est pas le vin, grommela-t-il.

— Pas le vin ? répéta Tsippora sans comprendre.

— Non, non...

— Peut-être bien que si, objecta Tsippora. Beaucoup de vin, même, apparemment.

— Mais non !

Il agita la main avec une grimace. Puis demanda :

— Ils se parlent encore ?

Cette fois, Tsippora comprit sans peine.

— Réba semble être devenu un puits sans fond de paroles ! Pour une fois, Orma ne paraît pas se lasser.

Jethro ferma les paupières et se mit à rire doucement. Son vieux visage était aussi détendu que celui d'un enfant.

— Tant d'efforts pour qu'une belle fille sotte épouse un beau garçon riche et puissant !

Tsippora rit à son tour.

— Mais il n'est pas sot, lui ! L'étoffe d'Orient est une superbe manœuvre ! Cette fois, la petite sœur a bien du mal à résister. Comment le pourrait-elle, d'ailleurs ? A-t-on jamais vu pareille splendeur ?

Jethro marmonna des mots inaudibles. Ses doigts cherchèrent ceux de Tsippora.

— Qu'Horeb t'entende, mon enfant.

Tsippora s'inclina pour lui baiser le front. Lorsqu'elle se releva, il se redressa brusquement.

— Tsippora...

— Mon père ?

— L'heure viendra où toi aussi tu connaîtras ton avenir ! Je le sais. Je le sais. Avec ma raison et avec mon cœur. Tu seras heureuse, ma fille, je te le promets.

Les lèvres de Tsippora tremblèrent. Jethro s'effondra sur ses coussins et commença à ronfler. Tsippora lui caressa le front.

— Peut-être, murmura-t-elle.

Les pensées et les images dansaient dans sa tête avec plus de fureur que les jeunes servantes tandis qu'elle traversait la cour. Il lui restait à endurer le supplice de l'attente.

Songeant au retour d'Orma dans la nuit et au conte épuisant qu'elle ne manquerait pas de vouloir faire des murmures de Réba, Tsippora n'eut pas le courage d'entrer dans leur chambre commune. Elle emporta une couverture et alla s'allonger sur la paille du silo, près des sacs qu'elle y avait cachés.

La musique lancinante semblait ne pas devoir cesser et les étoiles lui brûlaient les paupières. À force de garder les yeux ouverts, elle s'en aveugla, cherchant avec peine des espaces d'obscurité parfaite où l'on disait que, peut-être, se tenait le regard d'Horeb.

*
**

Elle fut debout avant même que le ciel blanchisse. En silence, mesurant ses gestes et ses pas, elle alla détacher une mule dans l'enclos.

De jeunes garçons, serviteurs de Jethro aussi bien que de Réba, dormaient sur des couffins non loin des bêtes. Eux aussi avaient fait la fête. Ils ronflaient en paix. Le grognement de la mule, lorsque Tsippora glissa le double sac sur son dos, ne les réveilla pas. À l'aide d'un lien de cuir, elle fixa la jarre de bière. Refermant avec soin la porte derrière elle, elle s'éloigna sans hésiter sur le chemin de la mer.

Lorsque Moïse, au puits d'Irmna, avait montré la rive et affirmé qu'il pouvait se dispenser d'une tente, Tsippora avait deviné l'endroit de son refuge. Le vent, le temps, et peut-être les hommes, avaient creusé quantité de cavernes dans les falaises surplombant la plage. Parfois les pêcheurs y prenaient du repos avant de pousser leur bateau sur les flots. Tsippora elle-même, alors qu'elle n'était qu'une enfant, s'y était cachée après une réprimande de Jethro. Elle ne doutait pas d'y trouver l'étranger.

Cependant, parvenue à l'escarpement qui bordait la mer, elle prit conscience que cela serait moins aisé que prévu. La falaise s'étendait plus loin que le regard pouvait porter. Par endroits, les grottes se comptaient par dizaines. De plus, depuis les hauteurs où elle se trouvait, on ne les situait pas bien et elle ne pouvait s'aventurer avec la mule sur les sentiers étroits qui dévalaient à flanc de roche.

Attachant l'animal à des buissons, elle se lança au pas de course sur le premier chemin venu. Elle recommença un peu plus loin. Ce qui lui avait paru si facile se révélait presque impossible.

Le soleil montait rapidement. Les ombres rétrécissaient. Tsippora se prit à douter. Elle songea à son père et à Orma. Elle avait imaginé qu'elle serait de retour avant le milieu de la matinée. Après la nuit de fête, chacun se lèverait tard, elle pourrait reparaître sans qu'on s'aperçût de son absence. Le temps à présent passait vite. Devait-elle s'en retourner ?

Elle l'aurait dû. Elle le savait. Mais être venue jusqu'ici pour rien !

Elle se souvint soudain d'un chemin, plus large et plus lent, que les pêcheurs utilisaient pour descendre le bois nécessaire à la fabrication des barques. La mule saurait y passer et, ainsi parvenue sur la plage, elle apercevrait l'entrée de chacune des grottes. Moïse aussi pourrait la voir...

C'est ainsi qu'elle l'appelait maintenant, pour elle-même : Moïse !

Depuis qu'elle avait quitté l'enclos, elle ne songeait plus à lui comme à l'étranger. Il était Moïse.

Et elle, elle accomplissait une folie. Une chose qu'elle n'avait jamais faite, où elle ne se reconnaissait pas, mais qui la poussait en avant comme si elle ne décidait plus de ses actes.

Elle pressa le pas, claqua nerveusement la corde sur la croupe de la mule. Puis elle s'immobilisa d'un coup.

En bas, à une dizaine de coudées du rivage, avancé jusqu'à la taille dans l'eau, un homme se tenait debout.

Ce n'était qu'une silhouette. Elle était bien trop loin pour distinguer son visage. Mais elle perçut le reflet clair de ses cheveux.

Il lança un petit filet après une longue attente. Au balancement des épaules et des bras, elle en fut certaine : c'était Moïse.

Il pêchait. Il ramena le filet, le replia avec soin avant de le suspendre à son bras et d'attendre, à nouveau immobile. Puis de le lancer d'un geste ample et vif.

Tsippora devina l'éclair argenté d'un poisson dans les mailles sombres. Moïse sortit de l'eau et jeta sa prise sur les galets, loin de la houle. La plage, ici, se muait en une bande étroite de galets roses et ocre que jouxtait, pareil à un immense joyau, le bleu intense de la mer.

La chaleur montait, de plus en plus dure. Tsippora ouvrit la bouche pour mieux respirer. Une image de son rêve lui traversa l'esprit : le moment où la pirogue s'était éloignée de la rive, les embruns lui rafraîchissant le front et les joues.

Un instant, il lui sembla que tout le bonheur de la vie serait d'être là-bas, au côté de Moïse, tandis qu'il retournait dans l'eau, cherchant avec patience un autre emplacement pour pêcher.

De toute évidence, Moïse savait trouver sa pitance lui-même. La quantité de nourriture qu'elle apportait ne serait pas aussi indispensable qu'elle l'avait cru.

N'allait-il pas se moquer d'elle ?

Au cours de la nuit précédente, Tsippora avait choisi les mots et les phrases qu'elle voulait lui dire. Maintenant, elle n'avait plus aucun désir de paroles.

Elle devait transporter la nourriture dans la grotte qu'il s'était choisie et repartir avant qu'il y remonte sa pêche. Il devinerait. Ou songerait à Orma, plus probablement. Tant pis.

*
**

La jarre de bière en travers des épaules, elle découvrit la grotte à mi-hauteur de la falaise. Le sentier s'y élargissait et se transformait en une terrasse assez vaste, recouverte d'une voûte rocheuse. Au fond béait la bouche obscure d'une caverne.

Un four de pierre avait été dressé sur un côté de la paroi. De l'autre, un gros sac de toile bleu et blanc et une tunique recouvraient de vieilles nattes aux bords effrangés qui servaient de couche. L'emplacement était parfait, protégé du soleil autant que des vents de sable et de poussière venus de la montagne.

Tsippora s'approcha du feu. Sous une large pierre plate les braises blanches ne fumaient plus et couvaient en dégageant l'odeur poivrée du térébinthe.

Moïse savait non seulement pêcher, mais aussi entretenir un feu. Et il s'était installé dans une grotte où l'on pouvait vivre longtemps.

Elle l'imagina mangeant et dormant sur ce grabat. Lui, ce prince, cet homme accoutumé au luxe des puissants ! Ici, il n'était plus un prince, en vérité, seulement un homme en fuite. Ce grabat, s'il en était besoin, le révélait plus que tout.

Pourquoi donc fuyait-il ? Quelle faute pouvait avoir commis un grand d'Égypte pour devoir vivre si rudement ?

Tsippora s'apprêta à poser la jarre sur la terrasse, hésita, jugeant qu'il valait mieux la mettre dans la fraîcheur de la grotte. Elle franchit le seuil. L'obscurité la surprit autant que l'étroitesse de la caverne, toute en longueur. Le bâton à pointe de bronze avec lequel Moïse avait combattu les bergers était là, appuyé contre la paroi. Sa grande gourde était là aussi. Elle déposa la jarre tout à côté, comme un présent.

Sur la plage, Moïse pêchait toujours sans se départir de ses gestes lents et mesurés. Pas un instant il ne leva les yeux en direction de la falaise. Elle grimpa à nouveau le chemin en courant. Le soleil lui brûlait le front et la bouche.

Lorsqu'elle reprit la descente, voûtée sous le poids du sac, Moïse ne lançait plus son filet. Il ouvrait et nettoyait sa pêche, allant et venant dans l'eau et sur les galets pour laver les poissons et en ôter les entrailles.

Soufflant fort, suant sous l'effort, Tsippora descendit le sac aussi vite qu'elle le pouvait.

Parvenue à la grotte, elle ne put s'empêcher de jeter encore un regard vers la plage. C'est alors qu'un reflet plus dur, plus vaste que les autres, ondoya sur la mer.

Un vent de lumière qui nappa la plage elle-même.

Un bref instant Moïse y parut suspendu, comme si le ciel et la terre s'unissaient sous ses pieds. Il n'y avait plus de plage, plus d'eau, plus d'air. Seulement un ruissellement de lumière où se mouvaient ses mollets et ses bras, où flottaient ses hanches et son buste.

Tsippora s'immobilisa, fascinée autant que terrifiée, indifférente au fardeau qui lui écrasait l'épaule. Une sensation inconnue la saisit tout entière. N'épargnant pas la moindre parcelle de ses pensées, de ses émotions, faisant frissonner sa chair et ses muscles.

Le reflet cessa.

La mer redevint transparente, doucement bleue, piquetée d'aiguilles éclatantes. Moïse rassembla ses poissons, força une tige de jonc au travers de leurs joues.

Tsippora laissa enfin glisser le sac à ses pieds. Elle douta de ce qu'elle venait de voir. Peut-être n'était-ce qu'un éblouissement dû à l'effort, à la chaleur.

Mais pas uniquement, elle le savait. Le frémissement de sa peau, la sécheresse de sa bouche le lui rappelaient.

Elle ne pouvait détacher ses yeux de Moïse. Il plaçait les poissons dans un creux de rocher où entrait la mer, les recouvrait de quelques pierres avant de s'avancer dans l'eau. Il y plongeait, nageait avec aisance, s'éloignant de la rive. Plongeait encore.

Tel un oiseau, Tsippora vit son corps dans la transparence de la mer. Des ondes ocellées glissaient sur son dos, sur le blanc de ses fesses et de ses cuisses que le pagne avait protégées du soleil.

Elle éprouva un vertige violent. Son ventre et sa poitrine se durcirent alors que ses épaules, son dos s'alourdissaient. Ses genoux plièrent un peu. Elle pressa les mains sur ses cuisses pour se soutenir. Elle aurait dû se détourner. Un pas ou deux en arrière auraient suffi. Baisser les paupières aurait suffi. Mais elle ne le pouvait pas. Son vertige ne devait rien au vide de la falaise.

Elle n'avait jamais observé un homme ainsi. Et ce n'était pas simplement parce qu'il était nu.

Moïse sortait enfin la tête de l'eau, rejetait ses cheveux sur le côté, se passait la main sur le visage, nageait lentement sur le dos, accomplissait au milieu des reflets scintillants un large cercle pour regagner la plage.

Ce qu'elle ne pouvait voir, ses yeux, sa bouche, la coulée de l'eau contre ses tempes, Tsippora voulait les imaginer. Le désir d'entrer dans la mer, de nager vers lui, de voir les plis de ses yeux, d'effleurer ses épaules l'emplit avec brutalité. Son corps devint douloureux, sa peau aussi sensible que si on l'eût abrasée avec des orties. Elle eut peur.

Elle se détourna enfin, surmontant la fascination.

Quelques secondes elle demeura pliée en deux comme si on l'avait fauchée d'un coup de bâton. La bouche grande ouverte, les paupières serrées, elle reprit son souffle. Les battements de son cœur faisaient un vacarme assourdissant.

Elle se maudit, se traita de folle, se redressa avec une sorte de rage.

Attrapant le sac de nourriture des deux mains, elle le tira autant qu'elle le porta jusqu'au seuil de la grotte. Il lui suffisait de le déposer là, dans l'ombre, puis de s'enfuir, vite.

La pensée de se trouver face à Moïse la remplissait d'effroi. Il ne manquerait pas de voir la jarre, le double sac de nourriture. Il devinerait. Il comprendrait. Il penserait : les filles du puits. Ou peut-être penserait-il à elle, la Noire. Celle que les bergers voulaient violer. Pour qui il s'était battu.

Peut-être ne penserait-il rien de tout ça. On verrait bien, plus tard.

Elle ne devait pas être impatiente comme Orma. Le prince d'Égypte se cacherait ici longtemps encore, elle n'en doutait plus.

Tsippora tira le sac sur le sol inégal jusqu'à l'obscurité de la grotte. Elle s'arrêta, éblouie par l'ombre. La fraîcheur glaçait la sueur sur son front et sa nuque. Son épaule heurta la paroi, elle grogna de douleur, manqua tomber. Son talon buta contre une chose dure qui se renversa. Il y eut un bruit mat contre la pierre.

Elle s'accroupit, effleurant le sol autour d'elle du bout des doigts. Son cœur battait vite à nouveau. Le mauvais goût de la faute lui séchait déjà la gorge. Elle murmura :

— Horeb ! Horeb ! Ne m'abandonne pas !

Elle palpa une forme anguleuse, reconnut le touché du bois. Elle tira à elle un coffre, long et étroit. Dans la lumière venue du seuil, elle devina la peinture bleu et ocre qui en recouvrait les côtés. Sur le couvercle, des colonnes de figurines, des silhouettes d'oiseaux, de plantes, de simples lignes ou des traits étaient dessinés avec minutie.

L'écriture des Égyptiens !

Jethro lui en avait tracé quelques esquisses dans le sable et même, usant de l'encre de poulpe, sur une étoffe de jonc broyé. Des dessins qu'elle avait trouvés bien maladroits. Ceux-ci étaient légers, purs, d'une simplicité absolue.

Elle se souvint du bruit qui avait résonné après qu'elle eut renversé le coffre. Ce coffre n'était pas vide. La crainte du retour de Moïse la reprit. Elle dressa l'oreille, sur le point de s'enfuir. Elle n'entendit que le ressac contre la falaise. Elle avait encore le temps de tout remettre en place.

Fébrile, à quatre pattes, s'écorchant les genoux aux arêtes de la roche, jetant les mains à gauche et à droite, elle devina un reflet. Une forme longue et cylindrique ? Et une autre, identique, à côté. C'était lourd. C'était... Tsippora eut un cri de surprise, se redressa, avança jusqu'au seuil pour mieux voir, n'en croyant pas ses yeux.

De l'or. Deux bracelets d'or.

Deux parures de la taille, au moins, de ses propres avant-bras ! Sur chacune, en relief, un serpent enlaçait l'épaisse plaque d'or poli. Entre les anneaux du serpent, sculptés en creux, des signes, d'étranges croix, de minuscules silhouettes, mi-hommes mi-bêtes.

Une pierre roula et résonna contre la falaise.

Moïse remontait.

Tsippora songea aux bras d'or de l'homme qui l'avait enlacée au fond de la mer.

Elle se précipita pour remettre les bijoux à leur place, ressortit de la grotte l'esprit en feu.

La plage et la mer étaient vides. Moïse était là, à une quinzaine de pas. Sa pêche se balançait au jonc négligemment posé sur son épaule. Il s'immobilisa avec un mouvement de surprise, peut-être même de crainte.

Elle hésita. Il était encore assez loin, elle pouvait courir jusqu'en haut de la falaise. Elle se répéta qu'il verrait la nourriture et comprendrait. Il leva sa main pour protéger ses yeux du soleil et mieux la regarder.

Elle eut honte d'avoir envie de fuir. Ne disait-elle pas à ses sœurs qu'il fallait apprendre à affronter son destin ? Mais, en vérité, elle n'eut pas vraiment le choix. Ses pieds refusaient de bouger.

Lui, il sourit. Il ôta la main de son front dans un petit geste de salut et s'approcha.

*
**

Longtemps et souvent, dans les jours, les semaines puis les années qui suivirent, Tsippora se souvint de cet instant-là. Il ne fut sans doute ni si bref ni si surnaturel qu'il lui parut d'abord.

Moïse était devant elle qui mourait de peur, terrifiée d'être de nouveau incapable, comme la veille, de prononcer un seul mot. Là, maintenant, elle regardait les lèvres de Moïse comme si elle allait en arracher ses propres phrases. Au lieu de cela, elle se rendait compte qu'au puits d'Irmna elle n'avait pas prêté attention à l'ourlet de sa bouche dans la barbe naissante, au lobe de ses oreilles, à l'irrégularité de ses paupières, l'une plus basse que l'autre sur les yeux. Son nez, ses pommettes hautes, elle s'en souvenait. Et, bien sûr, elle demeura silencieuse.

Lui, il l'observait. Moins surpris à présent, le visage ouvert, les sourcils un peu levés, s'attendant à ce qu'elle donne la raison de sa présence.

Elle avait oublié le coffre et les bracelets d'or, mais la pensée du vertige qui l'avait saisie en le regardant nager lui serrait la poitrine comme une menace. Il était impossible que cette émotion n'eût pas laissé de traces sur son visage.

Voilà ce que Moïse devait voir. Tsippora n'aimait pas cette image. Image d'une femme éblouie par la présence d'un homme, par la vue de son corps. Image qu'il devait bien connaître, qui ne devait pas présenter grand intérêt pour lui. Combien de femmes, déjà, avaient manifesté ce stupide ahurissement ? De belles

Égyptiennes, des reines, des servantes... Elle était furieuse contre elle-même.

Mais, l'eût-elle voulu, elle n'avait d'autre image d'elle à montrer.

Moïse parut approuver son silence. Il eut un petit hochement de tête et alla déposer sa pêche près du four. Il souleva la pierre qui recouvrait le feu, retira le jonc des joues des poissons et le brisa en morceaux de longueurs égales. Il les disposa sur les pierres, en travers du foyer, et plaça les poissons dessus. Il s'inclina pour gratter un peu les braises, qui se mirent à fumer doucement.

Tsippora était soulagée. Mais qu'il s'occupe ainsi de ses poissons, alors qu'elle était là, chez lui, l'offusqua. Pas pour longtemps. Moïse se releva et lui adressa un sourire.

— Ils vont cuire très lentement, dit-il. Ensuite, je peux les garder longtemps.

Moïse parlait des poissons, mais le regard qu'il promenait sur Tsippora frémissait comme une harpe dont les cordes allaient rompre.

Alors elle se redressa, s'efforçant de tenir la tête haute, puis elle s'adressa à Moïse, lentement, pour qu'il la comprenne bien :

— J'ai craint que tu ne manques de nourriture, c'est pour ça que je suis venue. Tu n'as pas de troupeau. Ni personne pour... Mais si tu sais pêcher... Je n'ai pas pensé à ta couche. Il te manque un tissu et une natte neuve... Je n'y ai pas pensé... La vérité, c'est que je ne suis pas venue seulement pour la nourriture. Je voulais te remercier... Pour hier. Je te dois...

Elle s'arrêta. Le temps de trouver les mots pour qualifier ce qu'elle lui devait.

Moïse suivait ses gestes et les anneaux de sa chevelure qui se répandaient sur ses épaules telles des plumes noires, il jeta un regard au sac et à la jarre, mais reporta vite les yeux sur les lèvres de Tsippora pour bien comprendre ce qu'elle disait.

Il attendait qu'elle achève sa phrase. Elle ne l'acheva pas.

Ils entendirent le ressac et respirèrent le parfum des braises de térébinthe auquel se mêlait l'odeur des poissons. En un mouvement très naturel, Moïse s'approcha de Tsippora, à la limite du soleil et de l'ombre, à deux coudées du vide.

Elle avala une bouffée d'air et dans son souffle vint l'odeur de Moïse. Il sentait le sel de mer. Elle le vit croiser les bras, comme il arrivait à Jethro de le faire. Cette fois, elle songea aux bracelets d'or et au rêve.

— Je suis content. J'entends ta voix, dit Moïse, avec son accent, sa lenteur, ses hésitations, hochant la tête à petits coups. Hier, tu n'as rien dit. Pas un mot. J'ai pensé : que se passe-t-il ? Ne sait-elle pas parler ? Estelle étrangère ?

— Tu as pensé à cela parce que ma peau est noire ?

Elle avait demandé cela en riant, très vite, comme si cette question attendait dans sa gorge depuis longtemps.

— Non. Seulement parce que tu ne disais rien.

Elle le crut.

— Tu n'as rien dit. Mais tu as écouté. Tu as compris où je me trouvais. Des grottes, il y en a beaucoup ici. Tu m'as vu pêcher. Sinon...

« Sinon, pour te trouver, j'aurais marché tout le long de la plage jusqu'à la nuit tombante », songea Tsippora. Elle n'eut pas à le dire. Moïse parlait encore :

— Tu dois savoir une chose. Je ne suis pas un

homme d'Égypte. Je ressemble, mais je ne suis pas. Je suis hébreu.

— Hébreu ?

— Oui. Fils d'Abraham et de Joseph.

À nouveau, la poitrine durcie, elle songea au coffre, aux bracelets. Elle pensa : « Il les a volés. Voilà pourquoi il fuit. Un voleur ! » Son sang battait dans ses tempes et c'est machinalement qu'elle répondit :

— Mon père aussi, Jethro, le sage des rois de Madiân, est fils d'Abraham.

S'il se demandait comment un fils d'Abraham pouvait avoir une fille à la peau noire, il ne le montra pas.

— En Égypte, les Hébreux ne sont pas rois, ni sages pour les rois. Ils sont esclaves.

— Tu ne ressembles pas à un esclave.

Il hésita, cessa de la regarder pour prononcer cette drôle de phrase :

— Je ne suis plus d'Égypte non plus.

Le silence revint. Les propos de Moïse contenaient trop de sens, suggéraient trop de choses pour que Tsippora parvienne à les mettre en ordre dans son esprit. Peut-être Moïse n'avait-il pas volé ? Peut-être n'était-il pas non plus un prince ? Peut-être était-il seulement l'homme de son rêve ?

Cette pensée l'effraya. Elle fit un pas, s'écarta de lui qui l'observait. Elle déclara :

— Je dois m'en retourner.

Il hocha la tête, montra l'intérieur de la grotte, remercia.

— Chez mon père, tu seras toujours le bienvenu, dit-elle tout en cherchant à lire sur son visage. Il sera très content de te voir.

Elle lui tourna le dos, pénétra dans la chaleur de la falaise. Moïse la rappela :

— Attends. Tu ne peux pas partir sans boire.

Sans attendre, il alla prendre sa gourde sur le seuil de la grotte. Il revint en ôtant le bouchon de bois du goulot et la lui tendit.

— Elle est fraîche encore.

Tsippora savait parfaitement boire au jet d'une gourde. Pourtant, elle ne se sentait pas même capable de soulever la poche d'eau. Moïse la leva pour elle. L'eau jaillit, gicla, éclaboussa son menton et sa joue. Elle rit. Moïse rit à son tour et abaissa la gourde.

Tsippora ne savait pas comment on séduisait un homme. Pourtant, elle voyait faire Orma. Elle ne savait pas ce qu'était l'amour. Pourtant, elle voyait faire Sefoba. Et voilà qu'elle sentait monter en elle l'amour et le désir de séduire. Elle se défendit contre l'un et contre l'autre.

— Je gaspille ton eau, dit-elle.

La main droite de Moïse se leva. Ses doigts se posèrent sur la joue de Tsippora, essuyèrent doucement l'eau fraîche sur sa peau sombre. Ils glissèrent jusqu'au creux de son menton, effleurant sa lèvre. Tsippora s'agrippa à son poignet.

Combien de temps demeurèrent-ils ainsi ?

Sans doute à peine plus que ne dure le passage d'une hirondelle. Assez pour que Tsippora perçoive la caresse de Moïse, car c'en était une, sur tout son corps. Comme s'il l'enveloppait, la soulevait, ainsi que l'avait fait l'homme de son rêve. Assez pour qu'elle ne sache plus ce qui s'accomplissait vraiment.

Puis elle rouvrit les yeux et vit le même désir sur le visage de Moïse. Elle vit les gestes qu'il allait faire, elle songea même à la couche qui les attendait tout près d'eux. Il lui resta la force de sourire, de lâcher le poignet de Moïse et de s'enfuir dans la fournaise.

*
**

Le soleil avait depuis longtemps franchi son zénith lorsque Tsippora fut de retour à la cour de Jethro. Il y régnait un silence que la seule chaleur de l'après-midi n'expliquait pas. Les tentes, les domestiques et les chamelles de Réba avaient disparu.

Elle poussa la mule jusqu'à son enclos. Les hommes prirent garde à ne pas croiser son regard tandis que les servantes lui jetaient des coups d'œil inquiets avant de filer dans l'ombre de la maison. À l'évidence, son absence n'était pas passée inaperçue.

Elle rêvait de la fraîcheur d'une pièce et d'une cruche d'eau qu'elle ferait couler sur son corps avant de changer de tunique, la sienne étant désormais poisseuse de sueur. Craignant cependant la présence d'Orma dans sa propre chambre, elle se dirigea vers la grande pièce commune aux femmes. Elle allait l'atteindre, percevant déjà les cris des enfants en train d'y jouer, lorsque son nom retentit. Sefoba, le visage bouleversé, traversait la cour à sa rencontre, se jetait d'un bond dans ses bras, la serrait contre elle avec des tremblements de poitrine en marmonnant :

— Où étais-tu ? Où étais-tu ?

Tsippora n'eut pas à répondre. Sans reprendre son souffle, la douce Sefoba expliqua qu'on avait craint pour elle, qu'on avait pensé aux fils de Houssenek, à toutes les horreurs dont étaient capables ces sauvages pour se venger de la punition infligée la veille par l'étranger, que la colère d'Horeb soit apaisée !

— Oh, ma Tsippora, si tu savais ! Je t'ai imaginée entre leurs mains, je ne pouvais m'en empêcher, je les voyais en train d'achever ce qu'ils n'ont pu faire hier !

Tsippora sourit, caressa le front et la nuque de sa sœur, baisa ses joues humides et évita d'avancer un mensonge en lui assurant que non, il ne lui était rien arrivé de terrible, qu'il n'y avait pas de quoi se mettre dans tous ses états.

Sefoba n'eut pas le temps de l'interroger davantage, un ricanement retentit dans son dos :

— Bien sûr que non ! Bien sûr qu'il ne s'est rien passé de terrible ! Sois sans crainte, Tsippora, Sefoba est bien la seule, ici, à avoir eu cette sorte d'imagination.

Orma, dans toute la beauté de sa fureur, attrapa Tsippora par le bras et la détacha de Sefoba. Le venin de la jalousie tirait ses traits tandis qu'elle pointait le menton.

— Là où tu étais, tu ne risquais rien, n'est-ce pas ? Et surtout pas la vengeance des fils de Houssenek !

Qu'elle eût deviné d'où venait Tsippora, il n'en fallait pas douter. Orma n'était sotte que pour certaines choses. Toutefois, Tsippora se contenta de répliquer d'une voix calme :

— Réba est-il déjà reparti ?

Déconcertée, Orma plissa les paupières comme pour distinguer une ruse qui viendrait de loin. Mais elle ne discerna que l'éblouissement de la cour et battit l'air des mains.

— Que nous importe Réba ?

— Elle lui a rendu le tissu ce matin, soupira Sefoba.

— Tu lui as rendu le tissu ? s'étonna Tsippora, sincèrement stupéfaite

— Le tissu ! Voilà à quoi tu songes. Dois-je me marier pour un bout de tissu ?

— Tu semblais très fière de le porter, hier soir.

— Oh, il me convenait ! C'était un beau tissu. Pour

danser. Seulement pour danser. Je l'ai mis et j'ai dansé. Bien. Et puis après ? La nuit est la nuit. À la lumière des torches, il avait de belles couleurs. Ce matin, à la lumière du jour, je me suis rendu compte que je n'en avais plus le goût. Il ne me plaisait plus du tout. Je l'ai rendu à Réba, et voilà. Bien sûr, si tu avais été là, tu m'en aurais empêchée.

Orma souriait, fière de sa provocation. Sefoba sécha ses larmes d'un revers de poignet et lui adressa une grimace.

— Réba en a été si humilié, dit-elle, qu'il a tiré son couteau et a déchiré cette merveille en petits morceaux. Il a demandé ses chamelles et a salué notre père sans même ouvrir la bouche. Notre pauvre père était déjà malade d'avoir trop bu cette nuit. Tu imagines ce qu'il a pensé de tout cela. Et, c'est vrai, toi qui n'étais pas là...

Elle s'interrompit pour adoucir ces derniers mots d'un sourire :

— Les bouts de tissu, je les ai récupérés. Ils sont sous ma couche.

— Je me fiche de Réba, grommela Orma, qui sentait la dispute lui échapper. Nous ne parlons pas de Réba. D'ailleurs, tout cela est de ta faute, Tsippora.

— Ma faute ?

— Ne fais pas cette tête. Tu as trouvé où se cache l'Égyptien, n'est-ce pas ?

L'hésitation de Tsippora fut un aveu.

— J'en étais sûre, triompha Orma. Voilà d'où tu viens !

— Est-ce vrai ? Tu es allée le voir ?

La surprise de Sefoba, teintée d'une ombre de reproche, embarrassa plus Tsippora que les criaillements d'Orma.

— Oui, admit-elle enfin.

Orma, qui jusque-là n'était peut-être pas si certaine de ce qu'elle avait avancé, sembla ingurgiter la nouvelle comme un brouet difficile à avaler. Sefoba arrondit les yeux et la bouche :

— Tu l'as trouvé, tu l'as vu ?

— Je l'ai vu.

— Bien sûr ! Quelle hypocrite tu fais, Tsippora ! Hier tu nous ordonnes de ne rien dire à notre père, de laisser l'Égyptien en paix : le pauvre, il ne faut pas que nous troublions son mystère. Mais toi, tu n'attends pas même le jour pour lui courir après !

— Je lui ai porté de la nourriture. Et à boire. C'est tout.

— Ah ! Quelle bonté !

— Je l'ai remercié de ce qu'il avait fait hier.

Orma rit, d'un rire qui mit le feu aux joues de Tsippora.

— Où est-il ?

— Là où il est.

— Oh... susurra Orma avec dédain. Ne me dis rien, non ce n'est pas la peine ! Notre père lui aussi veut remercier l'étranger. Il n'attendait que ton retour pour savoir où aller le chercher.

— Que lui as-tu raconté ?

— La vérité. Je ne suis pas comme toi. Je ne dissimule rien sous de grands airs.

***

Jethro était allongé sur sa couche, là où Tsippora l'avait laissé la nuit précédente. On avait disposé autour de lui quelques coussins supplémentaires. Il faisait très sombre dans la pièce et sa chevelure blanche brillait comme un bloc de chaux. Il gardait les paupières closes et les mains croisées haut sur la poitrine. Les doigts vifs d'une jeune servante lui massaient le ventre à travers le lin léger de sa tunique tandis qu'une autre, si âgée que son visage n'était plus qu'un faisceau de rides, préparait une tisane sur le seuil de la pièce.

De temps à autre, sans que l'on sût si c'était l'effet de la souffrance ou du soulagement, un bref murmure fusait entre les lèvres du sage de Madiân. Les mains de la jeune servante adoucissaient leur effort, ses yeux guettaient le visage de son maître, n'y décelant que la pâleur excessive d'un vieillard aux entrailles brouillées.

Ni l'une ni l'autre n'interrompirent leur ouvrage lorsque Tsippora approcha. Regardant, avec un peu de répulsion, suinter le liquide brun que la vieille domestique expurgeait d'un linge gonflé, elle patienta avant de pénétrer dans l'obscurité de la pièce. Lorsque la vieille lui accorda enfin le passage, Jethro devina le mouvement dans l'ombre qui s'épaissit encore sur ses paupières. Il ouvrit les yeux en grand, les sourcils froncés. Ses lèvres frémirent sur un soupir de contentement.

— Te voici enfin de retour, ma fille.

— Bonjour, mon père.

— Laisse-le d'abord boire sa tisane, intervint la vieille servante. Vous parlerez après. La tisane ne doit pas reposer, sinon elle perd son effet.

Sans ménagement, elle repoussa sa jeune compagne, plaçant d'un geste plein d'autorité le bol de bois entre les mains de Jethro. Il se mit sur son séant en grommelant, considéra à peine la mixture avant de la boire d'une traite. L'œil fixe, il tendit le bol vide.

— Bah !... fit-il avec dédain.

La vieille gloussa sans complaisance.

— Que crois-tu ? Qu'Horeb va te rajeunir les viscères en un clin d'œil ?

Elle réunit son attirail dans un panier.

— Dans un moment ça ira mieux, et ce soir tout à fait bien, annonça-t-elle d'un ton qui n'admettait aucune protestation. La prochaine fois, avant d'ingurgiter ce que tu ne connais pas, demande-moi.

Jethro s'abstint de répondre. Ses doigts parcheminés effleurèrent la cuisse de la jeune servante.

— Cela suffit pour toi aussi, petite. Tes mains sont bénies par Horeb.

Alors que l'une et l'autre disparaissaient dans la lumière éblouissante de la cour, les rideaux fripés des paupières de Jethro retombèrent. Il palpa le côté de sa couche pour trouver la main de Tsippora, qu'il enserra avec fermeté.

— Réba m'a fait goûter une mixture d'Orient. Une sorte de goudron que l'on fait brûler sur les braises et dont on respire la fumée. Il paraît que si l'on s'y prend bien cela procure toutes sortes d'images dans la pensée, les goûts, les odeurs et les objets deviennent différents. Peut-être n'ai-je plus l'âge, ou que l'on s'y soit mal pris pour la préparation...

Un petit rire fit disparaître sa bouche dans la neige soyeuse de sa barbe pour se transformer aussitôt en une grimace qu'il acheva, du bout des lèvres, en un soupir :

— Les sensations que j'ai, je les connais très bien. Il me semble avoir bu toutes les jarres de vin et de bière de la maison et qu'en reproche Horeb me tape amicalement sur la tête avec les roches de sa montagne.

— Veux-tu de l'eau ? D'autres coussins.

— Rien du tout. Ta présence suffit.

Il rouvrit les yeux, ses prunelles brillant dans l'ombre.

— Réba est un bon garçon. Digne du devoir qui l'attend. Il possède de la curiosité à l'égard du monde et le goût de la justice. Il sait séparer l'illusion du vrai. Ce matin, j'ai eu honte quand il est parti. Moi, Jethro, pour la première fois depuis bien longtemps j'ai eu honte. De moi et de mes filles !

— Père ! Je n'avais pas l'intention de...

Les doigts durs serrèrent plus encore la main de Tsippora.

— Pas si fort. Les mots aussi deviennent des pierres si tu me les lances trop fort.

— Ne croyez pas que j'aurais pu empêcher Orma de rendre son tissu à Réba. En ce moment, elle ne déteste personne plus que moi.

Jethro grogna sans que l'on sût si cela venait de son corps douloureux ou des paroles de Tsippora.

— L'étranger, soupira-t-il. Est-ce vrai qu'il y a un étranger chez nous ? Il t'a sauvée des mains des fils de Houssenek ?

— Oui.

— Hier ?

— Oui, au puits d'Irmna.

— Et tu ne m'en as rien dit.

— Nous étions sauves. Et, hier soir, il y avait Réba. Je vous en aurais parlé aujourd'hui.

— Oh oh...

Le rire secoua la poitrine de Jethro.

— Après ta longue promenade ?

La vieille avait dit vrai. La tisane commençait déjà à faire son effet. Les joues du vieux sage reprenaient des couleurs et sa voix de la netteté jusque dans le persiflage. Tsippora serra les lèvres sans répondre. Elle ne sentait pas coupable, mais vexée. Jethro s'en rendit compte et lui tapota la main.

— Selon Orma, l'étranger serait un prince d'Égypte. Que fait un prince d'Égypte sur les terres de Madiân ?

— Il est peut-être prince, mais il n'est pas égyptien.

— Ah ?...

Il attendit qu'elle poursuive. Cela prit un moment car, là, devant Jethro, le souvenir des doigts de Moïse sur son visage emplissait Tsippora de gêne.

— Il me l'a annoncé ce matin.

— Voilà une bonne nouvelle : Orma ne profère donc pas que des bêtises.

— Je lui ai porté de la nourriture et de la bière.

— Pourquoi ne vient-il pas ici, que je le remercie de ce qu'il a fait pour mes filles ?

— Je l'ignore.

Jethro lui jeta un coup d'œil acéré. Elle répéta :

— Je l'ignore.

Tsippora hésita. Durant le trajet du retour, elle avait pensé qu'elle ne pouvait rien cacher à son père, qu'elle devait tout lui confier. Jamais encore elle n'avait cherché à lui dissimuler quoi que ce soit. Pourtant, maintenant, elle ne pouvait s'y résoudre. Les phrases, les aveux, même ses craintes, rien ne parvenait à franchir ses lèvres. Elle révéla la seule vérité dont elle était capable :

— Ce matin, si je n'ai pas dit où j'allais, c'était pour éviter que Orma m'accompagne.

Jethro lâcha un gémissement avant de secouer la tête, précautionneux.

— Mes filles !

— Orma est Orma. Je ne suis pas comme elle.

— Pour ce qui est de l'orgueil, on pourrait croire que vous avez eu le même père et la même mère !

Tsippora haussa les épaules, sa large tunique ondula en une molle draperie jusqu'à ses pieds.

— Qu'est-il, alors, cet étranger, s'il n'est pas égyptien ? insista Jethro.

— Hébreu.

— Oh !

— Il le dit.

La stupéfaction tira Jethro de son engourdissement.

— Un fils d'Abraham ? demanda-t-il.

— Il dit : d'Abraham et de Joseph.

Jethro opina.

— D'Abraham et de Joseph, bien sûr. Un Hébreu d'Égypte.

Un instant, ses yeux fixèrent l'ombre des poutres et des palmes de sa couche, où quelques mouches s'agaçaient. Puis il s'inclina, saisit le gobelet d'eau laissé par la servante et le but à petites gorgées.

— Cela se peut. Ceux qui font le commerce avec Pharaon racontent qu'en Égypte les Hébreux sont des esclaves durement menés. Si ce Moïse est un esclave d'Égypte, Orma est encore plus sotte que je ne le pense de l'avoir pris pour un prince.

— Non, déclara doucement Tsippora. Je ne crois pas qu'il soit un esclave.

— Ah ?

— Sefoba et moi, nous l'avons nous aussi pris pour un prince. Il en a l'allure. La manière qu'il a de se battre n'est pas non plus celle d'un esclave.

— Vous avez parlé. Que t'a-t-il dit ?

Les prunelles de Jethro pesaient sur sa fille, calmes et puissantes.

— Il m'a dit : « Je ne suis plus d'Égypte. »

— Et puis ?

— C'est tout.

— Une seule phrase. Tu es allé le voir et il n'a prononcé qu'une seule phrase ?

Le rire de Tsippora ne sonnait pas très juste.

— Il n'est pas à l'aise avec les mots. Avec notre langue.

— Un Hébreu ?

— C'est ainsi.

— Mais toi, tu es à l'aise avec la tienne, sourit Jethro.

Pas avec lui, songea Tsippora. Pas avec Moïse.

— Orma assure que tu lui as même interdit de me parler de lui.

— On n'interdit rien à Orma, soupira Tsippora.

Jethro se contenta d'attendre.

— À le voir... À ses manières... Orma et Sefoba lui ont proposé sur-le-champ : « Viens chez notre père ! » Il a refusé. Il a dit non sans hésiter. J'ai pensé : l'étranger est en fuite. Il veut rester dans l'ombre. C'est un homme qui se cache. Et moi, ce que je lui dois, c'est qu'on respecte sa volonté et qu'on ne le contraigne pas à dire ce qu'il veut taire.

Jethro l'observa un instant avant de hocher la tête, plus admiratif qu'ironique.

— Tu as bien fait. Mais moi, je suis ton père, et il est sur mes terres... Je suis curieux. Tu vas lui envoyer deux garçons, avec un chameau et une brebis qu'il puisse traire. Le chameau, c'est pour qu'il vienne me voir. Qu'on lui apprenne que j'irais bien le visiter moi-même pour lui témoigner ma reconnaissance, mais que mes os doivent être épargnés. Qu'on lui dise qu'il me ferait le plus grand des honneurs en s'asseyant près de moi sous la tonnelle.

Tsippora resta silencieuse, le front baissé, les doigts occupés par le pli de sa tunique.

— Eh bien ? Ne suis-je pas assez poli pour un prince d'Égypte ? Ai-je oublié quelque chose ?

— S'il refuse encore ?

— Attendons qu'il refuse.

— Je suis certaine qu'il n'a rien fait de mal.

— Tu ne fais qu'exciter ma curiosité.

— Orma va vouloir accompagner les garçons.

Le doigt de Jethro s'agita devant ses yeux brillants de gaieté.

— Certes non ! Ni toi ni Orma. J'ai dit deux garçons, et ce sera deux garçons.

La fureur d'Orma

L'étranger Moïse ne revint pas avec les jeunes bergers.

— Il a remercié pour les bêtes. Tout ce qu'il a demandé, c'est qu'on lui montre comment on tire du lait de la brebis, et c'est tout.

Jethro en eut le regard songeur, mais se garda de tout commentaire.

Deux jours passèrent, et nul ne vit apparaître sur le chemin de l'ouest un prince d'Égypte monté sur un chameau. Les heures s'écoulèrent avec une lenteur toute nouvelle pour Tsippora. Plus le temps passait, moins elle parvenait à surmonter son inquiétude. Elle dut en convenir : la peur ne la quittait plus. Peur de la venue de Moïse ou peur qu'il ne vienne pas, c'était tout un. Peur du souvenir de leur dernier instant dans la grotte.

Dormir devint bien difficile. Il lui fallait endurer les soupirs d'Orma qui se tournait et retournait sur sa couche. De temps à autre, elle se redressait à demi et chuchotait :

— Tsippora, tu dors ?

Tsippora demeurait immobile. Orma chuchotait encore :

— Je sais que tu ne dors pas. Tu penses à lui.

Tsippora ne bougeait toujours pas.

— Moi aussi, grognait Orma, je pense à lui. Tu es bête de faire semblant.

Tsippora laissait le silence lasser sa sœur. Lorsque enfin Orma s'assoupissait, il lui restait, hélas, ses propres pensées, où, dans une demi-lucidité, tout se mêlait, où, sous ses paupières closes, elle s'éblouissait de tous les moments déjà partagés avec Moïse, en rêve comme en réalité.

Au second matin d'attente, elle perdit patience. Dès l'aube, elle se précipita à la porte de la cour pour scruter le chemin de l'ouest. Il était encore aussi pâle que du lait. Et vide. Tsippora attendit que les roches et les buissons acquièrent leurs couleurs poussiéreuses, puis leurs ombres. Mais le chemin n'en resta pas moins vide.

Lasse, serrant les dents sur le désir qu'elle avait de sauter sur le dos d'une mule pour trotter jusqu'à la grotte de Moïse, elle rejoignit la pièce des femmes. Les visages se tournèrent vers elle, tous portant la même question : « L'Égyptien ne vient-il pas ? »

Orma arriva, flaira quelque chose.

— Que se passe-t-il ?

Il y eut un silence, puis une voix répondit :

— Tsippora est allée l'attendre au petit jour à la porte de la cour. Mais ça ne l'a pas fait venir.

Des gloussements et des rires étouffés jaillirent ici et là. La fureur qui déjà tendait les pommettes d'Orma se mua en un sourire moqueur qui épanouit toute sa beauté. Tsippora quitta la pièce, les reins bandés en un arc de défi. Elle se promit de ne plus laisser percevoir le moindre signe d'impatience.

Au soir du troisième jour, alors que le rougeoiement du ciel embrasait l'ouest sans que l'on y distinguât la moindre silhouette d'un homme ou d'une monture, Orma alla demander à Jethro la permission d'aller quérir elle-même Moïse dès le lendemain.

— Et pour quoi faire ? questionna Jethro en feignant la surprise.

— Eh bien, pour qu'il vienne, comme tu le lui as demandé !

— Que non, je ne lui ai rien demandé de tel ! Je l'ai invité à s'asseoir à côté de moi, ce qui me ferait plaisir et honneur. Mais si l'envie ne lui en vient pas, je respecterai tout autant ce refus que sa venue. Il gardera le chameau et la brebis que je lui ai envoyés, ainsi je ne me sentirai pas en dette envers lui.

La réponse dérouta brièvement Orma, pas assez cependant pour la convaincre.

— Tu te trompes, mon père, affirma-t-elle en fronçant ses beaux sourcils. Il ne viendra pas. Et moi je sais pourquoi.

— Ah ?

— C'est un prince d'Égypte.

— Il paraît.

— Un homme habitué à ce qu'on lui montre beaucoup de respect.

— Tu veux dire qu'un chameau et une brebis ne suffisent pas à exprimer ma gratitude ?

— Non, je veux dire que deux gamins pour lui transmettre ton désir de le voir ici ne suffisent pas à apaiser sa blessure d'orgueil.

— Car son orgueil est blessé ?

— S'il ne l'était pas, l'Égyptien serait déjà ici.

— Tu le penses ?

— Il nous sauve, il se bat pour nous, tes filles. Seul

contre quatre, au risque de se faire massacrer. Et puis il nous fuit ? Mon père, cela n'a pas de sens. A-t-on déjà vu un étranger refuser de s'asseoir avec toi dans ta cour ? Quelque chose a été dit ou fait qui lui a déplu.

— Par qui ?

— Tsippora. Tu sais les mots et le ton qu'elle emploie parfois. Comme si elle était toi-même ! Ou bien elle ne dit rien quand il faudrait parler. Sais-tu qu'au puits elle n'a pas prononcé un mot, pas même merci ?

— Elle est allée le voir pour s'en excuser. Elle lui a apporté des fruits et de la bière. Il n'y manquait que mon invitation.

— A-t-elle su pour autant oublier son orgueil et assouplir la raideur de ses paroles ?

— Elle n'avait aucune raison d'être raide avec lui. Ne lui as-tu pas demandé ce qu'ils se sont dit ?

Le rire d'Orma était plein de piquants.

— On ne demande pas ces choses à Tsippora !... Je sais seulement ce que j'ai vu : en revenant de là-bas elle avait la mine de quelqu'un qui a quelque chose à cacher.

Jethro prit le temps d'un soupir.

— Tandis que si, toi, tu allais jusqu'à sa grotte, il en irait bien autrement ?

— Il serait déjà là.

Le sourire d'Orma, en cet instant, il est vrai, était irrésistible.

Les doigts de Jethro dénouèrent d'invisibles nœuds dans sa barbe. Orma se montrait, pour une fois, d'une perspicacité qui n'était pas sans l'étonner. Il songea à calmer son enthousiasme en lui confiant que ce prince d'Égypte n'était qu'un Hébreu, peut-être même un esclave en fuite. Mais il se tut, craignant les drames nouveaux que sa fille pourrait engendrer devant pareille nouvelle. Lui-même, en vérité, commençait à éprouver l'agacement de l'attente et de la curiosité. Orma avait raison : avait-on déjà vu un étranger refuser de s'asseoir avec lui dans sa cour ? Pourquoi cet homme ne venait-il pas ? Et que possédait-il de si extraordinaire ? Car, s'il était normal que Orma n'ait d'autres soucis que d'éblouir un étranger, il en allait tout autrement de Tsippora, la plus sage d'entre toutes. Au moins jusqu'à ce jour !

Néanmoins, il déclara brutalement :

— Tu n'iras pas. La cour de Jethro accueille tous ceux qui veulent en franchir la porte avec amitié. Mais rien de plus. Aussi sourcilleux que soit ton prince d'Égypte, j'ai fait ce que j'avais à faire, et cela suffit.

*
**

Plusieurs jours s'évanouirent encore, l'un après l'autre, crépuscule après crépuscule.

On aurait pu croire que la lassitude de l'attente accablerait les filles de Jethro. Ce fut l'inverse qui advint. Comme une maladie, l'impatience gagna toutes les femmes de la maisonnée. Les quelques hommes, époux, frères et oncles qui n'étaient pas partis avec les troupeaux en arrivèrent à se demander s'ils allaient jamais voir cet étranger qui occupait tant les babillages des femmes.

Il n'y eut plus d'heures, plus de travaux, dans la cour ou au-dehors, plus même de sieste sous les térébinthes ou les tamaris, sans que, machinalement, les yeux se dirigent vers le chemin de l'ouest. Ils n'y trouvaient rien d'autre que les bleus changeants du ciel, un vol de coulis-coulis ou de cormorans ou, parfois, un âne échappé.

Enfin cela arriva.

Sans que quiconque l'ait vu venir dans le brasier d'un après-midi, Moïse fut là, à la porte de la cour.

Il y eut un cri, de jeune fille ou d'enfant. Il y eut le temps que chacun comprenne, écarquille les yeux et la bouche avant de se jeter hors de l'ombre. Tous se précipitèrent à la porte et, oui, il était là.

Personne n'osa dire un mot.

Il ne portait pas de tunique mais seulement un pagne plissé, serré à la taille par cette ceinture au magnifique tissage que les filles de Jethro avaient déjà admirée au puits d'Irmna. Une coiffe à rayures pourpres lui recouvrait la tête. La peau glabre de son torse semblait supporter le soleil sans difficulté. Sa barbe, désormais aussi fournie que celle d'un Madianite, ne masquait pas la beauté de sa bouche. Ses yeux possédaient une acuité qu'on ne savait qualifier, à la fois timide et puissante.

Les femmes comprirent sur-le-champ pourquoi Tsippora et Orma n'étaient plus les mêmes depuis leur rencontre avec cet étranger. Les hommes, eux, furent un peu agacés par sa raideur.

Du haut de son chameau, avec un accent qui conférait aux mots une sonorité nouvelle, il demanda s'il était bien chez Jethro, le sage des rois de Madiân. Personne ne lui répondit car, parmi les visages levés vers lui, il vit Tsippora et il lui sourit.

De son long bâton à pointe de bronze, il frappa le cou du chameau. Avec le flegme d'une bête confiante dans celui qu'elle porte, l'animal allongea le col et ploya les antérieurs. Quand Moïse fut debout sur le sol, chacun prit conscience qu'il était plus grand que les hommes de Madiân, bien que ses pieds soient nus.

La voix d'Orma retentit :

— Moïse ! Moïse !

Le brouhaha de l'accueil commença.

*
**

— Pardonne-moi, sage Jethro, si j'ai mis du temps à venir te saluer. Ne me crois pas grossier. Jamais encore je n'étais monté sur un chameau. J'ai dû apprendre avant de venir.

Les phrases étaient prononcées d'une traite. On devinait qu'il les avait plusieurs fois répétées avant de les livrer. La bouche de Jethro creusa une ombre dans sa barbe et resta en suspens au-dessus de la figue qu'il allait croquer.

— Tu as dû... apprendre à monter un chameau ?

Moïse s'inclina avec le plus grand sérieux.

— Il fallait bien. Tu m'as donné une bête pour venir.

La bouche de Jethro se referma à l'instant où les rires scintillaient autour d'eux.

Ils étaient sous le dais, dans le confort de l'ombre et des coussins, les cruches de bière et les coupes de fruits à portée de main. Debout derrière Jethro, Sefoba, Orma et Tsippora distrayaient leur nervosité sur les anses des paniers remplis de galettes et de gâteaux. Plus à l'écart, sous le pilon du soleil, les servantes et les enfants formaient un grand cercle. Ils riaient à s'en mouiller les yeux, sans perdre une miette de ce qui se racontait.

Jethro leva la main pour obtenir le silence. Il menaça de renvoyer chacun à sa tâche si l'on ne montrait pas plus de respect envers l'étranger.

Moïse apaisa la remontrance d'un sourire modeste.

— Ils ont raison de rire. Ici, il est stupide de ne pas savoir monter un chameau.

— À présent, tu sais. Et tu as vite appris, répliqua Jethro avec une sincère admiration.

Moïse trempa les lèvres dans le gobelet de bière, recevant le compliment avec autant d'humilité qu'il avait accepté les rires. Si cela était possible, la curiosité de Jethro pour l'étranger s'en accrut encore.

— Mais peut-être sais-tu monter à cheval ? On dit qu'il y a beaucoup de chevaux en Égypte.

La question parut plonger Moïse dans l'embarras.

— Il y a des chevaux.

Il se tut. Jethro patienta.

— Pour Pharaon ou pour faire la guerre.

— Pharaon va à cheval ?

— Non, il va debout.

— Debout ?

— Dans un char attaché à quatre chevaux. Les généraux et les grands guerriers qui l'accompagnent montent les chevaux. Les autres vont à pied. Ils courent quand il le faut. Il y a les bateaux, aussi. Sur le Grand Fleuve Itérou. Oui. Beaucoup de bateaux. Parfois, aussi, des chevaux.

À chaque phrase, la voix de Moïse devenait plus sourde, de moins en moins assurée de sa capacité à parvenir au bout de son propos. Son accent obscurcissait le sens des mots, noyant sa confiance et le poussant à en dire à la fois trop et pas assez.

Là-bas, dans la cour, les enfants et les jeunes servantes contraignaient mal leurs moqueries et la sévérité de leur jugement. La langue de ce côté de la mer Rouge, l'étranger la connaissait encore moins bien que les brebis et les chameaux ! Il était, certes, d'une nouveauté pleine de séduction, mais mieux valait qu'il demeure silencieux.

Jethro, lui, voulut ignorer ces carences. La courtoisie l'exigeait, autant que sa gourmandise pour tout ce qui lui permettait d'imaginer comment on vivait loin de son désert. Il ouvrit la bouche pour poser de nouvelles questions. Un frottement de tissu lui fit lever la tête. Tsippora s'agenouillait entre Moïse et lui.

D'autorité elle remplit leurs gobelets, qui n'en avaient pas encore besoin. Tendant celui de Jethro, elle croisa son regard avec tant de fermeté qu'il ne put douter de l'ordre muet qu'elle lui adressait : « Cesse donc les questions. Tu vois qu'elles l'embarrassent. Remercie-le, puisqu'il est venu pour ça ! »

Jethro n'eut pas le temps d'hésiter sur la conduite à suivre. Orma bouscula Tsippora pour s'agenouiller à son tour devant Moïse. Elle lui tendit un panier de gâteaux de miel et toutes les splendeurs de sa personne.

Avec une humilité qu'on ne lui connaissait pas, tous entendirent la plus belle des filles de Jethro annoncer combien elle était heureuse de pouvoir offrir ces présents, presque rien en vérité, eu égard à ce que Moïse avait fait pour elle et ses sœurs et aux fastes auxquels un seigneur d'Égypte devait être habitué.

Jethro perçut tout à la fois la colère qui crispait les poings de Tsippora et la gêne de Moïse. L'instant d'un éclair, il entrevit la dispute honteuse qui allait éclater entre ses filles. Moïse, cependant, de manière tout à fait inattendue, se leva. Il empoigna son bâton et se dressa de toute sa hauteur. Un drôle de silence serpenta dans la cour. Orma recula, une main levée devant son beau visage. Les femmes enlacèrent les épaules des enfants.

Moïse s'inclina comme s'il allait prendre congé. D'une voix cette fois bien nette il déclara :

— Tu te trompes, fille de Jethro. Tu te trompes.

Incrédule, Orma rit sottement.

— Ne ris pas ! Tu ne dois pas dire ce que tu dis !

Il y avait dans la voix de Moïse comme un bruit de galets qui s'entrechoquent. Orma jeta des regards effarés autour d'elle, cherchant de l'aide. Tous n'avaient d'yeux que pour la bouche de Moïse, ne voulant absolument rien perdre de ce qui allait en sortir.

– Je ne suis pas un seigneur d'Égypte, fille de Jethro. Tu me crois d'Égypte et prince, répéta Moïse. Je ne le suis pas.

Était-ce son accent ou était-il vraiment en colère ? On ne le sut pas. Orma se mit debout, le rouge aux joues. La bouche tremblante, elle recula d'un pas et se trouva sans le vouloir au côté de Tsippora. Le regard doré de Moïse glissa sur elles deux aussi bien que sur Jethro. Il se tourna pour faire face à ceux qui se tenaient dans la cour. Il écarta un peu les bras. Sa voix n'était plus du tout menaçante.

— C'est la vérité. Je ne suis pas un Égyptien d'Égypte. Je suis un Hébreu, fils d'esclave, d'Abraham et de Joseph.

Jethro était déjà levé. Les plis de sa tunique s'agitèrent autour de son corps maigre, il attrapa Moïse par le coude, lui saisit les mains pour le contraindre à se rasseoir.

— Oui, je le sais, je le sais ! Assieds-toi, je t'en prie, Moïse. Je le sais, Tsippora me l'a dit.

Orma leva un regard plein de stupeur vers sa sœur, qui n'y prêta pas attention. Moïse et leur père retrouvaient place sur les coussins. Jethro tapota le genou de Moïse avec une tendre familiarité.

— C'est une bonne nouvelle pour moi. Je n'en suis que plus heureux de t'accueillir, Moïse. Nous, les Madianites, nous sommes les fils d'Abraham et de sa seconde épouse, Qetoura.

— Oh ?

— Considère donc que tu es ici comme tu le serais chez toi, aussi longtemps que tu le voudras. Je te dois tout ce que te doivent mes filles.

— Je n'ai fait que me battre. Les bergers n'étaient pas forts.

— Mais tu ne le savais pas avant de les mettre en fuite ! De ce jour, le nom de Moïse et celui de Jethro sont ceux de l'amitié.

— Tu es bon. Pourtant, tu ignores la raison qui m'a conduit sur la terre de Madiân.

Moïse sourit avec tristesse. Il paraissait vouloir s'entêter dans une humilité qui n'était plus nécessaire. Avec vigueur, Jethro se lança dans une longue tirade :

— Je l'ignore aussi bien que la manière dont tu es venu. Tu me le conteras si tu le veux, car j'aime connaître l'histoire des hommes. Mais cela ne compte pas pour ce que j'ai à te dire. Tu es ici seul, sans compagnon, sans troupeau, sans même une tente où t'abriter de la chaleur du jour et du froid de la nuit. Tu n'as, à ce qu'il paraît, ni servantes ni épouse, personne qui sache faire cuire ton pain, préparer ta bière et tisser tes vêtements. Accepte que je t'accueille dans ma cour comme si tu étais l'un des miens. Ce ne sera que justice pour ce que tu as fait. Mes filles et moi, nous remercierons Horeb de ta venue. Choisis vingt têtes de petit bétail pour commencer ton troupeau et prends la toile nécessaire pour te dresser une tente à l'ombre d'un des grands arbres qui entourent ma cour. J'insiste, cela fera ma joie. Comme tu l'as sans doute remarqué, et pour une raison que je t'expliquerai plus tard, il n'y a pour le moment autour de moi quasiment que des femmes, filles, nièces ou servantes. Tu trouveras parmi elles des mains pour prendre soin de toi. Et moi, je le devine déjà, j'aurai un compagnon pour mes bavardages du soir.

À la place du sourire d'apaisement qu'elle s'attendait à lire sur les traits de Moïse, Tsippora perçut le formidable raidissement qui gagnait tout son corps. Moïse lança :

— Je suis venu à Madiân parce que j'ai tué.

Un murmure roula dans la cour. Tout ce qui avait été jusqu'alors rire et légèreté s'effondra. Tsippora sentit sa poitrine se vider de son souffle. À sa droite et à sa gauche, les mains de Sefoba et d'Orma agrippèrent ses poignets comme on se retient à la branche d'un arbre au long d'une dégringolade. Le seul qui demeura impassible, sans même une lueur d'étonnement sur le visage, ce fut Jethro.

Moïse plaça son bâton en travers de ses genoux, il respira à pleins poumons avant d'ajouter :

— J'ai tué. Non pas un berger, mais un grand de Pharaon. Un puissant architecte et contremaître. Je porte de nobles vêtements : ils ne sont pas à moi, je les ai volés pour m'enfuir. Et ce bâton aussi, je l'ai pris à la puissance de Pharaon. Voilà ce que tu dois savoir avant de m'accueillir.

Jethro, d'une voix au calme et à la tendresse intacts, répondit :

— Si tu as tué, c'est que tu avais une raison. Veux-tu nous la conter ?

*
**

Moïse n'était pas homme à raconter longuement. De plus, sa maladresse dans la langue de Madiân le contraignait à écourter ce qui aurait pu être décrit avec plus de détails. Mais à tous, jusqu'aux enfants, car ceux de la cour s'étaient rapprochés, son histoire n'en parut que plus terrible. Ils comblèrent ses silences avec leur imagination, voyant de leurs propres yeux cette vie fantastique qui grouillait au-delà de la mer Rouge. Les noms aux consonances étranges, *Thinis, Ouaset, Djéser-djésérou, Amon* ou *Osiris*, qu'évoquaient de temps à autre les caravaniers de passage, acquirent dans la bouche de Moïse une chair et une vérité nouvelles.

Ils virent de leurs yeux la splendeur des villes, les routes et les temples, les palais fabuleux, tout le gigantesque des animaux de pierres sculptées qui affirmaient la puissance d'hommes qui n'étaient plus tout à fait des hommes. Mais une fois ce décor posé, Moïse, avec ses phrases hachées, parla du *nékhakha*, le fouet de Pharaon. Un fouet qu'il serrait sur sa poitrine jusque dans les centaines de sculptures dressées à son effigie partout dans le pays, les temples et les sépultures. Un fouet qui s'abattait sur les milliers d'esclaves hébreux. Car c'était ainsi, avec leur sang, leurs cris et leur mort, dans l'incessant claquement du fouet, que s'élevaient les faramineuses constructions du dieu vivant, la Vie de la Vie, cette puissance toujours ressuscitée qui régnait, là-bas, sur l'immense pays du Grand Fleuve.

— Là où travaille l'esclave, qui lève les yeux pour protester est mort, disait Moïse. Sur un chantier, la mort d'un Hébreu compte moins qu'une planche brisée.

De l'aube à la nuit, les insultes, les cris, les accidents et la permanente humiliation étaient la plus grasse nourriture des esclaves. Par punition, on les épuisait dans la confection des briques où les plus faibles pataugeaient dans la boue alourdie de paille jusqu'à ne plus pouvoir soulever un pied.

— Celui qui ne peut plus piétiner, on le frappe. Il tombe dans la boue. Il s'étouffe. Alors le contremaître le frappe encore parce qu'il ne piétine plus. Si ses compagnons veulent l'aider, eux aussi sont frappés.

Et chacun ici, dans la chaleur de Madiân, entendait le claquement du fouet de Pharaon. Même les mouches, à ce qu'il semblait, cessaient de bourdonner.

— Celui qui ne peut plus tirer la corde des traîneaux où l'on charrie les pierres, on le frappe, reprenait Moïse d'une voix de plus en plus lourde. Celui qui a soif, celui qui se trompe, celui qui veut panser sa plaie, tous ceux-là, on les frappe. Qu'ils soient vieux ou jeunes, femmes ou hommes.

Moïse par instants se taisait, les yeux égarés sur les paniers de fruits devant lui. On respectait son silence, tentant de voir ce qu'il voyait à l'intérieur de lui-même. Ces longues cordées d'hommes attelées aux pierres, ces milliers de bras frappant la pierre, la taillant, la polissant, la soulevant. Ces jours d'efforts sans fin pour extraire les roches des falaises, les transporter d'un bout à l'autre d'un immense pays et enfin les accumuler les unes sur les autres en des constructions vertigineuses.

Puis Moïse secouait la tête et murmurait :

— Cela n'a pas toujours été ainsi. Mais aujourd'hui, le fouet de Pharaon est plus gourmand de leur sang que les moustiques.

Il cherchait des regards, trouvait celui de Jethro, celui de Tsippora. Sur son visage, on ne lisait pas de douleur, pas vraiment de colère non plus. Bien plutôt de l'incompréhension.

— J'ai été aux côtés d'un homme qui éprouvait du plaisir dans la souffrance des esclaves et même de l'orgueil à leur infliger le mal à coups redoublés. Il s'appelait Mem P'ta. Être dans son parage était une insupportable souillure. Je vivais dans la honte. La honte de ce qu'il faisait et celle de ne pas l'empêcher. Un matin, cela s'est fait sans que je le décide vraiment. Mem P'ta s'est éloigné, seul, vers le fleuve. Je l'ai suivi dans les joncs. J'ai attendu qu'il soit à son affaire. Ça n'a pas été difficile. J'étais tellement soulagé à l'idée qu'il ne lèverait plus son fouet ! J'avais tellement le désir de le tuer !

Moïse eut un demi-sourire.

— Ensuite, j'ai craint que l'on découvre son corps trop vite si le fleuve l'emportait. Je l'ai tiré jusqu'à une bande de sable pour l'enfouir. Je crois que c'est là qu'on m'a vu.

À nouveau il se tut. Il n'était pas difficile d'imaginer ce qu'il ne disait pas.

Il fit rouler son bâton dans ses mains, observa les visages autour de lui sans s'arrêter sur aucun. Curieusement, il paraissait plus à l'aise et plus sûr de lui qu'un instant auparavant. Il haussa les épaules avec une certaine légèreté.

— J'ai tué l'Égyptien, c'était une erreur. Cela n'a pas adouci la souffrance d'un seul Hébreu, a seulement accru la colère de Pharaon contre ses esclaves. Frapper les architectes ou les contremaîtres de Pharaon, c'est frapper Pharaon. Oser s'en prendre à Pharaon, qui le pourrait ?

Jethro ne sut si c'était là une vraie question. Silencieux, il ne bougeait pas un cil. Le sourire las de Moïse s'élargit, bien que son regard gardât tout son sérieux.

— J'ai volé les vêtements, volé un bateau qui m'a porté ici. Jusqu'à ce que tes filles me disent : « Tu es sur la terre de Madiân et chez Jethro, le sage des rois de Madiân », j'ignorais où je me trouvais.

Jethro hocha la tête.

— Tu es sur la terre de Madiân, chez Jethro. Rien dans ce que tu viens de conter ne me donne le désir de reprendre ma parole. Je l'ai dit : tu es ici chez toi. Si cela s'accorde à ton désir et qu'une vie modeste te convient, demain tu dresseras ta tente et choisiras les premières bêtes de ton troupeau.

*
**

Le bleu du ciel s'était alourdi. Sur la pointe de la montagne d'Horeb, le panache permanent de nuages et de fumée se teintait d'un rose qui paraissait liquide. Depuis longtemps la silhouette de Moïse, bien droite sur le chameau, avait rapetissé et disparu à l'ouest.

Un grand bruissement de paroles, d'où la voix d'Orma surgissait en vagues coupantes, avait suivi ce départ. Craignant d'y briser ses propres émotions, Tsippora s'en était tenue à l'écart. Il lui suffisait de fermer les paupières pour voir à nouveau jouer les muscles du dos de l'étranger tandis qu'il épousait le ballant dansant de l'animal. De même, elle pouvait revivre, un à un, les instants de la rencontre. Tout était en elle : la voix de Moïse, ses expressions comme ses confusions et, au bout du compte, tout ce qu'il n'avait pas dit.

Mais alors qu'elle disposait avec ses sœurs le repas du soir devant son père, c'était lui qui s'étonnait :

— Quel homme étrange ! Est-ce seulement parce qu'il connaît mal notre langue qu'il semble composé de contraires ? Avez-vous remarqué comme il répond aux questions et n'y répond pourtant pas ? Je suis certain qu'il sait enfourcher un cheval et qu'il s'est trouvé aux côtés de Pharaon. Un homme comme lui devrait montrer plus d'assurance. Son regard brille d'orgueil, mais il est humble. Je ne peux pas croire qu'il ait été un esclave. Pourtant, ces esclaves, il les aime plus qu'il s'apprécie lui-même. Oui, quel étrange personne que ce Moïse ! Il est une chose et son contraire. Il ne sait décider entre l'ombre et la lumière. Il me plaît.

Des mots qui suffirent à embraser Orma, telle une herbe sèche.

— Il a tué et il te plaît !

— Certes, il a tué. Mais tu as entendu ses raisons.

— Comment sais-tu qu'il ne ment pas ?

— C'est vrai, mon père, renchérit Sefoba, le front soucieux. Moïse a des qualités... Mais toutes ses hésitations ! Comment savoir s'il ne dit pas une chose et son contraire pour couvrir un mensonge ?

Elle jeta un coup d'œil à Tsippora, mais ne trouva qu'un visage froid et attentif.

— Un homme qui a tué peut mentir facilement, assura Orma.

— Je suis contente que nous l'aidions, renchérit Sefoba. Mais est-ce nécessaire qu'il dresse sa tente si près de la cour ?

Jethro sourit en secouant la tête.

— Un homme qui a tué peut mentir pour dissimuler sa faute. Mais un homme qui avoue son meurtre sans qu'on le lui demande, pourquoi mentirait-il ? Son aveu prouve que son sens de la justice ne peut se satisfaire d'un mensonge.

— Il ment au moins par l'apparence, répliqua Orma, imperturbable. Tu le dis toi-même, mon père : il se montre tel qu'il n'est pas.

— Non, ce n'est pas ce que dit notre père, intervint Tsippora, laissant percer son agacement. Moïse est franc. Il a seulement des manières d'étranger. Et nous n'avons pas à juger de ce qu'il a fait en Égypte.

— Oh, toi ! s'indigna Orma, bien sûr que tu vas prendre sa défense. Et d'abord pour dire le contraire de ce que je dis !

— Orma, ma fille...

— Toi aussi, mon père ! Toi aussi ! Tu savais qu'il n'était ni égyptien ni prince. Et tu m'as laissée me ridiculiser devant lui. M'agenouiller et... Et dire ces sottises devant tout le monde !

Des larmes retenues depuis longtemps jaillirent des beaux yeux d'Orma. Sa bouche vibra, un tremblement agita ses tempes, son visage s'anima d'une manière infiniment plus vivante que d'ordinaire. Jethro la considéra avec beaucoup de tendresse. Cependant, emportée par son ressentiment, luttant contre la honte de ses larmes qui se surajoutait à celle déjà subie, Orma se mit à singer Moïse, raide et sévère, déclarant : « Ne ris pas ! Tu ne dois pas dire ce que tu dis ! Je ne suis pas un seigneur d'Égypte, fille de Jethro. » L'imitation était si proche de la vérité que Jethro oublia sa tendresse et, pas plus que Sefoba et Tsippora, ne put retenir son rire. Alors la fureur d'Orma explosa. Elle pointa le doigt sur son père et sur Tsippora.

— Riez ! Riez ! Moquez-vous de moi. C'est cela que vous aimez le plus ! Tout vous est bon !

À présent, elle criait. Les servantes apparurent sur le seuil des pièces, toute la cour vibra des mots qu'Orma, hors d'elle, jetait avec toute la violence dont elle était capable :

— Tu ne m'aimes pas ! Je le sais, mon père, que tu me trouves sotte. Seule Tsippora compte pour toi !

Et ça ne m'étonne pas que l'étranger te plaise. Il est fourbe, il joue à l'esclave. Qu'ils s'entendent ! La couleur de la peau en moins, il aura le même destin que celle que tu nous imposes comme une sœur, mais qui n'a jamais été la mienne !

Sefoba laissa échapper un murmure. Orma s'enfuit à l'autre bout de la cour, laissant un silence crissant derrière elle.

Quand elle eut disparu dans la pièce des femmes, Jethro soupira avec émotion :

— Ma fille, ma fille !

Sefoba glissa sa main dans celle de Tsippora.

— Elle ne pense pas vraiment ce qu'elle dit.

Le regard de Tsippora brillait un peu trop dans la lumière du crépuscule. Elle approuva d'un petit signe de tête.

— Elle ne le pense pas, répéta Sefoba. Elle est déçue, elle a perdu un prince aujourd'hui.

Jethro secoua la tête avec tristesse.

— Si, elle le pense. Au moins un peu. Et peut-être a-t-elle dit vrai pour une chose. Je ne l'aime pas assez.

Sefoba et Tsippora baissèrent les yeux avec gêne. Jethro toucha l'épaule de son aînée.

— Va près d'elle. Elle a besoin de caresses. Ce n'est pas seulement un prince qu'elle a perdu aujourd'hui, mais un peu de sa vanité.

*
**

Après que Sefoba se fut éloignée, Tsippora et Jethro demeurèrent longtemps silencieux. Les mots terribles d'Orma tout à la fois les rapprochaient et les intimidaient. L'un et l'autre percevaient la sincérité de la douleur sous la fureur et s'en sentaient plus coupables qu'offusqués. Fille et père, oui, ils l'étaient si profondément et avec un tel bonheur, une telle force, que ni le sang ni la couleur de la peau n'y étaient mêlés. Qui pouvait comprendre cela ? Personne sur les terres de Madiân, pas même tout à fait Sefoba.

Le sommet de la montagne d'Horeb était devenu gris. La brise du soir s'élançait à petites bouffées, portant les senteurs des jardins et les cris des enfants qui cherchaient à échapper au sommeil. Des servantes installèrent les lampes. Les phalènes aussitôt s'en approchèrent pour entamer leur ballet obstiné.

Tsippora avait oublié les cris d'Orma. Elle songeait aux bracelets d'or qu'elle avait découverts dans la grotte de Moïse et dont elle n'avait pas encore parlé à Jethro. Elle n'arrivait cependant pas à se convaincre de le faire, même maintenant, dans la chaleur du soir qui les unissait si parfaitement. Ce qu'elle avait découvert dans la grotte était un secret qu'elle ne devait pas dévoiler et qui n'appartenait encore qu'à Moïse.

Comme s'il avait suivi le cheminement de sa pensée, Jethro déclara tout bas :

— Bien sûr qu'il ne nous a pas tout dit ! Il parlait des esclaves de Pharaon comme un homme dont les yeux contemplent la vérité depuis peu. Pas comme celui qui est né dans cette douleur et la vit depuis toujours.

— Il ne ment pas, cependant.

— Non, non ! Il ne ment pas.

— Il est hébreu et non égyptien.

La voix de Jethro redevint pensive :

— Il est fils d'Abraham, je veux bien le croire. Mais il semble bien que les Hébreux d'Égypte ignorent qui nous sommes, nous, les gens de Madiân.

— Moïse l'ignore, corrigea Tsippora. Comme il ne connaît pas bien notre langue.

Jethro approuva avec un petit sourire.

— Tu as raison.

— Tu ne lui as pas demandé qui est son dieu. D'habitude, mon père, c'est la première question que tu poses aux étrangers.

— C'était inutile : il n'a pas de dieu. Ni ceux d'Égypte ni celui des Hébreux. C'est pour cela qu'il ne sait que faire de lui-même.

Tsippora ne demanda pas comment Jethro pouvait être si certain de ce qu'il affirmait. La nuit était pleine, désormais. Des enfants ou des servantes glissaient comme des ombres le long des murs. Jethro chassa une phalène qui voletait jusqu'à sa barbe.

— Quand il a dit qu'il avait tué, remarqua Tsippora, tu n'as pas eu l'air surpris.

— Je n'avais pas à l'être. Quelle raison peut pousser un homme à traverser la mer, sans savoir où il se dirige et sans autre compagnie que sa peur ?

Ainsi, comme elle, Jethro avait perçu la peur de Moïse. Tsippora fut heureuse qu'il n'en conçoive aucune défiance. Elle songea à l'expression de Moïse alors qu'il remontait sur son chameau. Il n'avait rien dit. Ne lui avait pas dit « Adieu » ou « À demain ! ». Il l'avait seulement regardée avec cette volonté et cet embarras qui le caractérisaient en toute occasion. Un regard qui disait : « Tu sais l'homme que je suis. Ne te trompe pas sur moi. »

Soudain, comme si les mots devançaient sa volonté, elle murmura,

— Il y a presque une lune, j'ai fait un rêve. Un rêve qui m'a attirée autant qu'effrayée. J'ai demandé à Horeb de m'aider à le comprendre, mais il est demeuré silencieux. À toi, je n'ai rien osé révéler. J'étais comme Orma, j'avais peur d'être ridicule et de perdre ma dignité.

Tsippora raconta son rêve et comment elle s'était débattue avec sa raison pour tenter d'en comprendre le sens. Devait-elle réellement reprendre le bateau et traverser la mer pour aller vivre au pays de Kouch ? Perdant tout ce qu'elle avait ici, tout ce que Jethro lui avait donné, et d'abord son amour de père ? Elle ne pouvait l'imaginer.

— Mais nous savons ce qui m'attend ici. Sefoba vient de trouver un époux, comme l'ont fait nos aînées. Bientôt, Orma acceptera Réba, ou un autre. C'en sera fini, tu n'auras plus de fille à marier. Nul seigneur de Madiân, pas même un berger, ne fréquentera ta cour pour devenir mon époux. Je ne te donnerai aucun petit-enfant.

Elle avait prononcé ces paroles avec autant de légèreté qu'elle le pouvait. Pourtant, les mots paraissaient tomber de sa bouche comme des pierres.

Jethro laissa le silence en effacer le relent de tristesse.

— Nul ne sait avec vérité ce que nous disent les rêves. Ils nous viennent la nuit et en possèdent une part d'obscurité. Mais ils peuvent être aussi aveuglants que le jour à l'heure du zénith. La sagesse dit : « Vis ton rêve dans le sommeil, mais ne laisse pas ta vie devenir un sommeil. »

À son tour, Tsippora attendit un peu avant de demander :

— Crois-tu qu'il viendra dresser sa tente demain ?

Nul besoin de prononcer le nom de Moïse.

— J'en suis certain, répondit Jethro.

Il réfléchit et ajouta :

— Il faudra être patient. Ce qu'il a à porter est lourd. Il ne peut s'en décharger d'un coup.

— Qu'Horeb lui vienne en aide.

— La toute-puissance d'Horeb est d'accomplir ce que l'on n'attend pas de lui. Il nous surprend et, dans cette surprise, il nous corrige, nous encourage et nous montre où porter nos pas. Laisse-le te surprendre. Ne te précipite pas. Les jours seront nombreux devant toi.

La servante

Jethro avait vu juste.

Le lendemain, Moïse arriva tôt. Retenues par une longe derrière son chameau venaient la mule et la brebis, son peu de possessions glissé dans le double sac que lui avait apporté Tsippora. Dans la journée, sa tente fut dressée sous le grand sycomore qui marquait le début de la route d'Epha. C'était un bon choix, assez loin de la cour de Jethro pour préserver la solitude qu'aimait Moïse, et assez proche pour ne pas donner l'impression qu'il se tenait à l'écart.

Moïse avait vite appris à guider un chameau. Avec la même aisance, il apprit la vie sous une tente et à s'occuper d'un troupeau de petit bétail. En moins d'une lune, il sut réunir les bêtes lui-même, les parquer et distinguer celles qui avaient besoin de soins. On lui montra comment fabriquer les outils nécessaires à la taille des éclats de silex, comment rendre ceux-ci aussi tranchants que les lames de métal, rares et précieuses. On lui enseigna à couper et à coudre le cuir, à confectionner de confortables selles, à sécher la viande, et également à se défier des scorpions et des serpents en reconnaissant de loin les ombres et les fraîcheurs qu'ils affectionnaient.

Jour après jour, sa présence et ses manières devinrent plus naturelles. Il en arriva même, comme chacun, à marcher sur les pierres brûlantes avec des semelles et non plus pieds nus.

Imperceptiblement, la cour de Jethro elle aussi se mit à mener une vie nouvelle.

D'abord, il y eut l'attrait d'un visage nouveau et la bizarrerie de son accent qui rendait sa compagnie attrayante pour les jeunes servantes. Moïse n'hésitait pas à rire de lui-même, à se moquer de ses maladresses, et l'on pouvait en rire avec lui. Mais, surtout, ce qui rendit les journées bien différentes de ce qu'elles étaient avant son arrivée, ce fut tout le savoir de l'Égypte qu'il possédait.

Les enfants de la maisonnée, d'abord les plus grands, par petits groupes, puis les plus jeunes, prirent l'habitude de le rejoindre au crépuscule devant sa tente. Ils posaient mille questions et Moïse, sans jamais montrer la moindre lassitude, de sa voix de moins en moins hésitante, leur répondait. Il racontait, avec autant de gestes que de mots, comment les carriers taillaient les blocs de pierre dans la montagne, comment on les transportait sur le Grand Fleuve. Comment, parfois, les aiguilles de roche étaient si immenses qu'il fallait plus de cent bateaux et des milliers d'hommes pour les tirer des montagnes et les dresser devant les esplanades des temples, à dix jours de marche.

Dans le sable, il traçait le plan des villes, des palais. Il dessinait les jardins et quelquefois la corolle de fleurs qui ne possédaient pas même de nom dans la langue de Madiân.

Les yeux des enfants s'agrandissaient à la dimension des merveilles qu'ils entendaient. Leurs nuits se peuplaient de rêves fabuleux. Plus personne ne songeait aux esclaves et au fouet de Pharaon, mais seulement à ces villes inouïes, ces jardins de paradis, ces animaux de roche tirés du cœur des montagnes et si énormes qu'une seule de leurs griffes était plus haute qu'un homme.

Bientôt, les jeunes servantes accompagnèrent les enfants. Comme par enchantement, le crépuscule venu, la cour de Jethro s'emplissait d'un silence tout neuf jusqu'à ce que le ciel, au-dessus de la montagne d'Horeb, disparaisse dans la nuit.

Durant toute une lune, s'appliquant à lui-même le conseil de patience donné à Tsippora, Jethro avait pris soin de rarement partager son repas avec Moïse. À bon escient : ceux-ci furent des instants mornes et peu bavards. Moïse y paraissait écrasé sous le poids du respect et de la reconnaissance, Jethro sous celui de sa prudence.

Cependant, il ne fallut pas longtemps pour que le plaisir que, tout au contraire, Moïse dispensait devant sa tente aux enfants et aux servantes parvienne aux oreilles de Jethro. Un soir, il décida d'y faire porter son repas et une grande jarre de vin allongé de miel.

Sitôt assis, il noya l'embarras prévisible de Moïse dans les gobelets de bois d'olivier. Il fit approcher les enfants et, pour ainsi dire, les poussa dans les bras de Moïse. Avec un étonnement plus vif que celui qu'il laissa paraître, il découvrit l'aisance que Moïse avait acquise avec les mots. Son accent n'était plus un obstacle à la compréhension, mais une séduction, l'écrin d'un parfum nouveau pour la langue de Madiân. Il eut le même ébahissement que les enfants lorsque Moïse expliqua comment les prêtres d'Égypte transformaient les corps des rois et des princes défunts en sculptures de chair, vides de leurs entrailles et propres à affronter l'éternité. Il eut les mêmes rires qu'eux lorsque Moïse imita les cris des singes dont on se faisait, là-bas, des compagnons au caractère capricieux.

À l'aube du lendemain, lorsque Tsippora lui apporta les galettes et le lait frais de son premier repas, Jethro lui saisit la main et la serra avec une étrange émotion.

— Hier soir, j'ai écouté Moïse. Celui que j'ai découvert, je ne le connaissais pas encore. Il est plus savant que moi. Il a vu de ses yeux plus de choses du ciel et de la terre que je n'en ai vu. Assurément, c'est un homme qui n'a jamais été esclave de Pharaon. Et même, jusqu'à ce qu'il fuie le pays du fleuve Itérou, je suis certain qu'il n'a eu d'autre bonheur et d'autre fierté que d'être son sujet.

Tsippora ne répondit pas. Jethro laissa s'écouler un moment puis, les yeux lumineux de malice, demanda si Moïse, depuis qu'il vivait sous la tente, ne lui avait rien confié de son passé.

— Non ! Bien sûr que non. Pourquoi l'aurait-il fait ? Et puis, il est très occupé avec les enfants.

On devinait de l'amertume dans sa voix. Le regard de Jethro pesait toujours sur elle. Pour échapper aux questions qu'elle craignait d'entendre, elle ajouta avec un vrai rire :

— S'il continue à plaire autant, on ne se souviendra bientôt plus que Jethro est le maître de cette cour. Toute la maisonnée est à son service. Il lui suffit de lever un sourcil et les servantes accourent !

— Toute la maisonnée, sauf ta sœur, bougonna Jethro, trempant ses doigts dans la coupe d'eau fraîche que lui tendait Tsippora.

C'était vrai, Orma était bien la seule à se tenir à l'écart. Depuis la première visite de Moïse, elle avait conservé un visage coléreux. Elle n'approchait jamais de la tente sous le sycomore d'Epha. Une grimace de vague mépris crispait ses lèvres dès que le nom de Moïse était évoqué. Lorsqu'il pénétrait dans la cour de Jethro, ce qui arrivait peu, elle prenait soin de ne lui accorder aucun regard. Et si jamais, au-dehors, leurs chemins se croisaient, elle n'hésitait pas à détourner la tête.

À la voir faire, Sefoba et Tsippora riaient tout autant que les servantes, qui se poussaient du coude avec des clins d'œil. Mais ces rires, en vérité, révélaient moins la gaieté de Tsippora que son désarroi et son chagrin. Alors que Moïse était là, tout près, choyé par la maisonnée, c'était elle, soudain, qui se sentait étrangère et ignorée. Depuis deux lunes que la tente de Moïse était dressée, rien de ce qu'elle avait espéré au plus profond de son âme n'était advenu. Bien au contraire.

Dans les jours qui avaient suivi l'installation de Moïse, craignant de paraître trop impatiente, peut-être même impudente, elle s'était conformée aux paroles de Jethro : « Ne te précipite pas. Les jours seront nombreux devant toi. » Avec toute la volonté dont elle était capable, elle avait résisté au désir brûlant de faire un geste qui aurait pu rappeler leur bref instant d'intimité dans la grotte. Elle s'était interdit de lui porter son repas du matin, avait laissé à d'autres le plaisir de l'initier à sa nouvelle existence, de recevoir son sourire et ses mercis. D'être là, comme par enchantement, quand il avait besoin d'aide.

Elle y était si bien parvenue que sa présence au côté de Moïse devint vite rare et anodine. Les choses suivant leur train, Moïse se trouva bientôt occupé par une tâche ou une autre, l'attention captée par les servantes ou par les enfants. C'était à peine s'ils se croisaient. Et quand cela enfin arrivait, alors qu'elle avait imaginé le bonheur qu'il y aurait à le voir vivre et, peut-être, à l'aimer, elle n'éprouvait que vide et déception. Moïse ne lui accordait d'autre attention que celle qu'il offrait, sans distinction, à toutes les âmes de la maison.

Elle commença à douter de l'éblouissement qui l'avait saisie à la vue de Moïse pêchant. À douter qu'il eût un jour effleuré sa bouche de ses doigts. À douter même que l'étranger fût ce qu'il disait et ce qu'il paraissait.

Elle s'endormait avec le souvenir du corps de Moïse, nu dans la mer, avec le souvenir des bracelets d'or serrés dans le coffre peint couvert d'écritures. Cela existait-il réellement ? Ne connaissait-elle plus la différence entre le rêve et la réalité ?

Le désir d'un instant de solitude près de Moïse se mua en douleur : la douleur de la jalousie. Elle en devint maladroite et excessive. Jamais encore un homme n'avait tant occupé ses pensées. Elle en était déconcertée et honteuse. Elle n'osait pas le montrer, et encore moins le confier, même à Sefoba.

Un matin, enfin, elle se leva, décidée à balayer ses tourments. Il était temps qu'elle redevienne elle-même et qu'elle brise sa trop longue patience.

Le soleil effleurait à peine le sycomore de la route d'Epha lorsqu'elle parvint en vue de la tente. Elle n'alla pas plus loin. La toile de la portière se souleva et une servante parut. Tsippora la reconnut et murmura son nom :

— Murti !

C'était une jolie fille, à peine plus jeune qu'Orma. Sa silhouette était fine, pleine de grâce alors qu'elle s'appuyait au gros tronc du sycomore.

Tsippora crut que son sang se changeait en sable. Elle songea qu'elle avait été stupide de ne pas y penser.

Le regard des jeunes servantes sur Moïse, elle l'avait vu ! Il ne manquait pas de femmes attirantes autour de Jethro. Ce qui venait d'arriver était inévitable. Il ne fallait pas en vouloir à Moïse.

Là-bas, cependant, devant la tente, Murti s'agenouillait, paraissant s'effondrer, les mains au sol. Puis immédiatement elle se releva. Courant comme une folle, la bouche grande ouverte et les joues ravinées de larmes, elle s'approcha de Tsippora.

Celle-ci bondit au milieu du chemin.

— Murti ! Murti !

Elle lui attrapa le bras. L'élan de Murti était si violent que toutes deux manquèrent de perdre l'équilibre.

— Murti ! Que t'arrive-t-il ? Où cours-tu ?

Murti hoquetait. Tsippora répéta son nom doucement. Les sanglots de la servante redoublèrent, alourdis d'une plainte qui faisait vibrer sa poitrine. Tsippora l'attira contre elle, referma ses bras autour de son buste. Là-bas, sous le sycomore, la portière de la tente demeurait immobile.

— Murti, que t'est-il arrivé ?

La servante secoua la tête, ses mains poussèrent les épaules de Tsippora, cherchant à dénouer l'étreinte.

— Non, ne fuis pas ! murmura Tsippora en la retenant. Tu peux me parler ! Je ne dirai rien. Cela restera entre nous, tu le sais.

Murti le savait, mais il lui fallut encore du temps, le front appuyé sur l'épaule de Tsippora et le corps secoué de spasmes, avant de reprendre son souffle. D'une voix à peine audible, elle chuchota :

— À personne ?

— Je te le promets devant Horeb. À personne.

Murti plaqua ses mains sur son visage.

— J'en avais envie depuis des jours. C'était plus

fort que moi. Je ne pouvais pas me réveiller sans y penser, commença-t-elle.

Tsippora n'eut aucun mal à la croire et à la comprendre. La sincérité de Murti ne faisait pas de doute. Pas plus que ses tourments et son impuissance à résister à la force qui la poussait vers l'étranger.

Elle s'était faufilée dans la tente alors que Moïse dormait encore. Elle l'avait réveillé de ses caresses. En songe, ces caresses, elle les lui avait déjà accordées depuis des nuits. Elle ne doutait pas un instant qu'il les accueillît avec bonheur. En ouvrant les yeux, il avait cependant marqué plus de surprise que de plaisir. Il avait retenu les mains de Murti. Mais elle s'était obstinée. Elle avait ôté sa tunique, s'était mise nue, posant les paumes de Moïse sur sa peau.

La suite, Murti ne parvint pas vraiment à la raconter. Tout y était terrible. Le regard de Moïse, la tunique qu'elle ne parvenait pas à enfiler, jusqu'au vacarme de ses pleurs qui la couvrait de honte.

Tsippora lui caressa la nuque et les épaules. Puis elle interrogea :

— Que t'a-t-il dit ?

Murti haussa les épaules.

— Il t'a mise hors de sa tente sans un mot ? insista Tsippora.

Murti renifla, s'écarta en séchant ses joues. Elle jeta un regard inquiet en direction de la tente.

— Je ne sais pas, je n'écoutais pas. Il ne faut pas rester ici.

— Essaie de te souvenir.

La servante commença à marcher vivement vers la cour de Jethro sans répondre. Tsippora la suivit. Elle n'éprouvait aucune colère contre Murti. Bien plutôt un attendrissement complice, effaré et malheureux. Et un étrange soulagement.

Que se serait-il passé, si elle-même avait réveillé Moïse ?

Alors qu'elles approchaient de l'enclos des mules, Tsippora retint Murti. La servante ne pleurait plus. Son visage était à présent curieusement enlaidi. Sans attendre la question de Tsippora, elle désigna l'ouest encore laiteux de l'aube. D'une voix grossie par la fureur, elle lança :

— Il a dit que j'étais belle et que je ne devais pas lui en vouloir. Il pouvait pas. Voilà ce qu'il a dit : « Je ne peux pas ! » Pas parce qu'il n'était pas un homme, mais parce qu'il y avait quelque chose qui l'en empêchait. J'ai voulu me moquer de lui, j'ai demandé : « Quoi ? Quoi ? Qu'est-ce qui peut empêcher un homme de prendre une femme ? »

Elle s'interrompit en agrippant les poignets de Tsippora.

— Tu me promets que tu ne diras rien ? À personne ? Pas même à tes sœurs ?

— Sois sans crainte, l'assura Tsippora. Et lui non plus ne dira rien. Je le sais.

Murti soupira, le regard voilé d'incompréhension.

— J'étais en train de remettre ma tunique et je n'y arrivais pas. J'avais envie de lui griffer les joues. C'est lui qui a replacé ma fibule sur l'épaule et il a dit : « Les souvenirs. Voilà ce qui empêche un homme de prendre une femme. » Je n'ai même pas compris de quoi il parlait !

[illegible] grandissait [illegible] comme [illegible] grande [illegible].

Que se serait-il passé si elle même avait réveillé Moïse ?

Alors qu'elles [illegible] de l'[illegible] des [illegible] [illegible]. Son [illegible] de la [illegible] l'[illegible] [illegible] [illegible].

[illegible] a dit qu'[illegible] [illegible] [illegible] pas [illegible] [illegible] [illegible] [illegible] [illegible] quelque chose que l'on [illegible] [illegible] de [illegible].

— Quoi ? [illegible] ? Qu'est-ce qu'il [illegible] [illegible] [illegible].

[illegible]

— [illegible] [illegible] [illegible] ? [illegible].

[illegible] [illegible] [illegible]. [illegible] plus [illegible] [illegible].

[illegible] [illegible] le regard [illegible] [illegible].

— [illegible] [illegible] [illegible]. C'est [illegible] qui a [illegible] [illegible] sur [illegible] [illegible] [illegible] [illegible] un homme [illegible] [illegible] [illegible] pas [illegible] [illegible].

Deuxième partie

L'appel de Yhwh

Le marchand d'Égypte

L'hiver était là et, avec lui, les pluies qui chaque année reverdissaient les plaines entre la montagne d'Horeb et la mer. Le troupeau de Moïse était formé. Un petit cheptel comme on en réunissait pour les jeunes fils, afin qu'ils apprennent la vie d'élevage et de transhumance.

Jethro fit venir Moïse et lui déclara qu'il était désormais temps de partir pour son premier pâturage.

— Mon fils Hobab, mes gendres et mes neveux sont allés vendre nos plus grosses bêtes à Moab. Sur le chemin du retour, ils profiteront des pluies pour faire pâturer les agneaux et les veaux sur les collines d'Epha et de Sheba. Elles sont infiniment plus riches et plus vertes que les nôtres. Le jeune bétail y prend de la force. Les seigneurs de ces territoires me rétribuent ainsi les conseils que je leur donne et les offrandes que je fais en leur nom à Horeb. Va les rejoindre. Tu leur diras que tu viens de la cour de Jethro.

Jethro tira de sa tunique un disque de métal épais, percé d'un orifice où était glissé un cordon de laine.

— Tu leur montreras ceci. Ils sauront que tu dis vrai. Ils t'accueilleront avec amitié et t'enseigneront ce que tu ignores encore.

L'émotion de Moïse se lisait jusque dans le frémissement de ses doigts qui lissaient la pièce de métal.

— Comment vais-je les retrouver ? Je ne connais aucun des chemins de Madiân.

Jethro ne put retenir un rire joyeux.

— Tu n'es plus seul, Moïse ! Des servantes et des bergers t'accompagneront et te montreront ta route.

Moïse allait passer la médaille autour de son cou lorsqu'il interrompit son geste.

— Il y a longtemps que tu n'es plus en dette envers moi, Jethro. Ce que j'ai fait pour tes filles, tu me l'as rendu au centuple. Pourquoi demeures-tu si bon avec moi ?

Jethro plissa les paupières. Un petit feulement, aigu et ironique, jaillit de sa gorge.

— Il semble que je ne puisse pas encore répondre à cette question, mon garçon.

Devant la mine décontenancée de Moïse, qui ne savait comment prendre cette réponse, Jethro rit franchement et, recouvrant sa main de la sienne :

— Va sans crainte, mon garçon. Dis-toi seulement que tu me plais et que je suis las d'être entouré de trop de filles.

*
**

Bien sûr, tous les enfants voulurent accompagner Moïse. Jethro dut se fâcher et désigner lui-même les heureux élus. La petite caravane que formaient le troupeau, les mules et les chameaux disparut sous un ciel gorgé de nuages bas. Au crépuscule, alors que l'on n'avait pas vu le soleil de la journée, une sorte de langueur s'engouffra dans la cour de Jethro avec le vent d'hiver.

Le lendemain, une pluie fine commença à transformer la cour et les chemins en boue visqueuse. Sefoba dit à Tsippora :

— Viens, nous allons tisser une tunique de laine pour Moïse. Tu la lui offriras à son retour.

Tsippora hésita, déclara que d'autres tâches l'attendaient.

— Allons ! se moqua Sefoba. Que crois-tu pouvoir me cacher ?

Et comme Tsippora se raidissait, l'orgueil lui serrant les lèvres, Sefoba ajouta habilement que, de toute façon, c'était le moment de tisser la laine. Tsippora devait s'y mettre comme les autres, et rien ne serait plus agréable que de travailler ainsi, près du feu, alors que le vent glacé retroussait les palmes au-dessus des toits.

Elles se mirent à l'ouvrage et pendant plusieurs jours le nom de Moïse ne fut pas prononcé. En revanche, on s'étendit longuement sur le nouveau présent que Réba avait envoyé à Orma : une ceinture faite de pierres, de pièces d'argent et de plumes.

— Cette fois, Réba n'a pas pris le risque de venir le lui offrir lui-même. Mais quelle constance ! A-t-on déjà vu tant de persévérance ? Et cette ceinture est si belle !

Comme le tissu dédaigné par Orma, elle venait de l'Orient très lointain. Sefoba et les autres gloussaient, chacune estimant le temps qu'il faudrait encore à Réba pour se déclarer.

— Et qui sait ? disait Sefoba en déclenchant les fous rires, peut-être bien que cette ceinture finira en petits morceaux sous ma couche comme le tissu la dernière fois.

Un peu plus tard ce même jour, alors qu'elles étaient seules, Sefoba déclara tout à coup :

— Je suis heureuse, si heureuse pour toi !

Tsippora la dévisagea, interdite.

— Longtemps, reprit Sefoba, la malice dans les yeux, longtemps, j'ai cru, comme nous toutes, que tu ne trouverais pas d'époux. Et voilà !

— Et voilà ?

— Les hommes de Madiân sont sots. Tant pis pour eux ! Il en vient un d'Égypte et, lui, la fille de Kouch, il la regarde comme un bijou d'or ! Et il a bien raison.

— Qu'est-ce que tu racontes ?

Le rire de Sefoba devint plus aigu.

— Tsippora ! Ne fais pas semblant, pas avec moi. Ou je croirais que tu ne m'aimes plus.

Tsippora baissa le regard sur son ouvrage.

— J'ai des yeux pour voir, poursuivit Sefoba avec entrain. Il n'y a pas qu'Orma à savoir lire sur le visage d'un homme. Et d'une femme.

Les doigts de Tsippora tremblaient. Elle posa les mains sur le cadre du métier à tisser.

— Et sur mon visage, que lis-tu ?

— Que tu aimes Moïse.

— Cela se voit tant ?

Sefoba rit :

— Même sur toi, ma fille, ça se voit comme le nez au milieu de la figure. Mais sur le sien, de nez, ça se voit aussi, je te le promets.

— Non. Tu te trompes.

Sefoba protesta d'un nouveau rire.

— Tu te trompes, Sefoba, parce que tu m'aimes.

— Je me trompe ? Ose dire que tu n'es pas amoureuse de lui ? Ose me le dire, à moi, que tu ne t'endors pas chaque soir en pensant à lui, que tu ne te réveilles pas la nuit en espérant qu'il soit tout près de toi dans le noir... Pas vrai...

Sefoba soulignait chacune de ses phrases d'un petit coup de menton.

— C'était vrai, mais ça ne l'est plus.

— Que racontes-tu ! Qu'Horeb nous protège ! Deviendrais-tu aussi folle qu'Orma ?

Tsippora tenta de rire à son tour. Mais ce fut plus fort qu'elle. Des larmes, venues de bien loin, glissèrent de ses paupières. Le rire de Sefoba s'éteignit comme une mèche soufflée.

— Hé ? Que t'arrive-t-il ? Tsippora, ma douce !

Sefoba s'agenouilla au côté de sa sœur et lui releva le visage.

— Je ne me moquais pas. Je vous ai vus tous les deux et... Oh, pas souvent, j'en conviens, mais, c'est vrai, je sais ce que je vois.

Tsippora repoussa ses mains, s'essuya les yeux du bord de sa manche.

— Tu te trompes.

— Peut-être... Explique-moi !

— Laisse, ça n'a pas d'importance.

— Allons donc !

Tsippora hésita. Elle avait donné sa promesse à Murti. Mais Sefoba était comme une partie d'elle-même.

— Il faut que tu me promettes de ne rien dire. Ni à notre père ni à... personne !

— Devant Horeb, assura Sefoba en levant les mains.

Alors Tsippora raconta ses jours et ses nuits de tourment après que Moïse se fut installé sous la tente et comment elle s'était trouvée, au petit matin, devant le sycomore d'Epha alors que Murti fuyait le refus de Moïse.

— Pauvre Murti ! s'exclama Sefoba avec une moue. Quelle bêtise ! On fait cela avec un berger, pas avec un homme comme Moïse !...

Puis elle se tut, glissa le bout de ses doigts sous les yeux de Tsippora pour en retirer les dernières traces de larmes.

— Je craignais qu'elle ne t'ait dit que c'était à cause d'Orma, soupira-t-elle.

— Moi aussi, admit Tsippora. Moi aussi j'ai eu peur que Murti me dise : Moïse veut ta sœur, et ne veut qu'elle.

— Il est bien trop intelligent pour cela, gloussa Sefoba. Il faut être Réba pour vouloir Orma et ne vouloir qu'elle.

— J'ai d'abord été soulagée. Puis j'ai compris que j'étais une sotte. Bien sûr qu'il a eu une vie avant de venir ici. Une vie, une épouse, peut-être des enfants. Ou pas d'épouse, mais une femme. Des femmes. De belles femmes. Comme on dit que le sont les Égyptiennes. Et sans doute n'attend-il que le moment de pouvoir retourner en Égypte. Que suis-je à ses yeux ? La fille noire de Jethro.

Sefoba écoutait en silence. La colère monta tout ensemble à sa bouche et à ses yeux :

— Écoutez-moi ça : « Pas d'épouse, mais une femme ! Des femmes ! De belles femmes. Comme on dit que le sont les Égyptiennes... » Et pourquoi pas des déesses avec des têtes de chat ou d'oiseau ? Ou les filles de Pharaon elles-mêmes, tant que nous y sommes ! Qu'Horeb et mon père me pardonnent : c'est la première fois que tu es amoureuse, et, assurément, ça gâte ton intelligence. Moïse a repoussé une servante, et alors ? Moïse songe à son passé, il a des souvenirs ! Cela l'empêche de prendre une femme dans sa couche ? Laisse-moi rire. Je n'en crois pas un mot. Moi aussi, je l'ai bien regardé, ton Moïse. Je suis une épouse, peut-être est-ce cela qui me rend plus lucide. Car je n'ai vu qu'un homme comme les autres. Du haut en bas, et même par le milieu.

— Sefoba...

— Laisse-moi parler !... Moïse est fait comme tous les hommes. Il pense à son passé, peut-être. Mais son passé, ici, est en train de disparaître comme l'eau d'une gourde dans le désert ! Et demain, quand sa gourde sera vide, Moïse sera tout neuf, avec des désirs d'amour et de femme, comme n'importe quel homme. Ou, plutôt, comme le seigneur dont il a les manières et qui ne se laisse pas caresser au réveil par n'importe quelles mains. Pas celles d'une servante, c'est certain. Mais la fille de Jethro ! La plus fine, la plus intelligente, la préférée de son père, ça, c'est autre chose... Non ! Non, ne proteste pas ! C'est ainsi ! Avale la vérité comme elle vient, il en est temps. Le regard de Moïse, tu n'as pas su le voir. Tu es amoureuse, et c'est pire que d'avoir le sang de la lune. On ne sait plus où est le jour, où est la nuit. Mais moi, qu'Horeb m'en soit témoin, je l'affirme : Moïse ne s'est pas contenté de s'occuper des enfants depuis qu'il est avec nous. Il a observé ta peau, tes seins, ta taille et tes fesses adorables. Il a scruté tes mots et tes silences, ton savoir et ton orgueil. Il en possède lui-même une bonne part, il a donc pu mesurer le tien en entier ! Et tout cela lui a plu. Quand il te voit, il ne songe pas à ses souvenirs, j'en mets ma main au feu. Attends son retour, tu le constateras toi-même.

Mais lorsque la caravane des fils, gendres et neveux de Jethro fut de retour, vingt jours plus tard, Tsippora ne put vérifier l'exactitude des propos de Sefoba.

Moïse n'était pas avec eux. À quelques jours de la cour de Jethro, un matin, à l'aube, il avait disparu.

*
**

Le soir, Jethro, qui arrivait tout poussiéreux du voyage qui le ramenait du palais du roi Hour, à qui il avait déconseillé de se lancer dans une expédition punitive contre des puissants de Moab qui avaient volé un troupeau de petit bétail et tué trois bergers, fronça les sourcils.

— Disparu ? Moïse ?

Hobab hocha la tête et but une longue rasade de bière. Comme tous ses compagnons, le fils de Jethro semblait aussi assoiffé que s'il avait traversé le désert sans une gourde d'eau à portée de main.

— Un matin, je suis allé à sa tente, car je pensais partir chasser avec lui. Nous avions aperçu un petit troupeau de gazelles *zybum* les jours précédents, expliqua-t-il en tendant son gobelet à une servante. Sa tente était vide. Nous l'avons attendu deux journées entières avant de nous remettre en marche. Tout le monde était impatient de rentrer.

Il se tut et sourit en regardant la bière couler de la jarre.

Attendri par le sourire de son fils, Jethro attendit qu'il ait bu une longue gorgée. Tsippora se mordait les lèvres pour retenir le cri d'impatience qui naissait dans sa gorge.

Il faisait déjà nuit et, jusque-là, elle avait dû ronger son frein. Plusieurs fois dans la journée elle avait interrompu sa tâche, les larmes aux yeux, le souffle court. Les folles pensées engendrées par la découverte de l'absence de Moïse lui déchiraient le ventre aussi sûrement qu'une lame de fer. Les servantes lui jetaient des regards inquiets, parlaient à voix basse lorsqu'elle approchait, ainsi qu'on le faisait avec les femmes qui pleuraient leurs morts. Deux ou trois fois, Sefoba l'avait enlacée, serrant ses épaules tremblantes, cherchant des mots qui ne venaient pas. Elle savait trop bien que Tsippora ne se satisferait pas d'un simple bavardage. Mais pour en savoir plus, il fallait attendre que Jethro se décide enfin à poser la question qu'elles attendaient comme une délivrance. Et Jethro, enivré du bonheur de retrouver son fils, paraissait avoir oublié Moïse.

Depuis le commencement du jour, il se livrait sans répit au bonheur des retrouvailles avec son fils bien-aimé. Pas un instant ils ne s'étaient quittés, recevant côte à côte sous la tonnelle le salut des membres de la maisonnée et de la caravane. À ceux qui revenaient du long voyage, Jethro posait encore et toujours les mêmes questions : comment s'était déroulé le trajet, les échanges et le commerce, la vie des femmes et des enfants, les naissances et les morts ? Hobab appelait un à un ses compagnons, et chaque fois les salutations recommençaient devant le père et le fils si semblables.

Ils possédaient le même visage fin, le même regard incisif. La longue route depuis le pays de Moab, la poussière et le feu du désert avaient creusé les rides d'Hobab, le vieillissant. On aurait pu confondre leurs silhouettes. Il n'était guère que leurs chevelures et leurs barbes, l'une blanche et abondante, l'autre noire et courte, à bien les distinguer. Comme Jethro, Hobab semblait chétif. Pourtant, chacun dans Madiân le savait capable d'endurer les plus longues traversées des déserts. Nul mieux que lui ne savait se diriger dans les mortelles vallées de sable ou de pierres d'Éçyon ou du

Néguev, dans les replis calcinés de la montagne d'Horeb. Il ne possédait certes pas la sagesse et l'intelligence aiguë de Jethro, mais son père, avec grand orgueil, affirmait :

— Hobab connaît la force du désert et la puissance de la montagne d'Horeb. Cela vaut bien des sagesses.

Enfin, le front plissé, se chauffant les mains au rougeoiement du foyer, il dit :

— Il y a bien une raison. Un homme ne disparaît pas ainsi sans raison. Surtout cet homme-là.

Hobab considéra son père avec un demi-sourire. Son regard glissa jusqu'à ses sœurs. Orma se tenait un peu en retrait, affichant une indifférence excessive.

— Un homme pas comme les autres, approuva enfin Hobab, sans se départir de son sourire. Et qui semble vous préoccuper beaucoup, toi et mes sœurs !

— Parle pour eux, pas pour moi ! protesta Orma. Moi, il y a longtemps que je me suis fait une idée sur lui : l'esclave égyptien ! Qu'il ait disparu sans un merci n'a rien d'étonnant. Il nous est arrivé comme un chien fou du désert. Il y serait resté si Tsippora et notre père ne s'étaient entichés de lui !

Sefoba secoua la tête en soupirant. Jethro, comme s'il n'avait rien entendu, détacha un peu de viande de l'agneau rôti disposé devant lui et entreprit de mâcher avec application. Tsippora ne sut pas montrer tant de désinvolture :

— L'avez-vous bien accueilli, toi et les tiens ? demanda-t-elle d'une voix vibrante.

— Avec autant d'égards que nous le devions, puisqu'il se recommandait de notre père.

— Il t'a dit qui il était ? persifla Orma.

Hobab prit le temps d'une longue gorgée avant de répondre avec tendresse :

— Orma, beauté de nos jours, ne sois pas si grimaçante. Je sais tout ce que tu sais de lui. Je sais aussi qu'il te trouve belle et qu'il regrette beaucoup de t'avoir déçue en n'étant prince d'Égypte.

— Il m'a déçue ? Écoutez-moi ça !

— Je l'ai vu dans le désert, je l'ai vu avec nous le soir, à la chasse ou avec les forgerons, poursuivit Hobab sans se soucier des glapissements d'Orma. De lui-même, il nous a parlé de l'Égypte et des raisons qui l'ont fait fuir. J'ai aimé cette manière de poser sans détour sa vérité devant lui. Je suis heureux que tu lui aies accordé ta confiance, mon père. Ce n'est pas dans mes habitudes, mais l'envie de m'en faire un ami m'est venue bien vite. Cependant, c'est ainsi : il est parti sans un adieu.

— Peut-être ne comptait-il pas s'éloigner bien longtemps ? suggéra Tsippora.

— J'en doute, ma sœur.

— Et pourquoi ?

— Des forgerons de retour des carrières de la montagne d'Horeb se sont joints à notre caravane avant-hier. Ils ont aperçu la silhouette d'un homme seul sur un chameau à l'écart de la route d'Yz-Alcyon.

— Vers l'ouest, marmonna Jethro.

— Oui, droit vers le couchant. Les forgerons ont d'abord pensé qu'il s'agissait d'un voleur de métal qui cherchait leur carrière. L'un d'eux a rebroussé chemin et l'a suivi presque une demi-journée. Bien sûr, on ne peut certifier qu'il s'agisse de Moïse.

Il y eut un silence, chacun songeant à ce qui venait d'être dit. Hobab mangea un peu de viande, puis ajouta d'une voix pensive :

— En s'écartant de la route d'Yz-Alcyon, s'il ne se perd pas, s'il ne tombe pas d'une falaise, il peut contourner la montagne et atteindre la mer des Joncs. Un très long voyage, cependant, très incertain pour un homme seul.

— Alors, c'est qu'il retourne en Égypte ! s'exclamèrent ensemble Tsippora et Sefoba.

— Oui, approuva Jethro. L'Égypte, bien sûr !

— Bien sûr ? intervint Orma. Pourquoi bien sûr ? S'il a tué, pourquoi retourner en Égypte ? Pour se faire punir ?

Jethro fit claquer sa langue :

— Moïse est en route pour l'Égypte. Peut-être même, à cette heure, est-il sur une barque au beau milieu de la mer de Pharaon.

— S'il sait ménager son chameau, dit Hobab.

— Vous ne répondez toujours pas, grinça Orma. Que va-t-il faire en Égypte ?

— Voir Pharaon, peut-être ? répliqua Hobab avec un petit rire.

Tous le regardèrent. Tsippora devina que la moquerie de son frère cachait une autre pensée.

— Tu sais quelque chose ! gronda-t-elle en laissant percer sa colère.

— Ne fais pas tes yeux de lionne, ma sœur, plaisanta Hobab.

Jethro leva la main pour les interrompre. Il hocha la tête en direction d'Hobab.

— Raconte.

*
**

Cela s'était passé la veille de la disparition de Moïse. Presque à l'heure où le soleil atteignait son zénith, la caravane conduite par Hobab avait rencontré des marchands d'Akkad en provenance d'Égypte. Une longue colonne d'une centaine de chameaux lourdement bâtés et autant de bêtes atteignant à peine la taille adulte. Ils rejoignaient les riches villes des rives de l'Euphrate quittées une année plus tôt. Les bâts des chameaux étaient gonflés de tissus, de pierres gravées, de bois du pays de Kouch et même de bateaux de joncs comme on ne les concevait qu'au pays de Pharaon.

Comme d'ordinaire, les deux caravanes s'étaient immobilisées, les uns et les autres dressant les tentes pour la nuit avant de prendre le temps de boire et d'échanger des nouvelles. Les marchands, découvrant les forgerons, avaient désiré acquérir des armes à longues lames de fer. Leur déception avait été grande d'apprendre que tout avait déjà été vendu sur les marchés de Moab et d'Édom.

— Ma déception était aussi grande que la leur, soupira Hobab. Ces marchands d'Akkad nous proposaient de jeunes bêtes. Des chamelles à poils gris venant du delta du Grand Fleuve Itérou, et sans conteste plus belles que celles que nous ramenons. Ils ont vu ma mine déconfite et ont promis qu'un jour ils passeraient par ici pour réaliser les affaires que nous n'avons pu faire.

— Et Moïse ?

— Moïse... Il nous avait rejoints depuis presque une lune déjà. Il s'est assis avec nous pour boire le lait avec les marchands. Sans rien dire. Sans paraître vraiment curieux. Écoutant et même souriant quand les marchands plaisantaient. Quand chacun eut parlé, il a demandé si les marchands avaient des nouvelles des villes sacrées du nord du Grand Fleuve. Un homme a dit : « Oui, les murs de pierre y grandissent chaque jour, des palais pour les vivants et pour les morts, où les esclaves triment plus que jamais sous le fouet du nouveau Pharaon. Il est jeune, mais il est plus terrible que tous ceux qui l'ont précédé. – Un jeune Pharaon ? » s'est étonné Moïse. Calmement, il a demandé : « Es-tu certain que Pharaon soit jeune ? – Ceux d'Égypte disent que la dernière crue du Grand Fleuve l'a désigné. Aujourd'hui, il fait détruire les statues du Pharaon qui l'a précédé. » En entendant cela Moïse s'est raidi. Il a questionné l'autre comme s'il nous avait oubliés. « Est-ce là ce que tu as vu de tes yeux ou sont-ce des mots que tu as entendus ? – Non, non, a protesté le vieux marchand, je l'ai vu de mes yeux ! J'étais dans la ville des rois à la dernière grande crue. »

Le marchand avait expliqué comment il avait remonté le Grand Fleuve Itérou jusqu'à Ouaset, la ville des rois. Il allait y vendre les pierres bleues des montagnes d'Aram dont les princesses d'Égypte sont si friandes pour leurs bijoux. Il y était parvenu pour apprendre qu'il ne pourrait pratiquer son commerce avant la saison suivante. Pharaon venait de succéder à sa vieille épouse, qui était aussi sa tante, et elle-même Pharaon avant que lui-même devienne Pharaon, et les étrangers n'étaient pas autorisés à entrer dans les palais.

— Que racontes-tu ? s'exclama Jethro. Son épouse était Pharaon ?

— C'est ainsi que parlait le marchand, s'amusa Hobab. Le nouveau Pharaon a d'abord été le neveu puis l'époux de l'ancien Pharaon, qui était une femme. Il a prononcé son nom, mais je ne saurais le répéter. Tout semble très compliqué, en Égypte.

— Une femme, répéta Jethro, le visage plein de curiosité.

— Oui, rit Hobab. Mais écoute cela : avant de devenir Pharaon, cette femme a d'abord été fille de Pharaon, puis épouse d'un autre Pharaon, qui était son frère. Qu'Horeb rie avec nous, mon père ! C'est ainsi que vont les puissants au pays du Grand Fleuve Itérou.

— Mais Moïse ?

— Oh, tout cela n'a pas paru le surprendre. Ce qui l'a surpris, en revanche, c'est lorsque le marchand d'Akkad a expliqué que les gens d'Ouaset ne voyaient plus la vieille épouse de Pharaon, qu'on l'avait enfermée dans un palais des morts sans lui donner la sépulture à laquelle elle avait droit.

Moïse s'était alors dressé, le front pâle, les yeux brillants, les poings serrés sur son bâton. Il avait demandé au marchand s'il connaissait la langue égyptienne. L'autre assurant que oui, il l'avait questionné dans cette langue. Il parlait plus vite et plus durement, la voix brève et nette. Le marchand répondait, parfois longuement, avec le respect que les hommes de commerce mettent dans leurs manières lorsqu'ils ont affaire à des puissants.

Hobab et les siens, bien sûr, auraient pu s'offusquer que l'on parle devant eux une langue qui leur interdisait de comprendre. Mais c'était un nouveau Moïse qu'ils découvraient là, assuré et autoritaire, grave, plein d'émotion aussi. Nul n'avait songé à protester.

— Quand ils se sont tus, conclut Hobab, on aurait cru que Moïse venait d'avaler le poison d'une vipère aspic.

— Et tu ne sais pas ce que racontait le marchand ? interrogea Orma, qui ne feignait plus l'indifférence.

— Je viens de te le dire, il parlait la langue d'Égypte.

— Tu n'as pas demandé à Moïse ce qui le peinait ainsi ? s'étonna Sefoba.

— Je n'en ai pas eu l'envie.

— Et le marchand, insista Orma, tu pouvais questionner le marchand. Après...

— Hobab a bien fait, intervint Jethro. C'eût été une curiosité bien déplacée.

— On ne pose pas de questions à Moïse, renchérit Tsippora, le visage dur. Ce qu'il veut dire, il le dit. Il nous l'a montré.

Hobab lui jeta un regard aigu. Il sourit, approuva d'un hochement de tête.

— Tu as raison, ma sœur. D'ailleurs, après être resté un moment à réfléchir, il s'est levé et s'est excusé d'avoir parlé dans une langue que nous ne pouvions comprendre. Il a dit : « Ma grossièreté est grande, mais ma connaissance de la langue de Madiân est d'une médiocrité encore plus grande. Je voulais être certain de comprendre ce que j'entendais. » Il nous a souhaité une bonne nuit et, le lendemain à l'aube, il n'était plus parmi nous.

— Hmmm ! fit Jethro. Ce n'était qu'un prétexte. Moïse connaît fort bien notre langue désormais.

— Alors ?

Hobab regarda Tsippora droit dans les yeux :

— Alors, ce qu'il avait à entendre de la bouche du marchand, il ne voulait pas que nous l'entendions.

Le fils de la Pharaon

Le sommet de la montagne d'Horeb avait depuis longtemps disparu dans les nuages qui filaient vers le sud ainsi qu'une cendre inépuisable. Par instants, Tsippora remontait son châle pour se protéger le visage des rafales qui soulevaient le sable et la poussière du chemin. Fermement, elle maintenait en équilibre une jarre de bière sur son épaule. Les plis de sa toge qui claquaient autour de ses hanches et ses cuisses l'obligeaient à s'incliner en avant pour mieux résister à la fureur du vent.

Franchissant une arête de rocher recouverte de broussailles, elle se trouva à l'aplomb du village des forgerons.

Lovés au creux d'une longue faille qui serpentait de falaise en falaise au pied de la montagne, les murs du village traçaient comme un immense cercle étiré. Ses murs de briques crues et ses toits de palmes recouverts de terre se confondaient avec les éboulements naturels et les ravines qui l'entouraient. Mais la cour, cinq ou six fois plus grande que celle de Jethro, fourmillait d'une activité bruyante, à demi voilée par les fumées puantes des feux et des forges, qui déjà prenaient Tsippora à la gorge et que le vent enroulait autour d'un doigt invisible avant de les disperser dans le chaos des nuages.

Le mur d'enceinte, où s'adossait chacune des maisons, n'était percé que d'une unique et lourde porte de bois. Ainsi, le village apparaissait vraiment pour ce qu'il était : un fortin où seuls pénétraient ceux que les forgerons voulaient bien accueillir. Il en allait ainsi avec les hommes de la forge. Nul plus qu'eux n'était soucieux de conserver les secrets du fer et de la fabrication des armes précieuses, recherchées par les puissants, depuis l'Euphrate jusqu'à l'Itérou.

Entre les rafales couchant les buissons d'épineux, Tsippora perçut les premiers coups de masse. D'un pas ferme, elle s'engagea dans le chemin raviné par les pluies récentes. Aussitôt, le son grave et lancinant d'une corne de bélier retentit, annonçant son approche. Elle continua sa descente, repoussant son châle sur sa nuque pour bien laisser voir son visage. Parvenue au bas de la pente, elle longea l'enclos des mules, des bêtes à poils longs, puissantes et capables de transporter de lourds chargements de bois ou de terre ferreuse de l'aube à la nuit.

La porte d'enceinte s'ouvrit. Deux hommes, les poings serrés sur de longues lames de fer, apparurent avant que l'huis de bois enduit de terre ne se referme derrière eux. Tsippora n'eut que quelques pas à faire avant d'entendre crier son nom.

— Tsippora ! Fille de Jethro ! s'exclamait le plus petit et le plus gras d'entre eux. Sois la bienvenue chez les forgerons !

La bouche édentée d'Ewi-Tsour souriait en grand, révélant une langue et des gencives roses.

— Salut à toi, Ewi-Tsour ! Qu'Horeb te garde ton sourire.

Les yeux d'Ewi-Tsour fixèrent sans retenue la jarre de bière sur l'épaule de Tsippora.

— Tsippora ! C'est un grand bonheur de recevoir ta visite. D'autant que tu sais toujours nous venir gentiment accompagnée !

Il rit, frappant l'épaule de son compagnon.

— Soulage donc Tsippora de son fardeau ! ordonna-t-il avant de se retourner et de crier : Oh ! Vous autres, ouvrez la porte. La fille du sage Jethro vient nous régaler de la bière de son père.

Un instant plus tard, Tsippora traversait la grande cour. Femmes et servantes apparurent sur le seuil des maisons. Des enfants accoururent, la reconnaissant et l'appelant par son nom, se bousculant pour lui prendre la main. Sous sa toge, dans un sac de toile, elle puisa des galettes de miel. La distribution souleva des cris de joie. Ewi-Tsour secoua la tête, faussement moqueur :

— Toi, au moins, tu sais te faire aimer ! gronda-t-il avant de chasser les enfants.

— Mon père te fait savoir que nous avons des jarres de miel pour vous.

— Ton père est sage et bon, approuva Ewi-Tsour en plissant les paupières. Mais je suppose que tu n'es pas venue jusqu'ici seulement pour nous offrir de la bière et du miel ?

En quelques mots Tsippora expliqua la raison de sa visite. Ewi-Tsour hocha la tête et jeta un coup d'œil vers le nord de la cour.

— Suis-moi, dit-il en désignant l'immense cour.

Dans la courbe est se dressaient les fourneaux, semblables à des silos dans lesquels on conservait d'ordinaire grains et huiles. Mais, ici, l'épaisse couche de glaise rouge qui les recouvrait s'achevait en un col de jarre. Des torsades de fumée brune s'en échappaient, par instants remplacées par une explosion de flammes crépitantes, si claires qu'elles en devenaient transparentes. Tout autour, des hommes s'agitaient, enfonçant des joncs évidés dans les orifices qui parsemaient la base des fours et dans lesquels ils soufflaient à pleins poumons. Devant un orifice plus grand qui se terminait par un bec de poterie calciné, deux hommes en tunique de cuir, maniant de longues tiges à bouts plats, guidaient le filet rougeoyant du minerai de fer dans des pierres creusées.

À vingt pas de là, sous un vaste auvent, d'autres forgerons, eux aussi vêtus de cuir, sauf leurs bras, nus, noirs, luisants de sueur, frappaient à la masse des lingots difformes qu'ils recuisaient sur des braises ardentes. Le bruit des masses était si violent que Tsippora eut l'impression qu'il traversait sa poitrine. Elle fut tentée de se boucher les oreilles, mais n'osa pas. L'odeur de terre brûlée empestait l'air et le rendait à peine respirable. De temps à autre, des crachats d'étincelles jaillissaient au-dessus des fours, papillons de feu que le vent dispersait en arabesques menaçantes sur le gris du ciel. Ewi-Tsour vit la grimace de Tsippora.

— Tu n'as pas de chance, cria-t-il pour se faire entendre. Aujourd'hui, ça pue pour de bon ! Les garçons sont en train de faire du charbon dans le puits.

Du doigt, il montra un petit groupe d'adolescents qui s'affairait autour d'une margelle de brique où tournoyait une fumée brune et opaque.

Dans un sourire, Ewi-Tsour découvrit ses gencives roses et se dirigea droit vers une grande pièce à demi ouverte. Là, assis sur le sol, des hommes polissaient des lames de fer avec du sable et des bandes de peau de bœuf d'où pendaient encore des lambeaux de graisse.

Ils levèrent les yeux vers Tsippora. Les salutations achevées, Ewi-Tsour s'adressa à un homme encore jeune, dont la moitié du visage avait été dévorée par le feu. La cicatrice, pareille à une vieille peau tendue, par places craquelée et semée de monstrueux bubons durcis, rendait méconnaissable ce qui avait été lèvres, joue, tempe, paupière et oreille. Comme l'homme laissait pousser sa barbe sur la partie intacte de sa face, il semblait véritablement que l'on se trouvait devant un être à deux têtes, l'une ordinaire et l'autre venue des enfers.

— Elchem, fit Ewi-Tsour, la fille de Jethro voudrait que tu lui dises où tu as vu l'étranger d'Égypte.

— Tu en as parlé avec Hobab, mon frère, ajouta Tsippora en s'efforçant de soutenir le regard de l'œil unique. Il pense que Moïse, lorsque tu l'as aperçu, se dirigeait vers l'Égypte.

Elchem approuva d'un grognement. Ewi-Tsour lui fit un signe d'encouragement. D'une légère torsion du buste qui semblait lui être habituelle, l'homme se tourna, offrant le côté plus avenant de son visage détruit.

— Oui, j'ai parlé avec Hobab, approuva-t-il d'une voix qui surprit Tsippora tant elle était jeune et claire. J'ai suivi l'étranger. Il dirigeait son chameau hors des chemins. J'ai pensé : voilà un voleur. Il y en a souvent qui viennent rôder près de nos carrières. Eh non. Il a dépassé les carrières. Hobab, ton frère, a dit : il va vers le nord. Il veut trouver la route du pays du Grand Fleuve à travers le désert. C'est possible, si on est très courageux. Mais il a dû renoncer. Avant-hier, sur le chemin d'Yz-Alcyon, je l'ai vu à nouveau.

— Tu l'as vu ?

Elchem opina. Sa bouche s'entrouvrit sur ce qui avait dû être un beau sourire.

— Il était à mille pas de moi. Il allait à pied, à côté de son chameau, ce qui signifiait qu'il avait épuisé sa bête.

— C'est loin, ne put s'empêcher de murmurer Tsippora.

L'œil unique se planta sur elle, insistant.

— Il faisait gris, beaucoup de vent, et je n'ai qu'un œil. Mais tout le monde te soutiendra que c'est le bon. C'était lui, tu peux me croire, fille de Jethro. Demande-leur.

Il désigna ses compagnons, qui approuvèrent d'un mot.

— Sois sans crainte, dit Ewi-Tsour. Les paroles d'Elchem sont aussi sûres que le métal que nous fabriquons.

— Il allait le torse nu, comme un Égyptien ! reprit Elchem. Nul d'entre nous ne ferait cela. Surtout par ces temps de froid.

— Je te crois, Elchem. Je suis seulement surprise. Ainsi, il est de retour sur la terre de mon père ?

— Non, il n'allait pas en direction de la cour du sage. Il se dirigeait droit vers la mer. Vers les grandes falaises.

— Oh, s'exclama Tsippora avec un grand sourire. Oh oui ! Bien sûr ! Tu as raison !

Elle eut un petit rire de joie. En un geste qui impressionna les rudes forgerons et leur fit baisser les yeux, elle saisit les mains d'Elchem et les porta à son propre front en s'inclinant.

— Qu'Horeb t'offre le repos de sa colère, Elchem !

*
**

Elle entendit la voix de Moïse.

Un murmure, une manière de chantonnement.

Elle s'immobilisa sur le sentier, à quelques pas de la terrasse devant la grotte.

Il lui fallait reprendre souffle avant de voir Moïse et de se présenter devant lui.

Elle recula un peu, le dos plaqué à la falaise. En bas, sur la plage, la mer grise d'embruns, parcourue de reflets verts, roulait des galets dans un crissement régulier.

La crainte du vertige la saisit. Fermant les yeux, elle plaqua ses paumes contre la roche. Le vent, aigre et dur, soufflait sans discontinuer. La voix de Moïse s'y modulait, tantôt faible, tantôt nette. Alors elle prit conscience qu'il ne parlait pas la langue de Madiân. Les sons étaient longs, impérieux et doux. La voix de Moïse fut soudain toute proche. Elle rouvrit les yeux.

Il était là, à trois ou quatre coudées d'elle, s'avançant vers l'extrémité de la terrasse, s'approchant du vide, les yeux clos et les avant-bras tendus, recouverts des lourds bracelets d'or, les paumes ouvertes. Elle faillit crier. La peur de le voir basculer dans le vide la déchira.

Il s'immobilisa à quelques pas du bord. Il se tenait étrangement : les reins creusés, le buste renversé en arrière. Les paupières closes, il psalmodia à nouveau, d'une voix plus rauque, ardente, comme s'il voulait, de toute la puissance de ses poumons, propulser sa prière au-delà de la mer.

Elle songea : « Il parle la langue d'Égypte ! Il prie les dieux d'Égypte ! »

Il n'avait pas encore perçu sa présence. Elle eut honte d'être ainsi spectatrice. Mais elle était trop fascinée pour s'éloigner. Fascinée par son visage, la clarté fraîche de ses traits. Jamais encore elle n'avait vu le visage de Moïse ainsi : il s'était rasé ! Maladroitement, car de fines coupures lui rougissaient les joues et le menton.

Pour la première fois elle voyait le visage nu d'un homme. Et celui de Moïse révélait une jeunesse, une fragilité inattendues et attirantes. Et tellement impudique ! Elle baissa les paupières, songeant avec un peu de confusion à la douceur qu'elle palperait du bout des doigts si elle les posait sur ces joues glabres, ce menton et ce cou dévoilés.

Moïse replia brusquement les bras sur sa poitrine. Les bracelets s'entrechoquèrent dans un éclat d'or. Sa voix se fit plus basse, presque inaudible. Il se tut.

Le silence, rythmé par le vent et le ressac, les enveloppa.

Sans oser un nouveau coup d'œil, Tsippora s'écarta de la roche. Évitant de faire rouler des pierres sous ses sandales, elle commença à grimper le chemin. La voix de Moïse résonna derrière elle dans le vent froid :

— Tsippora !

La voix qu'elle connaissait, celle qu'elle avait toujours entendue quand il parlait la langue de Madiân.

— Reviens, ne pars pas !

Serrant son châle sur sa poitrine, elle se retourna. De face, son visage nu était encore plus troublant. Son nez paraissait plus fort et ses mâchoires plus larges, ses yeux plus sombres. Il tendit vers elle un bras cerclé d'or. Le souvenir de l'homme de son rêve l'assaillit, irisant le désir et la crainte jusqu'à la pointe de ses doigts.

— Je suis bien heureux de te voir, dit Moïse avec plus de douceur en faisant un pas vers elle.

Elle peinait à soutenir son regard, elle se sentait incapable du moindre mouvement.

— Ah, fit encore Moïse avec un petit rire en se passant une main sur les joues, c'est mon visage qui te surprend ! C'est la coutume d'Égypte, il faut s'adresser à Amon le visage rasé.

Il rit plus franchement, ce qui donna à Tsippora le courage de le regarder et de sourire à son tour. Elle bredouilla une excuse pour l'avoir dérangé alors qu'il priait. D'un geste il signifia que cela n'avait pas d'importance. Sans s'étonner il murmura :

— Ainsi, tu as su où me trouver.

Il en semblait heureux, ses yeux brillaient.

— Nous avons craint que tu ne sois reparti pour l'Égypte.

— Ton frère doit être fâché. J'ai manqué de courtoisie envers lui.

— Non, non ! Il ne l'est pas, s'entendit protester Tsippora d'une voix trop forte, trop aiguë. Ni lui, ni mon père, ni moi...

Elle avait peur. Peur qu'il ne la trouve pas assez belle, trop noire de peau. Peur de ce visage de Kouchite qu'elle offrait à ce Moïse de nouveau étranger et inconnu, aux joues nues et aux bracelets de prince. Sa gorge étouffa à demi les mots qu'elle mûrissait :

— Toute la maisonnée souhaitait ton retour.

Sur l'horizon, entre le ciel et la mer, une bande sans nuages rougissait à l'approche du crépuscule. Des reflets palpitaient sur la mer telles des flaques de sang épais. Moïse dit :

— C'est vrai. J'ai voulu partir pour l'Égypte. Sans savoir quelle route je devais emprunter. Le chameau que m'a donné ton père a eu plus de cervelle que moi. Je l'ai conduit dans des sables mous. Il a su en ressortir, mais ensuite il a refusé d'avancer vers le nord. Je l'ai écouté, et nous sommes revenus ici. En vérité, je n'ai aucun désir d'aller au pays du grand Maat ! Aucune envie !

Il eut un geste inattendu de violence, de colère. Il se détourna pour regarder l'horizon rougi. Il secoua la tête et répéta comme s'il se parlait à lui-même :

— Non ! Je n'ai rien à faire là-bas.

— Pourquoi revenir dans cette grotte plutôt qu'à la cour de mon père ? demanda Tsippora.

Il lui glissa un coup d'œil froid, mais ne répondit pas tout de suite.

— Viens, ne reste pas sur le chemin. J'ai de l'eau dans ma gourde si tu as soif.

L'or scintilla sur son bras tandis qu'il désignait la grotte. Il parut seulement prendre conscience des bracelets qui lui serraient encore les bras. Il les ôta en expliquant :

— Il me fallait parler à Amon, le dieu de Pharaon et de ma mère. Ici, c'était très bien. Chez ton père, cela aurait pu offenser Jethro et l'autel d'Horeb où il fait ses offrandes.

Il gagna le fond de la terrasse. Son sac et son bâton s'y trouvaient. Le coffre peint aussi, qu'il ouvrit pour y déposer les bracelets d'or. Tsippora songea qu'il ne lui dissimulait plus rien. Cela n'apaisait ni la peur ni le désir qui se disputaient le feu de son sang. La lumière baissait vite. L'horizon s'embrasait tout comme les feux des forgerons. Bientôt, la nuit serait là. Il était encore temps pour elle de s'en retourner. Elle connaissait assez le chemin pour se diriger dans l'obscurité. Demeurer ici, près de Moïse, elle en devinait le sens, et cela la faisait trembler. Mais la pudeur et la honte la faisaient trembler encore davantage. Elle baissa les yeux, retourna ses mains pour en examiner les paumes comme si elles contenaient une réponse. Moïse devina ses pensées. Il fut tout près et dit :

— Il est tard pour rentrer chez ton père, mais tu dois connaître le chemin, même la nuit. Je pourrais aussi t'accompagner.

Elle releva les yeux. Ils se turent, intimidés, conscients que chaque instant d'immobilité et de silence contenait une promesse.

Le premier, Moïse murmura :

— Demeure avec moi. Je veux que tu saches qui je suis vraiment.

— Pourquoi ?

Tsippora vit palpiter son sang sous la peau nue de son cou. À cet instant, elle aurait pu trouver la force de se détourner, de remonter le sentier jusqu'au haut de la falaise. Elle songea une dernière fois à ses sœurs et à Jethro. Surtout à Jethro. Elle aurait aimé qu'il la voie et l'encourage.

D'une voix semblable à celle qu'il avait eue en priant le dieu de Pharaon, Moïse dit :

— Parce que tu es celle qui peut comprendre.

Son regard était difficile à soutenir. Tsippora baissa les paupières. Elle brisa le sortilège et le trop dur silence en faisant un pas de côté et en déclarant un peu sèchement :

— Il va faire froid. Il faut allumer un feu et préparer du bois avant que la nuit ne vienne.

*
**

— Le marchand d'Akkad que j'ai rencontré avec ton frère Hobab m'a appris que ma mère était morte, commença Moïse. Celle que j'ai toujours appelée « ma mère ». En vérité, elle ne l'était pas. Je ne suis pas sorti de son ventre. Ma vraie mère, je n'ai jamais vu son visage, je ne connais pas son nom.

Les flammes étaient hautes, malmenées par le halètement brutal du vent qui battait la falaise. Hors de la nacelle de lumières mouvantes que reflétaient les parois de la grotte, l'obscurité était sans étoile ni repère. La nuit semblait vide de vie. On aurait pu croire qu'il ne restait, d'entre tous les hommes et toutes les femmes venus au monde, qu'eux deux, protégés autant que perdus dans le halo de lumière vacillante suspendue entre terre et ciel. Le murmure du ressac se perdait sur la mer. Moïse parlait avec calme, hésitant parfois, lorsqu'un mot lui manquait ou que l'émotion d'un souvenir faisait vibrer sa gorge. Enroulée dans une couverture de gros tissage imprégnée de l'odeur du sable et des chameaux, Tsippora écoutait. De temps à autre, elle tisonnait les braises, ajoutait une branche morte à la danse des flammes.

Des années plus tôt, le Pharaon qui régnait sur le pays du Fleuve Itérou se nommait Thoutmès-Âakhéperkaré. On le considérait comme l'un des plus sages et des plus puissants Fils-divins et Protecteurs du Maat. Son alliance avec Amon, le premier des dieux, n'avait jamais failli et l'abondance des crues du Fleuve Itérou jamais manqué. Grand guerrier, il conquérait des terres au nord comme au sud, rentrant en possession de la force et des richesses que la faiblesse de ses pères et ancêtres avait perdues. Faisant abondamment usage des esclaves hébreux, il agrandissait les villes et les temples, tirant des cités entières du sable et des montagnes.

Jusqu'au jour où il apparut que les descendants d'Abraham et de Joseph devenaient de plus en plus nombreux, multipliant leurs mains pour supporter la charge de plus en plus lourde qui les accablait. Pharaon sans cesse était prié d'écouter les craintes de ses vizirs. « Que se passera-t-il lorsque les Hébreux se trouveront en nombre égal au peuple du Fleuve Itérou ? Que se passera-t-il s'ils se rendent compte de leur force ? S'il vient la guerre, ils se rangeront aux côtés de nos ennemis ! Soyons sages, noyons ce ferment de révolte avant qu'il ne fructifie. Épuisons-les à la tâche ! Empêchons-les de se multiplier ! »

C'est ainsi que Thoutmès-Âakhéperkaré décida que chacun des garçons premiers-nés des Hébreux serait égorgé à la naissance.

Comment dire les cris, les larmes, les pleurs de celles dont les ventres étaient déjà gros ? Nombreuses furent celles qui se cachèrent et mentirent afin de sauver leur fils. D'autres inventèrent toutes sortes de subterfuges pour qu'il échappe à la mort. La femme qui portait Moïse fut de celles-ci.

— Qui était-elle, où vivait-elle, comment m'a-t-on trouvé ? aujourd'hui encore je l'ignore. Ce que je sais, c'est que celle à qui j'ai donné le nom de mère ne m'a pas enfanté.

Cette fois, le silence de Moïse dura longtemps. Le feu au visage, Tsippora demeura sans un mouvement.

— Celle que j'appelais ma mère était la fille bien-aimée de Thoutmès-Âakhéperkaré, reprit Moïse d'une voix plus froide. Hatchepsout. Mère Hatchepsout, ainsi la nommais-je. Aussi loin que je me souvienne, c'est ce nom et ce visage qui apaisèrent mes colères et nourrirent mes plaisirs d'enfant. Le visage d'une souveraine douce et sage.

Dès la naissance de sa fille bien-aimée, Thoutmès-Âakhéperkaré avait voulu en faire une reine. Les prêtres s'y étaient opposés. Alors, après bien des manœuvres,

Pharaon lui avait donné pour époux un fils faible qu'il avait eu d'une seconde épouse. Fils et gendre qui lui succéderait et serait nommé Thoutmès le Second.

— Ainsi ma mère put en secret gouverner le pays sans s'attirer la colère des prêtres. Cependant, elle savait qu'elle ne pourrait enfanter un fils avec son frêle époux. Est-ce pour cela que, contrevenant à l'ordre de son père, elle a pris contre son sein un nouveau-né d'Hébreux et fait croire qu'il sortait de son ventre par la volonté d'Isis et de Nephtys, faisant de moi le fils de Pharaon ?

Alors, songea Tsippora, en serrant ses mains l'une contre l'autre pour maîtriser leur tremblement, Moïse était bien celui qu'Orma avait deviné dès le premier instant. Un prince. Et aussi, sans plus de doute, l'homme de son rêve : un être pareil à nul autre.

— Mère Hatchepsout a été pour moi tendre comme l'est une mère. Mon front conserve le souffle de ses lèvres et ma gorge le souvenir de son parfum. D'où je venais, elle seule et une servante le savaient. Faire croire à son époux, qu'elle méprisait, que j'étais son fils était simple. Mais mentir à Pharaon, son père, avant qu'il ne meure et ne monte dans la barque d'Amon ne l'était pas... On m'a donné le nom de Moïse. Rien ne fut trop splendide pour moi ! On m'a enseigné tout ce que devait savoir un « désigné d'Amon ». On m'a appris les mots écrits, on m'a appris l'ordre des étoiles, du temps et des saisons. On m'a appris à aimer et être aimé. On m'a appris à me battre, à commander et à mépriser tout ce qui n'était pas la volonté des puissants et des dieux du Fleuve Itérou.

Moïse chercha le regard de Tsippora, qu'elle se garda de lui offrir. Il attendit un peu, comme s'il puisait ses souvenirs dans le vent et le ressac.

— Je vivais et pensais non seulement comme le fils d'Hatchepsout et de Pharaon, mais aussi comme un homme du Grand Fleuve. Parfois, je voyais les esclaves en allant admirer de nouvelles colonnes ou de nouveaux temples. En vérité, je ne pensais pas à eux comme à des hommes et des femmes. C'était les Hébreux, des esclaves. Il a fallu que la haine et les intrigues m'ouvrent les yeux et me conduisent à la vérité.

En très peu d'années, Thoutmès le Second est mort. Moïse, devenu homme, n'en avait pas souffert. Il avait observé sa dépouille sur la barque d'Amon avec indifférence. Mais, sitôt les pierres du tombeau scellées, les complots enflammèrent les palais et les temples. Hatchepsout s'était avancée sous le soleil, en tenue d'homme, serrant sur sa poitrine les sceptres d'Osiris, le fouet et le crochet d'or. Resplendissante de beauté et assurée, comme nul ne l'avait été depuis son père, de l'aide et du soutien des prêtres d'Amon, elle avait reçu sur sa perruque d'or la tiare des rois de Haute et Basse-Égypte. Les prêtres d'Osiris avaient grogné, mais ils avaient ployé la nuque et plié le genou.

Les récoltes prospères qui s'ensuivirent lui procurèrent la confiance et la reconnaissance du peuple. Les puissants, qui détestaient qu'elle soit une femme, n'en furent que plus furieux. Dans l'espoir d'apaiser leur courroux, elle prit pour époux un neveu de l'âge de Moïse, promettant que, le temps venu, il deviendrait Thoutmès le Troisième. Mais ce qui devait être un gage de paix fit fructifier la haine.

— Comment aurait-il pu en être autrement ? Thoutmès est beau, fort, aimé des prêtres et redouté des soldats. Nous avons le même âge et tout appris ensemble. Nous avons eu les mêmes jeux et les mêmes maîtres.

Nous avons combattu ensemble et prié Amon ensemble. Soudain, voilà que nous nous trouvions tous deux dans la chambre de ma mère, moi son fils et lui son époux ! Et il était si flagrant que, de nous deux, elle n'en aimait qu'un ! Les couloirs des palais ne furent plus que rumeurs et suspicions ! On a fait croire à Thoutmès qu'il ne deviendrait jamais le Fils-divin et Protecteur du Maat, que le vœu de ma mère Hatchepsout était de manœuvrer pour qu'Amon me désigne. Bien sûr, il l'a cru. Qui ne l'aurait cru ?

On s'était souvenu de la faiblesse de Thoutmès le Second. On avait douté qu'il pût être le père de Moïse. On avait enquêté, interrogé, sans doute frappé et torturé les servantes afin qu'elles se souviennent des nuits d'Hatchepsout et dénoncent les hommes qui auraient pu fréquenter sa couche. On ne lui avait pas découvert d'amant, mais un secret bien plus lourd.

Un jour, Thoutmès avait fait venir Moïse dans la grande salle de son palais. Ils y avaient souvent mangé ensemble en admirant les danseuses et les maîtres de magie. Ce jour-là, la pièce aux hautes colonnes ne contenait pas d'autre siège que celui de Thoutmès. Des gardes armés se tenaient derrière chacune des portes. Le jeune époux d'Hatchepsout portait sur le front l'insigne royal de Ka, le serpent d'or. Dans ses yeux dansait le feu de la joie et du fiel.

Moïse s'était avancé, soutenant son regard. De sa voix haut perchée, Thoutmès avait ordonné :

— N'avance plus, Moïse ! Je sais qui tu es.

Sincèrement étonné, Moïse avait questionné :

— Qui je suis ? Que veux-tu dire, mon frère ?

— Je ne suis pas ton frère ! avait hurlé Thoutmès. Ne prononce plus jamais ce mot !

— Thoutmès, que signifie cette colère ?

— Tais-toi et écoute. Les prêtres ont consulté Hémet, Khnoum et Thot. Et ont questionné une servante de ta mère... Il s'était interrompu avec un rire grinçant avant de cracher : Ta « mère Hatchepsout », ma dévouée épouse, Fille-divine d'Amon, reine du Haut et du Bas ! Leur conclusion la voilà : tu n'es rien, Moïse. »

Moïse avait compris en cet instant que ceux qui complotaient contre Hatchepsout avaient enfin trouvé leur arme. Thoutmès riait. Moïse attendit qu'il en finisse avec sa jubilation et déclara avec calme :

— Je n'ai jamais prétendu être ce que tu es, Thoutmès.

— Tais-toi, tais-toi ! N'ouvre pas la bouche, fiente de boue !

Les joues de Thoutmès étaient écarlates, ses phalanges blanchies tant il serrait les accoudoirs de son siège.

— Esclave ! Esclave, fils d'esclave ! Hébreu, fils de la multitude, souillure de nos palais ! Voilà ce que tu es, Moïse. Hatchepsout ne t'a jamais enfanté. Tu es un mensonge, tu es un premier-né d'Hébreux et tu ne devrais pas vivre !

Moïse, terrassé, avait voulu poser des questions. Thoutmès avait hurlé de nouvelles insultes et finalement appelé les gardes. Le même soir Moïse était jeté dans la fosse des captifs.

— On m'en a fait sortir après quelques jours et conduit sur un chantier dans le sud du Grand Fleuve Itérou, dit Moïse en retirant avec douceur le bois des mains de Tsippora pour le mettre lui-même dans le feu. J'y ai travaillé parmi les esclaves de mon peuple dont je ne comprenais pas même la langue ! C'est là que j'ai tué Mem P'ta, l'architecte contremaître, et que j'ai dû m'enfuir sans revoir le visage de ma mère

Hatchepsout. Je n'ai rien su d'elle jusqu'à ce que le marchand d'Akkad croise notre caravane et annonce : « Au pays du Fleuve Itérou, Pharaon est redevenu homme ! Le nom de Thoutmès le Troisième est divin. Le nom d'Hatchepsout est banni. On brise les pierres où il est écrit, on abat ses statues et on détruit ses temples. Elle-même est morte sans qu'un tombeau ne soit donné à la barque qui devait la conduire près d'Amon. »

Tsippora tressaillit. La voix de Moïse s'était éteinte sur ces derniers mots. Avec stupeur, elle entendit un sanglot. Moïse était déjà debout, le visage à la frontière de l'ombre. Il lui tourna le dos, marcha nerveusement jusqu'au bord de la falaise et se mit à crier, face à la nuit et au vent :

— J'ai grandi et été aimé dans l'ignorance de ces esclaves qui bâtissaient les palais où je dormais. J'ai cru que j'étais un homme que je n'étais pas. Je ne suis rien ! Thoutmès a raison. Mais ceux de mon peuple... Oh, ceux de mon peuple ! Comment peuvent-ils vivre ce qu'il vivent ? Comment peuvent-ils le supporter ?

Tsippora se leva. La couverture tomba de ses épaules. Elle sentit à peine le froid. Moïse lui fit face. Les flammes faisaient briller les larmes sur ses joues, ses yeux agrandis de fureur. Il ouvrit encore les bras pour hurler, mais à cet instant un grondement martela l'air. Un long et sourd roulement qui paraissait venir du fond de la grotte tout autant que de la mer. Un son épais, féroce et puissant qui revint, roula sur lui-même, leur tirant un cri d'effroi. Puis cela cessa.

D'une voix étranglée, Tsippora chuchota :

— Horeb !

Et cela revint, telle une plainte née au cœur de la falaise. Cette fois, il sembla que les roches répondaient d'un frémissement.

— Qu'est-ce ? interrogea Moïse d'une voix blanche.

— Horeb, répéta Tsippora d'un ton plus apaisant. Horeb parle. Horeb dit sa colère.

La bouche grimaçante, Moïse se tourna vers l'obscurité, puis à nouveau vers Tsippora. Elle avait croisé les mains sous sa poitrine, offrant ses paumes et fermant les paupières. Ils se turent, guettant le silence.

Il n'y eut plus que le bruit du vent et du ressac.

Ils écoutèrent encore, percevant dans l'obscurité le vide immense où avait roulé la colère d'Horeb. Le grondement ne revint pas. Tsippora se détendit, elle sourit :

— Ce soir, sa colère est courte. Peut-être t'a-t-il entendu et te répondait-il ? Peut-être ta colère est-elle la sienne ?

Moïse la regarda avec suspicion. Se moquait-elle de lui ?

— Non ! Horeb n'est pas mon dieu. Je n'ai pas de dieu. Qui est le dieu des Hébreux ? Je ne le connais pas.

— Je t'ai vu prier pour celle qui fut ta mère, protesta doucement Tsippora.

Moïse haussa les épaules. La tension de son visage s'estompa.

— Je ne m'adressais pas à Amon, mais à elle.

Elle ne trouva rien à répondre. À présent elle sentait le froid du vent à travers sa tunique. Moïse lui, ne paraissait pas s'en soucier. Elle songea à la chaleur qui l'envelopperait s'il la prenait dans ses bras. Il s'avança, mais elle ne put s'empêcher de reculer. Il s'immobilisa et dit :

— Maintenant, tu sais qui je suis. Je ne t'ai rien caché. Mon visage est nu, autant que mon âme.

Elle recula encore, jusqu'à ce que ses épaules heurtent la roche.

— Et moi, dit-elle. Sais-tu qui je suis ?

— La fille de Jethro.

Elle rit. Elle tendit les bras et les mains pour que leur couleur se confonde avec l'obscurité.

— Le crois-tu vraiment ? Avec cette peau ?

Avant qu'elle pût réagir, il emprisonna ses doigts et l'attira contre lui :

— Tu es Tsippora la Kouchite, celle que Moïse a tirée des mains des bergers, au puits d'Irmna. Tu es celle qui sait toujours où me trouver et qui m'a apporté de la nourriture sans savoir qui j'étais.

*
**

Ils étaient plaqués contre la paroi, le souffle court, le visage déformé par le vacillement des flammes. Malgré les arêtes de roche qui s'incrustaient dans ses fesses et ses épaules, Tsippora ne sentait que le corps de Moïse pressé contre elle. Ce qui arrivait, elle l'avait souhaité avec autant de peur et d'ardeur que l'on met à vouloir vivre et mourir dans le bonheur. Elle songea à le repousser, mais elle se mentait. Elle l'écoutait qui répétait :

— Tu sais qui je suis ! Ô Tsippora, ne me regarde pas comme si j'étais un prince d'Égypte ! Ne sois pas comme ta sœur ! Je ne possède rien ! Un Hébreu sans dieu et sans famille à qui ton père a offert son premier chameau et ses premières têtes de bétail. Toi, tu es riche de tout, et moi je ne suis que ce reflet que je vois dans tes yeux. Tu es celle qui désire mon baiser, et moi, j'ai soif de toi.

Le souffle violent de Moïse attisait le feu de sa bouche. La chaleur de son corps la protégeait si bien du vent et de l'immense nuit au-dehors ! Il disait vrai. Elle n'était que cela, la femme qui désirait son baiser. Il disait vrai : elle ne pouvait s'empêcher de songer à lui comme à un prince. Elle ne pouvait s'empêcher de penser à sa puissance de fils de Pharaon, à leur différence, lui si blanc et elle si noire, à leurs dissemblances si grandes, elle qui était encore plus faible que les Hébreux eux-mêmes.

Les doigts clairs de Moïse caressèrent ses lèvres comme il l'avait fait déjà, dans cette grotte, un jour d'éblouissement. Elle voulut dire : « Non, Moïse ! Nous ne pouvons pas, nous sommes en faute ! Je suis une fille qu'aucun homme n'a touchée ! »

La dureté du sexe pressé contre son ventre lui vida la gorge de tout mot. Avec violence, sans plus aucune retenue, elle agrippa le cou de Moïse, attira à elle son visage, ouvrit ses lèvres pour qu'il puisse y cueillir sa plainte. Horeb aurait pu gronder, ils ne l'auraient pas entendu.

*
**

Ils roulaient sur la couverture. Les flammes brillaient moins fort. Mais ils pouvaient encore se voir.

Moïse disait :

— Je te vois, je te vois ! Le noir de ta peau n'est pas celui de la nuit.

Elle l'embrassait pour que leurs baisers effacent les larmes qui perlaient à ses paupières.

Mais Moïse s'écartait, ôtait les fibules, dénouait la tunique, baisait le creux de ses épaules, reposait sa joue nue contre la courbe tendue de ses seins. Elle le repoussait, étourdie, déjà insatiable de la peau qui glissait sous ses doigts de Kouchite. Elle fermait les yeux.

Moïse la dénudait en entier sans se soucier du vent glacé. Il fermait les yeux à son tour et disait :

— Je te vois avec mes doigts !

Et il caressait ses hanches, son ventre, ses cuisses comme s'il sculptait l'obscurité. Tsippora sentait et voyait les doigts effilés de Moïse, ses mains blanches de prince d'Égypte qui modelaient son désir.

Il s'inclinait et disait :

— Je te vois avec mes lèvres. Tu es ma lumière.

Elle voyait son front lumineux, ses lèvres longues qui baisaient le creux de ses seins, en cherchaient la pointe comme s'il ouvrait sa bouche sur une ivresse ténébreuse, ouvraient ses cuisses et tiraient son plaisir comme l'eau d'un puits.

Elle se donnait de tout son corps, lui agrippant les épaules, nouant les mains sur ses reins, s'aidant de cris pour mieux respirer. Il fut au-dedans d'elle dans l'éclair d'une douleur. Une flamme qui ne venait pas du feu grandit dans sa poitrine. Elle tremblait comme une enfant. Le vertige courait le long de son échine, tournoyant autour de la douleur de plus en plus fine, aiguë et tendre, mêlée de plaisir, qui ouvrait sa poitrine à la bouche de Moïse tandis qu'en ployant sur elle, qu'en chancelant sur elle, il murmurait des mots qu'elle n'entendait ni ne comprenait, tandis qu'elle s'agrippait à ses cuisses, à ses fesses comme elle s'était agrippée à celui qui avait su la sauver de la noyade du fond de la mer, la ramenant du rêve au jour. Ainsi qu'en cet instant, dans un râle emporté par le vent, ils trouvaient leur premier souffle commun.

*
**

Se prendre et se déprendre, s'endormir à peine, épuisés mais non rassasiés, ils le firent toute la nuit. L'aube venue, le vent soufflait toujours, mais le ciel bleuissait entre les nuages turbulents dégorgés de la montagne d'Horeb comme d'une forge.

Tsippora fut la première debout. Elle s'activa, avec l'eau de la gourde se lava dans la grotte, à l'abri du regard de Moïse, et fut bientôt celle qu'elle avait été en arrivant la veille.

En bas, sur la plage, le ressac aussi semblait le même bien que la mer fût plus transparente. À présent que la lumière dévoilait tout, le creux de la terrasse et de la grotte apparaissait aussi minuscule qu'un nid. Eux-mêmes n'étaient qu'une femme et un homme dans l'immensité.

Sans bruit, Moïse fut derrière elle et enlaça sa taille. Il était nu encore. La bouche près de son oreille, il murmura :

— Je vais aller voir Jethro. Je vais lui parler et lui demander de m'accorder sa fille la plus précieuse.

Tsippora ne bougea pas, ne répondit pas. Elle ne caressa pas les bras et les mains qui l'enlaçaient. Pas plus qu'elle ne s'appuya contre le corps dont elle conservait la marque du désir en chaque pore de sa peau. Elle ne cessa d'observer l'horizon où la rive d'Égypte demeurait invisible. Elle resta droite, immobile, silencieuse. Si bien que Moïse dénoua ses bras et s'écarta. L'inquiétude au front, il fit un pas de côté pour mieux la voir. Elle demanda :

— Que disais-tu à ton dieu hier ?

La déception de Moïse s'accentua. Sans quitter la mer des yeux, Tsippora tendit la main. Elle frôla la poitrine de Moïse, caressa son ventre, glissa la pointe de ses doigts sur son sexe avant de chercher sa main, de la serrer en répétant d'une voix très douce :

— Hier, tu priais pour ta mère. Je voudrais connaître les mots que tu lançais dans la mer.

— Je ne suis pas sûr de savoir les dire dans la langue de Madiân.

— Mais si, tu le sais.

Il hésita. Elle imprima une petite secousse d'impatience à sa main. Moïse, tout comme elle, tourna les yeux vers la rive invisible de l'Égypte :

— *Je suis une Momie parfaite,*

Je suis une Momie qui vit en toute vérité,

Je suis pur, je suis pur,

Voici mes mains, voici sur mes paumes le cœur de ma mère,

Il est pur, il est pur.

Qu'il soit pesé ce cœur, dans la balance de Vérité,

Je suis une Momie nourrie de vérité, je n'ai pas connu la dureté du cœur, j'ai donné l'eau fraîche à qui avait soif et le froment à qui en manquait, le lin à qui allait nu.

Ô formes d'Éternité, couvre de tes ailes l'œuf d'une douce mère.

Les larmes perlaient aux paupières de Tsippora. Sans lâcher sa main, Moïse se plaça tout contre elle.

— Ce n'est pas que je vénère le pouvoir d'Amon ni celui des autres dieux d'Égypte. Je ne leur appartiens plus et leur ciel n'est plus pour moi. Cette prière accompagne la barque qui emporte le défunt vers le ciel des renaissances. Hatchepsout ma mère était très fidèle à Amon.

Une larme atteignit les lèvres de Tsippora, limpide, toute transparente du jour sur le sombre de sa peau. Elle attendit que sa gorge se dénoue et murmura :

— Ma mère est morte sur cette mer en me conduisant jusqu'aux bras de Jethro.

Moïse l'observa, attendant qu'elle en dise davantage, prêt à écouter. Mais elle se tourna vers lui et déclara :

— Tu avais raison de vouloir repartir pour l'Égypte, ta place est là-bas.

Elle l'aurait frappé, il n'aurait pas été plus stupéfait. Il lâcha sa main, s'écarta.

— Qu'est-ce que tu racontes ?

Il paraissait soudain bien plus nu. Elle, elle lui souriait sans répondre, un sourire de patience.

— Tsippora ! Ma place est ici, avec toi et près de ton père. Qu'ai-je à faire de l'Égypte ?

— En tuant le contremaître, tu as commencé ta bataille contre Pharaon. Tu dois continuer.

Elle parlait d'une voix nette. La voix qui déplaisait tant à sa sœur Orma. Moïse la fixa, plein d'incompréhension. La douleur commençait à lui tirer les traits.

— Tu me chasses ? Après cette nuit ? Je te l'ai dit, je vais aller avec toi à la cour de Jethro. Ce matin même, sur le chameau qu'il m'a offert. Je lui parlerai. Je vais reprendre ma place sous le sycomore de la route d'Epha...

Elle secoua la tête. Moïse tendit le bras en direction de la cour de Jethro :

— Je vais lui dire : Jethro, donne-moi ta fille Tsippora pour épouse ! Elle est le sarment de ma vie future. Je serai ton fils et te rendrai au centuple tout ce que tu m'as donné...

— Moïse...

— ... Je ferai croître mon troupeau. Je parcourrai tous les pâturages de Madiân. Je vendrai les bêtes l'hiver prochain. Nous aurons plusieurs tentes. Tu seras

Tsippora, l'épouse de Moïse, une femme respectée. Il ne sera plus question de Kouchite. Plus personne n'osera lever la main sur toi !

Il aurait pu parler jusqu'à en perdre le souffle. Elle appuya ses deux mains contre sa poitrine.

— Moïse ! Moïse ! Ne te mens pas ! Tu sais qui tu es désormais. Tu n'es pas rien, comme le prétend ton faux frère d'Égypte. Tu es un Hébreu. Un fils d'Abraham et de Joseph.

— En quoi cela t'importe ? cria-t-il. En quoi cela t'importe : tu ne l'es pas toi-même !

Elle vit de l'effroi dans le doré de ses yeux. Comment avait-on pu instiller tant de crainte dans un homme comme lui ? Elle agrippa de ses ongles la poitrine de Moïse, colla ses hanches contre les siennes.

— Hier soir, souffla-t-elle, quand tu hurlais contre le vent, tu ne pleurais pas ta mère Pharaon. Tu criais de colère contre la souffrance des esclaves. C'est cela qu'a entendu Horeb.

— Allons donc ! de quoi parles-tu ? Horeb n'est pas mon dieu, il m'ignore.

— Ne blasphème pas ! Tu ne connais rien d'Horeb. Il est colère et justice. Et toi, tu es né parmi les esclaves, mais tu as acquis le savoir et la force de Pharaon. Pourquoi as-tu tué le contremaître, sinon ?

Moïse la repoussa et cria de nouveau.

— Balivernes ! Tu ne sais rien de la puissance de Pharaon. Tu ne sais rien de la cruauté de Thoutmès ! On ne lutte pas contre le désigné d'Amon !

— Je sais que tu dois mettre tes bracelets d'or et aller parmi ceux qui sont ton peuple. Tu dois retenir le fouet qui les frappe.

— Allons donc ! j'ai tué un homme parce que j'étais en colère ! et j'ai fui comme un petit garçon. Voilà la vérité. Il n'y en a pas d'autre. Aucun homme ne peut retenir le fouet de Pharaon. Tu ne sais pas de quoi tu parles !

Elle le laissa hurler sans répondre. Son silence accrut sa fureur.

— Pour qui me prends-tu ? Je te l'ai dit, je ne suis pas un prince. Je te croyais moins sotte que ta sœur. Ne veux-tu donc pas voir celui que je suis ?

Les cris de Moïse résonnaient contre la falaise. Tsippora saisit ses poignets :

— Je sais qui tu es ! Je t'ai vu en rêve avant même de te rencontrer. Je sais qui tu es et qui tu peux devenir. Le temps qui t'attend n'est pas dans les pâturages de Madiân.

Le rire de Moïse se prolongea, soudain sans plus de colère, aigu de moquerie. Il secoua la tête, tira les mains de Tsippora jusqu'à ses lèvres pour les baiser.

— Ah ! Si ton père Jethro ne t'accordait pas tant de confiance, je croirais que la femme que je veux pour épouse est non seulement kouchite, mais aussi un peu folle.

Tsippora se dégagea sèchement. Son regard était aussi noir que sa peau.

— Si tu ne me crois pas, il est inutile que tu retournes à la cour de mon père.

— Tsippora ! Comment peux-tu être si sûre de mon avenir ?

— Je te le répète. Je t'ai vu en rêve. Tu es de ceux qui sauvent la vie lorsqu'elle menace d'être engloutie.

Moïse secoua la tête. L'ironie lui demeurait aux lèvres.

— Raconte-moi ce rêve.

— C'est inutile. Tu ne pourrais le comprendre.

Elle l'évita pour s'engager sur le chemin de la falaise. Moïse l'arrêta, la main posée sur son ventre.

— Ne me repousse pas ! Raconte-moi ce rêve. Laisse-moi aller devant ton père.

Elle écarta son bras, sans dureté, ne pouvant s'empêcher de glisser une caresse sur la joue, où la barbe pointait à peine.

— Comprends d'abord qui tu es.

— Je le sais ! Je ne suis plus personne. Ceux qui fuient devant Pharaon perdent jusqu'à leur ombre !

— Alors, moi non plus, je ne suis personne. Ma peau est couleur d'ombre et, bien que tu m'aies prise, nous ne serons jamais époux. Les ombres ne s'épousent pas.

La colère d'Horeb

— C'est ce que tu lui as dit ? Vraiment ? Tu ne vas pas l'épouser ?

La voix de Sefoba était pleine d'incrédulité. Le regard de Jethro aussi. Un reproche s'y ajoutait, que le vieux sage tentait d'atténuer.

Dès son retour, alors que chacun avait le nez levé vers les nuées qui bouillonnaient au sommet de la montagne d'Horeb, Tsippora était allée droit vers son père. Elle lui avait révélé la vérité sur Moïse, comment il avait été le fils de Pharaon avant d'être l'Hébreu banni par la haine et la jalousie de son faux frère.

— Sa colère contre l'injustice de Pharaon est plus grande qu'il ne le croit, avait-elle ajouté. La seule pensée des souffrances infligées aux esclaves le fait hurler de rage. Il l'a fait, il a hurlé, et Horeb a grondé avec lui. Mais il ignore tout d'Horeb, et il a peur.

Ses sœurs étaient accourues pour écouter. Jethro ne les avait pas écartées. Orma avait demandé :

— Tu as dormi là-bas ? Dans la grotte. Près de lui ?

La voix de Tsippora n'avait pas faibli. Les yeux dans les yeux de Jethro, elle avait répondu :

— Il a voulu me prendre et j'ai été heureuse de le laisser faire.

L'ébahissement les laissa sans voix.

— Moïse est comme aucun autre homme, disait-elle. Je le sais. Je le vois sur son visage et je le sens quand je suis près de lui. Pourtant, lui-même ignore encore sa force. Il est tout entier occupé par son passé chez Pharaon. Il est aveugle au temps qui s'étend devant lui.

Jethro observait sa fille sans ciller. Mais Tsippora le connaissait assez pour deviner l'embarras, la joie, la désapprobation et même l'espoir qui tour à tour éclairaient et voilaient son regard. Elle était prête à entendre son jugement et peut-être à s'y plier. Mais il n'eut pas le temps de prononcer un mot. Orma était déjà debout, les lèvres livides :

— Écoutez-la ! Écoutez-la... Comment ose-t-elle parler ainsi ? Elle qui vient de nous souiller. Mon père, comment peux-tu la laisser dire ces horreurs ? Elle s'est offerte à l'Égyptien et toi, tu te tais.

Sefoba se dressa à son tour, les larmes aux yeux. Pour une fois, elle ne comprenait pas Tsippora et la colère d'Orma lui paraissait justifiée. Jethro ne leur adressait pas un regard, soudain fait de pierre, la bouche disparue dans sa barbe, les paupières closes et lisses comme de l'ivoire. Orma prit ce silence pour une faiblesse. Elle recommença à vociférer :

— Moi la première ! Moi la première, je vous l'ai dit, j'ai su qu'il était prince ! Ici, sous la tonnelle, mon père, je te l'ai dit, tu m'as entendue, j'ai dit qu'il mentait quand il se prétendait esclave. Dès le puits d'Irmna je l'ai su ! Et Tsippora et toi, vous m'avez humiliée en croyant à son mensonge !

Dans la cour, les servantes se retournaient, tendant l'oreille sans oser approcher. Plus inquiètes que curieuses, un peu effrayées même par la voix stridente d'Orma, comme si la colère d'Horeb, avec ses nuées noires, descendait du ciel à la terre.

Tsippora se leva, les mains tremblantes et la gorge sèche. La haine d'Orma était aussi vivante qu'un animal. Elle la sentait qui s'agrippait à son visage et sa poitrine, qui lacérait partout sur son corps le souvenir des caresses de Moïse. Et elle aussi commença à haïr. Elle fit mine de répondre à Orma, mais l'autre hurla de plus belle :

— Tais-toi ! Tais-toi, chacun de tes mots souille cette cour. Tu nous souilles tous ! Voilà pourquoi Horeb est en colère !

— Silence !

La voix de Jethro claqua, lourde et grave. Les bras dressés, avec une force qui ne correspondait en rien au volume de son corps, il tonna :

— Silence, fille stupide ! Ferme ton bec vomissant la haine !

Orma chancela tout comme si Jethro l'avait frappée.

Dans le silence stupéfait qui suivit, on entendit l'étrange plainte qui précéda ses premières larmes.

Sefoba se mordit les lèvres, n'osant lui porter secours. Elle jeta un regard de détresse vers Tsippora, qui s'était couvert la bouche de ses mains. Jamais encore les deux sœurs n'avaient vu le visage de Jethro ainsi. La fureur lui creusait les yeux et les joues, la peau à ses tempes était si tendue qu'elle en était transparente, aussi pâle que les os qu'elle recouvrait. Il dressait vers Orma un doigt impérieux.

— Cesse ces piaillements imbéciles. N'use pas du nom d'Horeb devant moi ! Ne nomme pas sa colère, toi qui ne sais rien de rien, tonna-t-il encore, dirigeant le doigt vers la montagne.

Ceux qui se tenaient dans la cour se retournèrent vers le sommet menaçant qui, depuis l'aube, abrasait les nerfs.

Orma gémit à nouveau. Ses genoux ployèrent, elle s'effondra sur les coussins. Ni Sefoba ni Tsippora n'osèrent la toucher. Plus personne dans la cour ne se risqua même à battre des paupières. Jethro était debout, terrible soudain jusque dans sa maigreur, dominant sa fille recroquevillée.

— Tu es la fille de mes entrailles, mais tu es ma honte. Tu n'es qu'envie et dépit ! Je n'en peux plus d'entendre tes jacassements.

Orma, les épaules tressautant sous les sanglots, n'était cependant pas prête à s'avouer vaincue. Avec l'aisance d'une jeune lionne, elle se retourna d'un bloc, agrippa les genoux de son père pour les baiser avec fougue.

— Ne sois pas injuste, ô mon père, ne sois pas injuste !

Jethro grimaça, lui saisit l'épaule pour la repousser. Orma ne s'agrippa que plus fort à lui.

— Cesse ces bêtises, grogna Jethro.

— Tsippora fornique avec l'Égyptien alors qu'elle n'est pas son épouse et c'est moi la fautive ? Où est ta justice, mon père ?

— Là où tu ne peux comprendre.

Orma poussa un cri aigu, lâcha Jethro comme si un serpent l'avait mordue. Un rire de folie déforma ce qui restait de sa beauté.

— Tsippora n'a ouvert ses cuisses à Moïse que pour me le prendre ! La première, j'ai reconnu qui il était. Et dans ses yeux j'ai vu qu'il me choisissait, moi !

— Non, cria Tsippora. Non, tu mens !

Elle esquissait un geste de violence, peut-être, quand un craquement déchira l'air. Le haut de la montagne d'Horeb était pareil à mille bouches de four crachant des nuages blancs et jaunes jusque dans l'infini du ciel, où une poigne invisible les tordait. Des hurlements retentirent partout dans la cour alors que le grondement s'amplifiait, plus sourd et plus violent.

— Horeb ! Horeb !

Sefoba se précipita dans les bras de Tsippora, tandis qu'Orma s'accrochait aux jambes de Jethro. Cette fois, le visage levé vers la convulsion formidable de la montagne, son père lui enlaça les épaules avec calme. Le sol frémit. Un nouveau grondement roula sur le désert. La bouche de la montagne vomit une nuit brûlante mouchetée de jets incandescents.

— Le feu d'Horeb ! Le feu d'Horeb.

Ils se tenaient les uns les autres, mêlaient leurs larmes et leur terreur, couraient comme des insectes et tombaient à genoux. Des bêtes bramèrent, renversant les barrières de joncs de leur enclos. Une bave rouge scintilla dans l'obscurité qui recouvrait à présent la montagne. Une lumière grise s'avança sur Madiân, avalant les ombres et les couleurs.

Sefoba tremblait et pleurait en murmurant avec les autres :

— Le feu d'Horeb ! Le feu d'Horeb.

Jethro tendit son bras libre, l'attira à lui tendrement, la corrigeant d'une voix douce et paisible :

— La colère d'Horeb.

Tsippora rencontra son regard. Hochant la tête il annonça :

— Il attend nos offrandes.

Dans sa voix, Tsippora ne décela aucune peur, aucune angoisse, mais tout au contraire une impénétrable satisfaction.

*
**

Tout le jour, les grondements d'Horeb se succédèrent. Des jets de suie roulèrent sur les pentes de la montagne, les masquant jusqu'à la mer. Le feu y jaillit, çà et là des buissons s'enflammèrent, l'air empesta et s'épaissit d'une poussière de cendres qui, telle une poudre délicate, étouffait les flammes aussi bien que les oisillons dans le nid. Par bonheur, un peu avant la fin du jour, un vent violent se leva à l'est. Sans discontinuer, il repoussa vers l'Égypte les nuées que dégorgeait la montagne et épargna à Madiân le désastre des incendies.

Le soleil fut masqué au couchant, répandant une ombre étrange qui n'était ni celle de la nuit ni celle du crépuscule. On vit alors que la bave qui s'écoulait depuis le sommet de la montagne ne progressait plus. Elle se transformait en une boue fumante. Dans ses replis chaotiques scintillaient par instants de faibles explosions, pareilles aux battements des mille yeux d'un monstre s'assoupissant avec regret. Au-dessus, la gueule de la montagne demeurait incandescente et grande ouverte face au ciel en tumulte.

Moïse parvint à la cour de Jethro peu après les premières risées du vent. Les joues imberbes grises de poussière, les poings agrippés à son grand bâton et aux poils cendrés de son chameau, il avait été pris dans les brouillards irrespirables, manquant y perdre son chemin. Il en avait encore les yeux écarquillés d'effroi.

Hobab, qui redressait les enclos dévastés avec Sicheved, le mari de Sefoba, l'accueillit avec de grandes manifestations de joie.

— Horeb soit loué ! On avait peur pour toi.

Ils lui offrirent de l'eau pour se laver, du vin, des dattes et des galettes trempées d'huile pour faire disparaître le goût de cendre de sa bouche.

— Tu arrives à point, dit Hobab quand Moïse se fut rassasié. Des bêtes se sont enfuies, effrayées par le bruit. Il nous faut aller les chercher avant qu'elles se perdent et meurent de soif en broutant de la cendre. Viens avec nous, tu ne seras pas de trop. Les autres sont avec mon père, soutenant ses offrandes et ses prières à Horeb.

Jusqu'à la tombée de la nuit ils coururent derrière les mules et les brebis, les rattrapant de-ci, de-là, épuisées et tremblantes. Ils les entravaient prestement et reprenaient aussitôt leur chasse. Quand il fit trop sombre pour continuer, ils se trouvaient trop loin pour rentrer à la cour de Jethro. Sicheved avait eu la sagesse de bâter son chameau avec une courte toile de tente et des pieux. Ils s'installèrent pour passer la nuit, partageant la gourde et les dattes emportées par Hobab. Les grondements de la montagne avaient cessé mais, avec la nuit, on ne distinguait que mieux les rougeoiements de sa bouche que le vent continuait d'attiser. Hobab et Sicheved, debout, les paumes ouvertes, lancèrent à Horeb une prière que Moïse écouta en se détournant, la tête inclinée. Un roulement, rauque et lointain, sembla leur répondre. Moïse eut, plus qu'à tout autre moment de ce jour, l'étrange sentiment que la montagne était tout aussi vivante qu'un fauve. Ni Hobab ni Sicheved ne cillèrent. Le calme du fils et du gendre de Jethro l'impressionnait. En cette journée, le monde entier avait paru sur le point d'exploser et eux accomplissaient leur tâche sans jamais montrer de crainte. Un peu plus tard, assis devant la tente, mâchant lentement quelques dattes, il ne put s'empêcher de demander :

— Vous n'avez pas peur. Pourtant, la montagne gronde encore, les flammes peuvent jaillir et tout détruire.

— Ce ne semble pas être la volonté d'Horeb, répliqua Hobab. Le vent s'est levé, il nous épargne les cendres. Elles vont sur la mer. Elles ne souilleront ni les pâturages ni les puits. D'autant que le sommet de la montagne ne crache plus de feu.

Dans le noir, Sicheved montra le ciel de l'est.

— Regarde, les étoiles brillent là-bas, au-dessus de Moab et de Canaan, c'est bon signe. Lorsque Horeb entre en colère et que le ciel demeure clair sur l'est, sa fureur passe sans nous abattre.

Moïse s'étonna. Cela arrivait donc souvent ? Sicheved et Hobab rivalisèrent d'éloquence pour décrire les plus terribles courroux d'Horeb, ceux qui parfois avaient à demi détruit Madiân.

— Moi, je n'ai connu que de douces colères, conclut Sicheved. On raconte que c'est grâce à Jethro. Il a su imposer assez de justice dans les royaumes de Madiân pour qu'Horeb ne s'en prenne pas trop à nous.

Hobab approuva d'un grognement plein de fierté.

Moïse interrogea encore :

— Pourquoi Jethro et vous tous sacrifiez à Horeb et non au dieu d'Abraham ? Jethro affirme pourtant que vous êtes des Hébreux, et même des fils du fils d'Abraham.

Hobab eut un petit rire.

— Voilà une question que tu devras lui poser. C'est lui le sage.

Ils demeurèrent silencieux un long moment, et soudain s'éleva le ronflement de Sicheved. Il s'était endormi avant même de se glisser sous la tente. Alors qu'ils s'allongeaient côte à côte, Hobab déclara à voix basse :

— Demain, nous rentrerons et tu parleras à mon père de Tsippora.

Moïse se redressa vivement, mais la main d'Hobab se posa sur son épaule :

— Sois sans crainte, je suis avec toi. Je suis heureux de ton choix. J'aime Tsippora. Comme tous, j'ai cru longtemps qu'elle n'aurait pas d'époux. Rien ne peut plus me plaire que de te savoir bientôt mon frère. Tu sauras lui donner du bonheur. Même si elle n'est pas toujours la plus commode des femmes.

Moïse secoua la tête en soupirant.

— Détrompe-toi, Hobab ! Tsippora ne veut pas de moi. Je lui dis : je vais devant ton père, je veux être ton époux. Elle dit non. Et moi, aujourd'hui, je ne sais plus que faire. Je suis en faute envers elle, envers ton père et vous tous. Et je ne désire aucune autre femme.

Hobab eut un petit rire.

— Sois patient. Tsippora aime conduire les choses à sa manière, mais ne te laisse attrister par aucun doute. Elle ne veut que toi. Et mon père aussi. Il est rare que Tsippora et lui soient en désaccord, et elle finit toujours par lui obéir.

Moïse soupira encore, peu convaincu.

— Parle à mon père demain, insista Hobab. Il ordonnera. Il semble le plus aimable des hommes, mais quand il tranche, il tranche. Pour Orma, il a déjà tranché !

Hobab s'interrompit avec un gloussement amusé et affectueux :

— Il l'a confiée aux servantes pour qu'elles apaisent ses gémissements avec force tendresses, gâteaux et boissons douces. Mais dès que possible, il me faudra la conduire chez Réba, le fils du roi d'Epha, celui qu'elle doit épouser depuis des lunes. Plains-moi, Moïse ! Je vais entendre ses jérémiades pendant des jours et des nuits. Elle me parlera de toi, sois-en sûr. Jusqu'à en perdre le souffle. Mais je te le dis : tu n'auras pas la plus belle fille de Jethro dans ta couche, et c'est une grande chance. Qu'Horeb pardonne beaucoup à Réba à l'avance ! Tu n'auras pas la plus douce non plus, car son mari ronfle déjà à côté de nous. Il te reste la plus savante et la plus vive. Tu verras, cela t'occupera assez pour que tu ne te soucies d'aucune autre.

Moïse ne put s'empêcher de rire avec lui.

*
**

Le vent soufflant de l'est ne faiblit pas, les grondements de la montagne s'espacèrent. Le soleil put transpercer les nuées, moins épaisses, créant ainsi d'étranges crépuscules, comme si le ciel d'ouest tout entier était désormais sale et ensanglanté.

Sans prendre de repos, Jethro avait accompli sacrifice sur sacrifice. À sa demande, Tsippora était demeurée près de lui, l'assistant lors des offrandes d'orge et de vin, broyant les farines, faisant cuire selon les rites les galettes, ouvrant les fruits, remplissant les cruches d'huile. Elle ne s'écarta que lorsqu'il ouvrit la gorge des agneaux et des veaux de l'année, trancha la poitrine de vingt colombes.

Pas un instant, elle ne cessa de songer à Moïse. Elle savait qu'Hobab l'avait accueilli et pris avec lui, ainsi que l'époux de Sefoba, pour rechercher les bêtes enfuies. Elle en fut emplie de gratitude pour son frère aîné. C'était là une manière discrète de montrer à tous sa confiance et son affection pour le fils de Pharaon.

Elle apprit qu'ils étaient de retour et craignit de ne pas résister au désir de rejoindre Moïse sous sa tente à nouveau dressée sous le sycomore. On lui raconta comment Orma avait fait honte à Hobab qui la conduisait chez Réba : passant devant la tente de Moïse, en larmes et hurlante, elle l'avait supplié de la suivre. Moïse l'avait considérée sans un mot, sans un geste d'apaisement, avant de rentrer sous sa tente. Depuis, on ne l'avait plus revu, car il était parti avec Sicheved visiter les puits et s'assurer que les cendres ne les avaient pas infestés.

Enfin, le troisième matin, alors que la montagne avait cessé de gronder depuis la veille, Sefoba rejoignit Tsippora. En compagnie des servantes elle lavait des vêtements abandonnés à leur crasse tant que l'on n'avait pas été certain de disposer de suffisamment d'eau.

Sefoba, les joues roses et le sourire radieux, s'agenouilla au côté de Tsippora. Elle posa sur un panier la tunique qu'elles avaient tissée ensemble pour Moïse et considéra Tsippora.

— Tu as l'air épuisée. Laisse-moi prendre ta place et va te reposer un peu.

Tsippora lui retourna son regard.

— Si j'en crois tes cernes, tu ne sembles guère plus fraîche que moi.

Sefoba gloussa.

— Sicheved est rentré hier soir. Il faisait nuit, il avait faim, soif et était tout grognon ! Ah ! les hommes... Horeb gronde et crache, mais, nous autres, on ne s'occupe pas assez d'eux ! Toute la nuit il m'a fallu le rassurer sur mon amour.

Elles éclatèrent de rire. Avant que leur joie ne retombe, Sefoba attrapa la main de Tsippora et la posa sur la tunique, chuchotant :

— Moïse vient d'arriver dans la cour. Il est avec notre père. Va donc te reposer et te faire belle pour lui offrir cette tunique quand ils t'appelleront.

Tsippora se raidit.

— Allons ! murmura doucement Sefoba. Oublie ce que tu nous as dit. La colère d'Horeb est venue et est passée. Apaise-toi. Nous en serons tous si heureux !

***

Jethro accueillit Moïse du mieux qu'il put, compte tenu de la confusion qui régnait encore dans sa cour. Il le fit asseoir près de lui sous la tonnelle, réclama aux servantes des cruches de bière, des gobelets et de quoi manger. Ils burent et se restaurèrent, observant les nuages blancs qui désormais emprisonnaient le sommet de la montagne. En larges rouleaux, ils montaient droit dans le ciel, où un souffle les poussait encore et toujours vers le couchant.

Le visage de Jethro était tiré de fatigue, mais son regard luisait de ruse. Pharaon verrait bientôt son ciel s'obscurcir et ses récoltes en seraient peut-être moins riches. Moïse avait-il déjà assisté à cela du temps où il vivait au pays du Grand Fleuve Itérou ?

Moïse éluda la question. Il voulut au contraire dire tout ce qu'il avait à dire au sujet de Tsippora. Mais après trois phrases, les mots qu'il avait longuement pesés lui manquèrent. Il soupira, furieux et honteux :

— Tu vois ! Je croyais avoir fait un peu de progrès dans la langue de Madiân. Il suffit que ce que j'ai à dire soit important et ma bouche ne fait que du bruit.

Jethro secoua la tête en riant.

— Alors laisse-moi parler, car moi aussi, j'ai quelque chose à te demander.

Jethro le regarda bien en face. Ses prunelles brillaient si fort qu'on eût cru que les fumées des offrandes à Horeb les irritaient encore.

— Je sais ce que tu as dans le cœur. Tsippora me l'a révélé. Elle m'a aussi raconté ce qu'a été ta vie chez Pharaon.

Moïse voulut l'interrompre. Jethro le fit taire d'un signe.

— Sache que rien de ce que j'ai appris ne me surprend ni ne me déplaît. Je veux oublier les confidences qu'un père préfère ignorer. Tsippora est le bijou de mon cœur. C'est ainsi et, comme me l'a fait cruellement remarquer Orma, j'en suis devenu un père injuste. Tu n'as vu ici avec moi que trois de mes filles. Quatre autres vivent chez leurs époux, dans les royaumes de Madiân. Toutes te le diront, je les aime tendrement, je leur accorde tout ce qu'elles méritent. Mais Tsippora, c'est autre chose.

Il eut un bref soupir et but une longue rasade de bière avant de lever à nouveau le visage sur la pointe de la montagne. Sa tête dodelina un peu et sa bouche trembla sur un murmure inaudible. Moïse se demanda s'il priait ou s'il était légèrement ivre. Mais les deux vieilles prunelles d'un homme qui avait beaucoup vu se plantèrent sur lui. Avec stupéfaction, Moïse découvrit qu'elles étaient humides d'émotion.

— Je me souviens comme si c'était hier de ce jour où la pirogue les a déposées sur la plage, sa mère et elle. Horeb a voulu que je me trouve là. Je n'allais que rarement au bord de la mer, mais ce jour-là Hobab, qui était encore un petit garçon, voulait pêcher. Du haut de la falaise, nous avons vu la pirogue retournée sur les galets et, au milieu de la plage, une sorte de grande algue noire. La mère kouchite, si épuisée qu'elle fût, avait placé son enfant sur son dos. Avec la force d'une lionne, elle avait rampé sur les cailloux pour se mettre hors d'atteinte des vagues. Elle est morte avant de pouvoir prononcer un mot, mais avec ses yeux elle m'a dit ce qu'elle avait à dire. Sa fille n'était guère plus grande que ma main. Elle braillait de faim et de soif...

« Ce fut le jour le plus triste et le plus beau de ma vie. Mon épouse très aimée était morte depuis déjà trop d'années. Et voilà qu'Horeb m'offrait l'occasion de donner la vie ! Hélas, pour ce prix, il faisait périr celle qui avait enfanté avec son ventre...

« J'ai pris le nourrisson contre ma poitrine. Des hirondelles tournoyaient au-dessus de nous. J'ai dit : Tu t'appelleras Tsippora, *Petit Oiseau.*

Jethro se tut un instant, comme pour permettre au silence d'amoindrir la puissance des souvenirs.

— À sa façon, Tsippora est devenue la chair de ma chair. Je l'ai élevée comme mes propres filles. Tout ce que je pouvais lui donner, je le lui ai donné, tout autant que si elle avait été le fruit de ma jouissance. Nourriture, bijoux, confiance et savoir ! Surtout le savoir, car dès l'enfance elle s'est montrée plus clairvoyante et plus sage que ses sœurs. Et même qu'Hobab. À l'exception d'Orma, tous ont éprouvé pour elle ce que j'éprouvais moi-même, sans retenue ni jalousie. Hélas, Tsippora a la peau noire. Les hommes de Madiân sont les hommes de Madiân. Comment reconnaîtraient-ils sa valeur, eux que leurs préjugés aveuglent plus que le soleil ?

— Jethro ! l'interrompit Moïse en agitant son bâton, posé sur ses genoux. Jethro ! J'ai tiré ta fille des mains des bergers sans la voir. Sans voir sa beauté ou sa laideur, sans voir la couleur de sa peau ou de ses yeux.

Mais une fois qu'elle fut debout, dans l'instant même, que ton dieu me foudroie si je mens, je n'ai eu d'autre espoir que de la voir devenir la femme de mes jours et de mes nuits. En vérité, c'est comme ces sortilèges que les hommes de magie pratiquent chez Pharaon. Sous son regard, je me sens assuré. Quand elle est à mon côté, le plus froid des vents ne me tire même pas la chair de poule. Dès qu'elle est loin, je suis fragile et glacé. Les cauchemars peuplent mon sommeil, je passe mes nuits les yeux ouverts et rêve d'elle. Jethro, ce n'est pas moi que tu dois convaincre. C'est elle. C'est Tsippora qui ne veut pas de moi. Demande-le-lui, tu entendras sa réponse.

Jethro rit en tressant de ses maigres doigts l'épaisseur de sa barbe.

— À t'entendre, mon garçon, je constate deux choses : que tu es désormais beaucoup plus agile dans notre langue que tu ne le penses, et que ton ignorance des femmes est en revanche bien vaste. À croire que tu n'en as connu aucune chez Pharaon ?

Moïse baissa les paupières. Cessant de rire, Jethro appela une servante.

— Demande à ma fille Tsippora de nous rejoindre.

Moïse s'agita, ouvrant la bouche et la refermant tel un poisson hors de l'eau, ce qui relança l'hilarité de Jethro.

— Crois-en mes yeux, mon garçon. Ma fille Tsippora te regarde comme elle n'a encore regardé aucun autre homme. Elle n'a d'autre désir que d'être ton épouse, et elle va te le dire elle-même.

***

— S'il s'agit de mon désir, répliqua sèchement Tsippora lorsque Jethro lui posa la question, tu as raison, mon père. Je n'ai d'autre désir que d'être l'épouse de Moïse. Et même, il me faut le devenir, sans quoi je resterai une *naditre*, une femme en friche, comme on dit à Madiân. Ce qui serait ta honte.

— Fort bien ! s'exclama Jethro en se tapant la cuisse. La fête de vos épousailles est donc pour bientôt.

— Que non !

— Ah ?

— Pour l'instant, cela ne se peut.

Le visage de Tsippora était aussi dur que ses mots.

— Ah... répéta Jethro sans trop s'émouvoir. Assieds-toi, je te prie, et donne-moi tes raisons.

Sans un regard pour Moïse qui faisait rouler fébrilement son bâton entre ses mains, Tsippora s'agenouilla sur un coussin.

— À quoi bon t'expliquer ce que tu sais déjà, mon père ? soupira-t-elle.

— Moïse aussi connaît tes raisons ?

— Moïse sait. Mais il se prend pour une ombre. Il n'est capable ni de marcher dans les pas de ce qu'il a été ni d'embrasser son destin. Que ferait-il d'une Kouchite ? Et que ferait une Kouchite d'une ombre de plus ? Quel fardeau !

Deux fois déjà Moïse avait dressé son bâton, y crispant les doigts comme s'il voulait se lever et partir. Il cherchait le soutien de Jethro, mais le vieux sage semblait prendre un malin plaisir aux répliques de sa fille. Hobab s'était trompé. Jethro n'allait pas trancher et contraindre Tsippora à sa volonté. Il se contenta d'enrouler quelques poils de barbe autour de ses doigts et de remarquer :

— Tu es bien dure, ma fille.

— Elle n'est pas dure, Jethro, elle manque de raison ! s'énerva Moïse. Elle dit : Va devant Pharaon, explique-lui que ce qu'il inflige aux esclaves hébreux est injuste ! Jethro ! Jethro ! Si je me présente devant Pharaon, il me tue ! Je n'aurai pas le temps d'ouvrir la bouche. Les esclaves eux-mêmes ne luttent pas contre Pharaon. Ils sont des milliers et des milliers à subir leur peine. Qui suis-je pour leur porter secours ? Pourquoi réussirais-je où leur nombre échoue ?

— Parce que tu es toi, Moïse ! lança Tsippora. Fils de la reine d'Égypte autant que d'une esclave.

Moïse, agitant son bâton comme s'il voulait le briser en deux, gronda presque aussi fort qu'Horeb.

— Jethro ! Jethro explique à ta fille qu'elle se trompe ! Thoutmès a refusé à celle qui fut ma mère la barque d'Amon. Il fait abattre ses statues. Pourquoi m'écouterait-il ? Que gagneront les Hébreux si j'attise sa colère ?

— Il y a de la vérité et de la sagesse dans ce que tu dis, admit Jethro.

— Bien sûr ! s'exclama Moïse avec soulagement.

Tsippora ne cilla ni ne desserra les lèvres. Jethro laissa son silence s'alourdir.

— Que penses-tu de cela, ma fille ? finit-il par demander en inclinant la tête.

Tsippora tourna le visage vers Moïse. Elle ne paraissait pas moins ferme, mais la tendresse arrondissait ses lèvres et ses joues.

— Les raisons de ne pas faire ce qui nous effraie sont toujours nombreuses. Elles revêtent souvent l'apparence de la sagesse. Mais ce qui est engendré par la crainte est toujours un mal. Lève ton regard vers le sommet de la montagne, Moïse. Regarde dans quelle direction Horeb dirige les nuées de sa colère.

— Horeb n’est pas mon dieu ! grinça Moïse.

— C’est vrai, intervint Jethro, qui avait opiné à chacune des phrases de Tsippora. Horeb n’est pas ton dieu. Il est le nôtre, celui des fils d’Abraham et de ceux que fouette Pharaon.

Moïse rougit et baissa la tête. Tsippora lui saisit la main.

— Moïse, j’ai fait un rêve, et pendant des lunes j’en ai cherché le sens. À ton arrivée, j’ai enfin compris sa signification. Horeb s’est levé en grondant pour saluer ta venue parmi nous. Il te parle.

— Allons donc ! se moqua Moïse. Est-ce la sage fille de Jethro que j’entends ou une vieille commère superstitieuse ?...

Tsippora se redressa, raidie, les lèvres tremblantes.

— Alors, écoute cela : aussi vieille que je vivrai, aucun autre homme que toi ne me touchera ni ne sera mon époux. Mais toi, tu ne seras le gendre de Jethro que le jour où tu prendras le chemin d’Égypte.

— Tu sais bien que cela ne se peut !

Il avait crié. Jethro attrapa prestement les mains de l’une et de l’autre.

— Tout doux, tout doux... affirmer aujourd’hui ce qui peut être faux demain ? La vie est faite de temps, et l’amour aussi.

Le premier fils

Jethro avait dit « Prenez votre temps », et ce fut un drôle de temps qui commença. Durant plus d'une année, Tsippora et Moïse allèrent de disputes en apaisements.

D'abord, ils s'évitèrent avec soin durant des jours et des jours. Puis, lors d'une nuit de pleine lune, le sol frémit à nouveau. La cour de Jethro fut en émoi, chacun se précipita dans l'obscurité du dehors, yeux et oreilles aux aguets. On entendit de faibles grondements, presque doux. Une lueur rosâtre dessina un gigantesque halo au sommet de la montagne. On craignit que les temps de la colère ne reprennent, et les hommes restèrent à veiller. Sous le sycomore, Moïse aussi était debout devant sa tente. Il ne découvrit la silhouette de Tsippora que lorsqu'elle fut toute proche.

Sans un mot, ils demeurèrent le visage levé vers la montagne. Tsippora finit par dire tout bas :

— Écoute, écoute ! Horeb te parle.

Moïse eut un rire de fond de gorge. Il se tourna vers elle. L'un et l'autre tremblaient de désir. Moïse caressa l'ourlet fin qui dessinait les lèvres de Tsippora.

— C'est ta bouche qui me parle. C'est elle que je veux entendre. Son silence dévore mes nuits.

Les doigts de Moïse glissèrent de ses lèvres à son cou, puis au creux de sa gorge. Tsippora lui saisit le poignet comme pour le repousser. Elle ne put que s'agripper à lui et recevoir le souffle de son baiser.

Il ne fallut pas longtemps pour que leurs caresses les poussent sous la tente, ventre contre ventre et insouciants de tout ce qui n'était pas leur plaisir.

Au matin, à Sefoba qui avait deviné cette rage d'amour et la lui reprochait, Tsippora répondit en riant que c'était peut-être cette rage-là qui avait apaisé Horeb. De fait, à l'aube, Moïse s'était réveillé seul sous la tente. Il en avait surgi en criant le nom de Tsippora. Effrayés, les oiseaux qui nichaient dans le sycomore s'égaillèrent en piaillant dans un ciel limpide et bleu jusqu'aux confins. C'était à peine si des filets de fumée dansaient encore sur le sommet de la montagne. Horeb ne grondait plus. Jamais Madiân n'avait paru plus paisible.

Avant le soir, Moïse se présenta devant Jethro. Il lui posa la question qu'il avait posée à Hobab au jour de cendres :

— Pourquoi sacrifiez-vous à Horeb plutôt qu'au Dieu d'Abraham, puisque vous êtes de ses fils ?

Jethro approuva la question d'un hochement de tête. Il marqua un temps de réflexion avant de répondre par une autre question :

— Sais-tu qui était le dieu d'Abraham et de Noé ?

— Non. J'ai seulement entendu des Hébreux, en Égypte, gémir et se plaindre qu'Il les avait abandonnés.

Jethro soupira.

— Il nous a abandonnés car nous n'étions plus dignes de Sa confiance. Il y a longtemps, très longtemps, Il a offert Son Alliance à Abraham. Il lui a dit : « Va, Je ferai de toi une grande nation, Je porterai haut Mon Alliance entre Moi et toi et tes enfants et tous leurs enfants... » Abraham s'est incliné et il a engendré des fils et des nations. Ainsi, il fut un temps où partout, aux quatre lignes de l'horizon, des hommes et des femmes étaient protégés par le dieu d'Abraham, qu'ils nommaient l'Éternel. Mais les générations ont passé et les hommes sont devenus les hommes, semant la haine et la méchanceté tout autant qu'il y a de nations, de fils et de frères. En retour de Son Alliance, ils n'ont offert au Dieu d'Abraham que du sable. Alors l'Éternel s'est retiré plein de colère. C'est ce qu'il nous reste de Lui aujourd'hui. Cette colère qui gronde au-dessus de nous et que nous nommons Horeb.

Jethro s'interrompit. Il ferma les yeux, leva les mains, paumes ouvertes, avant de les claquer l'une contre l'autre en opinant vigoureusement.

— Telle est la vérité, mon garçon. De la grande Alliance de nos ancêtres avec l'Éternel qui les a sortis du néant, il ne nous reste que l'ombre et la colère. Chaque jour qui passe, la fureur d'Horeb s'abreuve de nos fautes. Il réclame justice et droiture. Il nous regarde et il s'impatiente. Hélas, il connaît notre passé aussi bien que l'avenir qui nous attend. Il voit que nous avançons dans l'obscurité. Il s'impatiente, il s'impatiente ! Il gronde pour secouer notre torpeur. Mais il n'obtient que de la peur en retour, alors qu'il désire un peu de courage et de dignité !

Le visage de Jethro s'était formidablement animé. Moïse l'écoutait avec crainte. Il y avait dans le discours du sage de Madiân l'écho des paroles de Tsippora. Que le père et la fille pensent à l'unisson, Moïse n'en doutait plus.

*
**

À la fin du printemps, Tsippora annonça qu'elle aurait bientôt un enfant. Jethro fut le seul à ne montrer aucun embarras. Aux autres, à Sefoba, Hobab et tous ceux qui la pressaient de recevoir Moïse pour époux afin de ne pas mettre au monde un enfant dans la solitude, Tsippora répondait :

— Quelle solitude ? Ma mère, en me déposant dans la pirogue qui nous a menées à Madiân, était bien plus seule que moi. Aujourd'hui, vous êtes tous là. Mon père Jethro est là.

Comme ils se récriaient, elle ajoutait :

— Moïse est promis à une grande tâche. Qui sait s'il saura l'accomplir ? Elle est lourde et terrible. Mais ma promesse demeure entière : le jour où il prendra le chemin de l'Égypte, je serai son épouse.

Comme elle les voyait grimacer et les entendait marmonner que Moïse n'en aurait jamais le courage, elle affirmait :

— Ne croyez pas qu'il soit couard ! S'il se refuse à retourner en Égypte, c'est seulement qu'il ignore encore qui il est. Peut-être le saura-t-il enfin en voyant son enfant.

De son côté, Moïse enrageait. Malgré l'envie qui lui brûlait le corps, il n'osait approcher Tsippora de crainte d'entendre ses reproches. On lui indiquait qu'elle se portait bien, que son ventre gonflait doucement. Mais on lui rapportait aussi des propos à son sujet qui le mettaient en fureur. Alors, il partait avec son troupeau plusieurs jours de suite. Mais Tsippora finissait toujours par lui manquer. Il revenait rôder près de la cour de Jethro dans l'espoir de l'apercevoir et rentrait sous sa tente tendu de désir, avec, incrustée dans ses yeux, la nouvelle silhouette de sa bien-aimée, le ventre rond, mais toujours droite et longue. Dans la nuit, il ne pouvait se rassasier de son visage entrevu, des reflets du soleil du soir qui cuivraient les ombres de sa peau, soulignaient l'amande de ses yeux, la finesse de ses narines. Les poings serrés, grognant telle une bête encagée, il se désespérait de ne pouvoir atteindre ses seins alourdis et ses reins creusés.

À Hobab et Sicheved, qui souvent partageaient ses repas et l'abreuvaient de questions, il répondait :

— Je deviens un berger accompli. Y a-t-il du mal à ça ? Les femmes de Madiân mépriseraient-elles les bergers ? Que peut espérer de plus une mère pour son enfant qu'un bon berger qui veille sur elle ?

Ils riaient, plaisantaient sur ce que voulaient et ne voulaient pas les femmes, les mères et les épouses. Sicheved se moquait des caprices de Sefoba qui n'avait de cesse de le réveiller au cœur de la nuit pour s'assurer qu'il lui était toujours dévoué. Après ces instants de gaieté, Moïse reprenait son sérieux et marmonnait sombrement :

— Il n'est pas né, celui qui se dressera contre Pharaon et sera capable de le vaincre. Oh oui ! Je peux prendre le chemin de l'ouest avec ma belle épouse kouchite. Nous serons capturés avant d'atteindre les rives du Fleuve Itérou. Les Hébreux en seront bien aidés ! Mon grand destin est-il de conduire mon épouse dans la fosse aux lions ?

Une aube, n'y tenant plus, avant que quiconque soit debout, il fut au côté de la couche de Tsippora. Elle ouvrit les yeux et le découvrit là, agenouillé. Sa barbe avait repoussé, plus drue que jamais, et il l'avait taillée à la manière de Madiân. Il ne ressemblait plus beaucoup à l'homme qui l'avait prise dans la grotte.

Elle sourit. Sans un mot, elle lui saisit la main et la posa sur sa peau douce, tendue, sous laquelle vibrait le puissant travail de la vie. Moïse se délecta des caresses qu'il avait si longtemps attendues. Ce fut un pur instant de bonheur. Mais les caresses cessèrent, et ils s'observèrent avec gêne. Tsippora sourit encore et chuchota :

— Quand tu désires voir mon ventre, nul besoin de courir les pâturages avec ton troupeau. Viens près de moi.

Moïse rougit.

— C'est que nous sommes en faute. Je n'ose pas même aller partager le repas de ton père. Lui qui dit que nous ne faisons plus rien de juste et que nul ne sait plus se comporter comme ses ancêtres...

Tsippora ne put retenir son rire.

— Oh, des fautes de ce goût-là, les ancêtres de Jethro en ont commis beaucoup. Et même des pires !

Elle lui conta comment Abraham avait fait croire à Pharaon que Sarah était sa sœur.

— Lui aussi avait peur de Pharaon. Et Pharaon trouva Sarah tellement à son goût qu'il ne voulut plus d'autre femme, bien qu'il n'ait passé qu'une nuit avec elle.

— Et qu'a-t-il fait quand il a appris la vérité ?

— Il a chassé Abraham et Sarah d'Égypte, les maudissant pour son bonheur perdu. Il n'empêche, Abraham ne fut jamais puni par son dieu pour cette faute, pourtant l'une des plus graves que l'on puisse commettre, conclut Tsippora.

Moïse fut si stupéfait qu'il demanda à Tsippora de lui raconter tout ce qu'elle savait sur Abraham. C'est ainsi qu'ils se retrouvèrent souvent au petit matin et au crépuscule, avant et après le travail quotidien. Moïse caressait le ventre de Tsippora tandis qu'elle lui racontait ce que Jethro lui avait enseigné sur les Hébreux.

Moïse n'en croyait pas ses oreilles. Il doutait parfois des paroles de Tsippora, pensant qu'elle embellissait les histoires ou, au contraire, les assombrissait pour le provoquer. Il courait voir Jethro et demandait :

— Est-il vrai que Noé et sa maison ont été les seuls survivants sur la terre ? Il n'y avait vraiment plus rien d'autre de vivant ? Est-ce possible ?

Jethro riait, hochait la tête et répondait :

— Écoute ma fille ! Écoute ma fille !

Mais Moïse revenait avec d'autres questions :

— Tsippora affirme que Loth a eu des fils de ses filles ? Est-ce vrai ?

Ou c'était la colère d'Abraham contre son père Tèrah qui lui semblait insoutenable. Ou la jalousie des frères de Joseph. Que Joseph, après avoir été vendu à Putiphar, soit devenu comme un frère de Pharaon, sauvant le pays de la famine, l'ébranlait plus que tout.

Mais Jethro, à chacune de ses questions, répondait en riant :

— Écoute ma fille ! Écoute ma fille !

Tsippora prenait du bonheur à voir l'attention que Moïse accordait à ces récits. Mais devant son père elle s'impatientait :

— Il écoute. Et c'est tout. Son enfant va naître et il n'aura toujours pas décidé d'être celui qu'il doit être.

Jethro la calmait.

— Patience. Il écoute et il apprend. Le temps fait son œuvre dans sa tête comme il le fait dans ton ventre.

Un jour, Tsippora s'interrompit au milieu de son histoire, le souffle court, les yeux écarquillés. Son corps trembla, elle cria. Moïse fut debout en même temps que le cri percutait sa poitrine. Tsippora reprit sa respiration, trouva assez de force pour sourire de le voir si pâle et si perdu.

— Appelle Sefoba. Appelle les servantes !

Un instant plus tard, la vieille qui servait de sage-femme grondait des ordres dans la cour. Sefoba et les servantes soutinrent Tsippora sur les briques de l'accouchement jusqu'à ce que le soleil ait parcouru plus de la moitié du ciel.

Moïse, Hobab, Sicheved et quelques autres prirent place autour de Jethro. On leur apporta de la bière et du vin tandis que les gémissements de Tsippora traversaient les murs. La sueur brillait sur le front de Moïse. Bientôt, à chaque cri il avalait une gorgée de vin. Lorsque le cri de Tsippora se confondit avec celui d'un nouveau-né, il ne l'entendit pas, ivre et endormi qu'il était.

***

Le garçon qui reposait, minuscule entre ses seins, était un enfant rose de peau. Il avait le même visage large que Tsippora, mais la chair de Moïse.

— C'est bien, affirma Tsippora d'une voix enrouée. Plus il ressemblera à Moïse, mieux cela vaudra.

Elle dormit sans peine et, au matin, à Jethro qui lui saisissait les mains, les yeux brillants de joie, elle dit :

— C'est toi qui choisiras le nom de mon fils et qui lui couperas le prépuce selon la tradition de Madiân.

— Pour le nom, répondit Jethro en soulevant l'enfant, c'est facile. Nous l'appellerons Gershom, *l'Étranger*.

Quand Moïse apprit que son fils allait perdre un morceau de son sexe minuscule et saigner sur l'autel d'Horeb, il protesta :

— Voulez-vous le tuer alors qu'il vient d'ouvrir les yeux ? Voulez-vous le rendre impuissant ?

des hommes. Rien de tout cela ne restera en l'état. Hobab lui-même s'amuse de ce spectacle. Il dit : « Moïse assure qu'il n'est pas né, celui qui peut se dresser contre Pharaon. Mais il ignore qu'il n'est pas né non plus, celui qui ira contre la volonté de mon père et de Tsippora ! »

De fait, si certains trouvaient à redire aux étranges conditions dans lesquelles était élevé Gershom, ils le firent loin des oreilles de Jethro et de sa fille.

L'hiver fut là et, avec lui, revint le temps du commerce. Moïse accompagna les hommes sur les routes d'Édom, de Moab et de Canaan. Ewi-Tsour, le chef des forgerons, se joignit à leur longue caravane. Ses chariots étaient si lourdement chargés de couteaux à poignées d'os, de dagues à lames courbes et de masses à longs manches, qu'il fallut y atteler les mules par quatre pour les tirer.

Lorsqu'on annonça leur retour, Tsippora grimpa sur un silo pour voir de loin la poussière de leur caravane. Comme toutes les épouses de la maisonnée, elle courut se faire belle. Elle passa une tunique jaune vif, brodée de fils de laine rouges et bleus qui dessinaient les ailes d'un oiseau. Elle se para de colliers et de bracelets et, pour une fois, fit briller ses yeux à l'aide de khôl. Sefoba, elle-même en splendeur sous son long voile, lui apporta un caillou d'ambre. Tsippora s'en frotta les poignets, en huma l'arôme lourd et épicé avant de le glisser dans une pochette de lin. Sefoba protesta.

— Pourquoi ne pas te parfumer dès maintenant ?

Tsippora eut un rire tendre :

— Moïse n'est pas encore là et je ne sais quelles sont ses pensées. Mais s'il le faut, mes hanches et mes cuisses sentiront l'ambre pour lui.

*
**

Trois jours durant, la cour de Jethro ne fut que festins, danses, jeux. L'air embauma la cuscute, la coriandre et l'aneth. Pépiant comme des volées de coulis-coulis, les jeunes servantes remplirent les grandes jarres de lait aigre et de bière, brassèrent le vin avec du romarin et du jus de datte. Les plus âgées farcirent d'amandes, de grenades et de raisins les gazelles tuées dans le désert. On les embrocha sur de longues piques qui tournèrent sur des foyers lents pendant tout un jour. On alluma dix autres feux pour cuire des gâteaux de miel dans des hachis de poireaux et de fenouil, des tourtes gonflées de dattes, d'orge et d'entrailles d'agneaux, ainsi que quantité de bouillons de *kippu* et de galettes croustillantes, dorées au gras de mouton.

Hobab, Sicheved et les forgerons étaient très fiers de leurs ventes. De l'autre côté des grands déserts du Néguev et de Chour, à Canaan et à Édom, on craignait désormais les razzias de Pharaon. Sans marchander les prix, les riches et puissants maîtres des villes de Boçra, Qir et Tamar avaient acheté armes et bétail. Moïse lui-même, parti avec son mince troupeau de petit bétail, ne revenait pas les mains vides.

À peine eut-il dressé sa tente sous le sycomore qu'il se précipita dans la cour de Jethro. Il trouva Tsippora qui l'attendait devant sa chambre, occupée avec les servantes près du berceau de Gershom. À revoir celle qui n'était pas son épouse, il en eut le souffle coupé.

Tsippora avait retrouvé toute sa finesse d'avant la naissance de son fils. De plus, il y avait en elle un calme qui paraissait mieux dessiner son corps, emplir ses hanches et sa poitrine. Sa chevelure drue, coupée court, affinait la grâce de son visage, agrandissait ses tempes et la courbe élégante de ses pommettes. Tout en elle témoignait d'une force nouvelle et sereine. Jusqu'au sourire de ses lèvres, pleines et paisibles comme si tous les mots qu'elle avait chuchotés pour calmer les peurs de son enfant les avaient modelées.

Elle salua Moïse avec un peu de cérémonie et ordonna aux servantes de s'éloigner avant de soulever Gershom de son lit minuscule. Pour la première fois, elle le déposa dans les bras de Moïse qui se mit à rire, ronronna tel un fauve séduit et, finalement, brandit Gershom entre ses mains, surpris de la taille du petit être qui s'agitait entre ses vastes paumes.

— Il me semble être parti depuis si longtemps que mon fils devrait déjà être debout et capable de dire le nom de son père, se moqua-t-il.

Tsippora hocha la tête. Elle recula sur le seuil de la pièce. L'embarras était entre eux. Ils ne savaient que faire de leurs regards, de leurs corps, des mots qu'ils s'étaient murmurés, l'un et l'autre, dans la solitude de l'attente. Moïse voulut déposer son fils dans son berceau. Il s'y prit maladroitement et Tsippora l'aida, le frôlant avec un petit rire qui les fit frémir tous les deux. Précipitamment, Moïse fouilla dans le sac de toile qui pendait à son épaule. Il en retira une étoffe longue et étroite. Des bandes pourpres alternaient avec des tissages mordorés, de minces raies indigo, cuivrées et éclatantes.

— Dans les grandes villes de Canaan, à Guérar ou Bersabée, les femmes les plus nobles s'entourent la tête de ces étoffes. Cela leur sied, mais il m'a semblé que leur peau était trop claire. J'ai rêvé de ton visage et j'ai acheté ce tissu.

Moïse déposa l'étoffe sur les doigts de Tsippora, qu'il serra aussitôt entre les siens pour les porter à sa bouche. Tsippora puisa dans toute sa volonté pour résister au désir de se lover contre lui, de réclamer ses caresses et de respirer dans son cou le parfum presque oublié de l'amour.

— Va voir mon père, bredouilla-t-elle d'une voix sans timbre. Il t'attend avec impatience.

Moïse voulut l'attirer contre lui, elle s'écarta doucement, profitant d'un vagissement de Gershom. Elle s'inclina sur le berceau d'osier et câlina l'enfant d'un début de chanson. Relevant le visage, elle répéta à Moïse :

— Va voir Jethro.

*
**

Rayonnant, Jethro fêtait sans retenue le retour de son fils et de son gendre. Lorsque Moïse vint s'incliner devant lui, il manifesta autant de bonheur, agitant son corps chétif, caressant le bras de celui qui n'était pas l'époux de sa fille comme s'il voulait s'assurer qu'il fût bien vivant. Moïse déposa devant lui un haut gobelet d'argent ciselé.

— Peut-être conviendra-t-il autant pour les offrandes de vin à Horeb que pour étancher ta propre soif, déclara-t-il avec une affectueuse moquerie.

— Pour les deux ! s'écria le vieux sage. Qu'Horeb te protège, oh, bien certainement pour les deux !

— Il y a près de ma tente une jeune chamelle qui pourra remplacer celle que tu m'as offerte à mon arrivée, ajouta Moïse.

À la surprise d'Hobab et de Sicheved, Jethro accepta la chamelle sans barguigner. Le vin lui rosissait les pommettes, ses yeux brillaient tandis qu'il caressait du bout des doigts les savantes gravures du gobelet. Rien ne semblait pouvoir le rendre plus heureux que le comportement de Moïse. Après qu'ils eurent échangé les nouvelles les plus essentielles du voyage, sans changer de ton, il demanda :

— Avez-vous rencontré des caravanes venant d'Égypte ?

Hobab secoua la tête :

— Non. Les marchands qui vont chez Pharaon ne passent plus par Canaan. Ils craignent les pillages des soldats venus d'Égypte.

Jethro approuva d'un coup de menton :

— C'est pourquoi ils sont passés par ici en votre absence ! C'est un long chemin que de contourner la montagne d'Horeb, il faut de bons guides. Mais il semble qu'aujourd'hui ce soit la plus sûre des routes pour atteindre les plaines du Fleuve Itérou.

Il se tut. Hobab et Sicheved firent de même. Ils connaissaient assez Jethro pour savoir qu'il ne les avait pas interrogés uniquement pour piquer la curiosité de Moïse. Mais Moïse se contenta de faire rouler son long bâton entre ses paumes d'un mouvement désinvolte qui lui était devenu familier. Jethro hocha la tête et reposa le gobelet d'argent devant lui. Il fit claquer sa langue et, du ton dont il usait pour les cérémonies, déclara :

— Apprends ce que j'ai appris, mon garçon. Les marchands assurent que le pays du Fleuve Itérou bruit de rumeurs et de complots. Il s'y murmure que celle qui fut femme et Pharaon n'est pas morte. Selon les uns, elle vit dans l'ombre d'un de ses palais. D'autres pensent que son ancien époux la retient dans le tombeau de son père. On assure qu'il ne fait pas bon avoir été dans l'affection de la reine, ou même simplement son serviteur. Les marchands disent aussi que les esclaves hébreux vivent plus durement que jamais. On les contraint à produire quantité de briques, à charrier quantité de pierres, à construire quantité de murs. Et à ces tâches, il en meurt chaque jour des centaines sans que le fouet de Pharaon ne s'allège.

Moïse était déjà debout, le visage livide sous le hâle de son long voyage. Jethro ne s'offusqua pas de cette impolitesse.

— Ces marchands, je les ai questionnés comme tu l'aurais fait, mon garçon. Je leur ai demandé si l'on parlait là-bas d'un homme nommé Moïse. Ils m'ont répondu : « Voilà un nom que nous n'avons jamais entendu. » J'ai demandé encore : « Même chez les esclaves hébreux ? » Ils ont répondu : « Qui peut savoir les noms que se chuchotent les esclaves ? On ne nous les laisse guère approcher. »

Moïse s'était éloigné. Jethro lança d'une voix forte :

— Moïse, pense à cela : celle qui fut ta mère est vivante, et elle vit sous le joug de cette même haine qui t'a jeté loin de l'Égypte. Si les Hébreux n'ont pas besoin de toi, elle, qui subit l'humiliation des siens pour t'avoir fait devenir un fils de Pharaon, n'a d'autre espoir que voir ton visage avant de fermer les yeux. Cela, je le sais. Elle t'a aimé, elle t'a donné ton nom. Si elle ne coule pas dans ton corps par le sang, elle y coule par les caresses d'enfance qu'elle t'a prodiguées. Et je sais aussi qu'un homme vit mieux et plus libre lorsqu'il peut dire adieu à sa mère.

Moïse avait tourné le dos avant que la voix de Jethro ne retombe. Il s'arrêta et se retourna, en fureur, et hurla :

— Nul n'a le droit de me dire quel est mon devoir !

Il brandit son bâton et le pointa vers la montagne d'Horeb.

— Pas même ces roches, ces cailloux et cette poussière stérile que tu prends pour ton dieu, Jethro !

D'un pas qui claqua contre sa tunique, il disparut à l'autre bout de la cour, soudain saisie par le silence.

Sicheved, stupéfait et choqué, fit mine de se lever.

— Il ne peut dire une chose pareille !

Jethro, d'un geste tranquille, lui ordonna de se rasseoir.

— Il crie et grince comme une porte qui souffre d'être mal ajustée, sourit-il avec tendresse. Il refuse encore de comprendre que c'est toute la construction dans laquelle il a fixé ses gonds qui ne tient plus debout.

— Il n'empêche, il insulte Horeb, insista Sicheved.

— À moins qu'il n'implore son aide d'une manière bien orgueilleuse ?

— Ce qui me peine, insista Hobab, déçu, c'est qu'il refuse de nous parler. De tout le voyage, il n'a été question ni de l'Égypte ni de Tsippora. Et maintenant, le voilà qui s'enfuit comme un voleur.

— Parce qu'il pense être un voleur ! s'exclama Jethro. Il croit avoir volé ce qu'il est. Il se bat contre son ombre et son propre cœur.

Il en paraissait tout joyeux, admirant à nouveau le gobelet offert par Moïse. Hobab et Sicheved conservèrent leur moue. Le vieux sage eut une œillade rusée et tapota la cuisse de son gendre :

— Détends-toi mon fils, et laisse faire le temps. Horeb est assez grand pour répondre lui-même à l'insulte s'il en éprouve le besoin. Il est bon que Moïse se fâche contre lui. Cela signifie qu'il sait à présent que la puissance de l'éternité lui manque. Le devoir et la honte bouillonnent dans son cœur comme la soupe d'orge sur un feu trop vif. Vient de s'y ajouter l'herbe de la colère. Celle-là, Horeb en est le maître.

*
**

Tsippora quitta discrètement la cour de Jethro, emportant son fils dans un couffin. Les flûtes et les tambours rythmaient les rires et les danses. Les torches lançaient des éclats sourds sur l'étoffe de Canaan nouée autour de sa tête. Il n'y avait aucun feu devant la tente de Moïse. Il s'y tenait assis sur un coussin usé, immobile. Il entendit son pas, se tourna et leva vers elle un visage durci par la lumière de la lune. En silence, il l'observa pendant qu'elle déposait le couffin à côté de lui. Dans l'ombre, le visage de l'enfant était à peine visible.

Sans un mot, Tsippora s'éloigna. Elle entendit enfin sa voix :

— Où vas-tu ?

Par-dessus son épaule, elle répondit :

— Chercher du bois pour le feu.

À son retour, Gershom ne dormait plus. Il babillait, poussant de petits cris joyeux tandis que Moïse, d'une main mal assurée, le berçait.

Tsippora alluma le feu à la flamme de la lampe à huile. Ensuite, elle dégrafa sa tunique et offrit son sein à l'enfant. Moïse la regarda faire comme un homme qui se réveille d'un songe plein de tumultes. Les flammes s'élevèrent, dévoilant la grâce de Tsippora, les reflets cuivrés de son visage incliné vers l'enfant, son front où les couleurs soyeuses de l'étoffe de Canaan prenaient des reflets de diadème.

D'une voix ouatée, comme s'il craignait de faire peur à son fils, il finit par déclarer :

— Ton père m'a dit ce qu'il voulait me dire.

Tsippora approuva d'un mouvement de tête. Elle écarta Gershom de sa poitrine, referma adroitement sa tunique tout en installant l'enfant sur son épaule. Tel un petit animal, il nicha sa tête contre son cou. Doucement, elle se balança d'avant en arrière, fredonnant tout bas. Si bas que seul Gershom pouvait percevoir la vibration de sa voix à travers leurs chairs accolées.

Moïse ne les quittait pas des yeux. Sans que son visage en paraisse moins soucieux, il esquissa un signe d'approbation. Il fallut encore un temps avant qu'il ne demande, avec un geste vers la musique et les bruits du bonheur dans la cour de Jethro :

— Pourquoi n'es-tu pas restée à faire la fête avec eux ?

Tsippora sourit. Un beau sourire qui brilla à la flamme du feu. Elle baisa la main de l'enfant.

— Parce que tu es ici.

— Cela veut-il dire que tu acceptes enfin d'être l'épouse de Moïse ?

Elle secoua la tête sans cesser de sourire.

— Non.

Moïse ferma les paupières et serra les poings contre sa poitrine. Tsippora crut qu'il allait laisser éclater sa colère. Moïse rouvrit les yeux, fixant le feu comme s'il voulait y brûler.

Ils demeurèrent ainsi un long moment, étrangement patients et retenus, guettant le sommeil de leur enfant. Une fois, Moïse tendit le bras et rechargea le feu, éparpillant les flammèches dans les hautes branches du sycomore. Gershom enfin s'endormit. Avec précaution, Tsippora le déposa dans son couffin et revint s'agenouiller tout contre Moïse. Elle l'enlaça, sa bouche près de son oreille, et chuchota :

— Je ne me suis pas endormie une seule nuit sans songer à toi, et Gershom n'a pas ouvert les yeux un seul jour sans que je lui murmure à l'oreille le nom de son père.

— Alors, pourquoi t'obstiner ? C'est comme si nous étions en guerre.

De la main, elle lui ferma la bouche. Ses lèvres s'appuyèrent contre son cou. Ses doigts et sa bouche devinrent aussitôt caresses fébriles. Elle se leva, l'attira à elle, lui baisant la poitrine à travers la tunique. Moïse marmonna son nom, « Tsippora ! Tsippora », autant par prière que par protestation. Elle l'embrassa avec une fureur qui les fit chanceler, le poussa sous la tente, le mit nu en un tournemain. Quand elle saisit son sexe, il fit mine de la repousser. Elle demanda :

— Ce geste, tu l'as eu avec la servante Murti. Vas-tu l'avoir avec moi ?

— Tu savais ?

— L'aube où elle a quitté ta tente, j'étais là dehors.

Elle s'était écartée. Il l'agrippa et à son tour la dénuda, les mains et la bouche affamées, tombant à genoux, l'allongeant sous son poids.

Haletante, Tsippora lui offrit le parfum d'ambre de ses cuisses et de ses reins avec la même impatience vorace que là-bas, dans la cour de son père, on se jetait sur le festin.

*
**

Plus tard, alors qu'ils étaient encore noués l'un à l'autre, Moïse déclara :

— Toi et ton père, vous vous trompez. Pourquoi irais-je affronter Pharaon pour revoir ma mère Hatchepsout ? Peut-être, parmi les milliers d'esclaves, ma vraie mère est-elle en vie, elle aussi. C'est elle que je devrais soutenir aujourd'hui, et non celle qui lui a volé son enfant. Mais elle, elle est perdue dans la multitude de ceux qui souffrent, tel un grain de sable dans le désert... Et puis Thoutmès serait bien trop content de me capturer et de se servir de moi pour accroître l'humiliation d'Hatchepsout.

Tsippora l'écouta sans répondre. Moïse reprit :

— À Édom, Moab et Canaan, ils s'apprêtent à la guerre avec Pharaon. Ils y sont contraints et la redoutent. Rends-toi compte, Tsippora : des nations entières tremblent devant la puissance de Pharaon tandis que ton père et toi vous me dites : retourne devant Thoutmès et demande-lui d'alléger la peine des Hébreux ! C'est absurde.

Tsippora ne répondit pas. Elle tendit l'oreille pour s'assurer du sommeil de l'enfant. Son silence dérouta Moïse. Il patienta un instant, puis se redressa. D'une voix plus forte, où croissait l'irritation, il demanda :

— Ce n'est pas ma mort que je crains, mais l'usage qu'en fera Thoutmès. Et toi, et Gershom, que ferez-vous de mon cadavre ? Je ne te comprends pas ! Tu es ici comme mon épouse, il te suffit d'un mot. Pourquoi tant s'obstiner à ne pas le dire ?

Tsippora leva les mains pour lui caresser le ventre et la poitrine. Elle répondit tout bas, avec une douceur qui atténuait la violence du reproche :

— Parce que tu n'es pas encore l'homme digne d'être mon époux. Celui que j'ai vu en rêve.

Moïse soupira, exaspéré, et retomba sur la couche à plat dos. Tsippora s'assit, un sourire de tendresse aux lèvres, poursuivant ses caresses.

— Ce que tu dis est plein de raison. Tu es plein de raison, s'amusa-t-elle en lui baisant les épaules, le menton et les yeux. Et tu penses que tout ce qui n'est pas ta raison est folie, n'est-ce pas ? Pourtant, ta raison ne te permet pas d'être en paix.

Moïse chercha à la repousser alors que déjà montait son désir.

— Si je ne suis pas en paix, c'est à cause de toi et de Gershom. Nous sommes en faute. Il est sans père. Devant tous ici, à Madiân, chez ton père nous sommes en faute !

Tsippora l'enfourcha et le fit glisser en elle en demandant :

— Comment sais-tu que tu es en faute, toi qui ne crois pas même en la colère d'Horeb et n'obéit pas à sa volonté ?

*
**

Moins d'une lune plus tard, Tsippora annonça à Moïse que son sang n'était pas venu et que pour la seconde fois il allait être père.

Il ouvrit les bras pour l'accueillir, la serra contre lui en murmurant à son oreille :

— Nous sommes en faute.

Tsippora pressa son front contre sa nuque puissante et répondit :

— Ma volonté est celle d'Horeb. Écoute-le !

Moïse la repoussa avec douceur, mais sa bouche était dure. Il se contenta de se tourner vers la montagne d'Horeb, semblant prendre la mesure d'un ennemi avant une bataille.

Le lendemain, Sicheved accourut en annonçant que Moïse avait replié sa tente et était parti avec son troupeau, sa mule et ses deux chamelles en direction de la montagne.

Jethro accueillit la nouvelle avec le sourire, mais il fut bien le seul. Le lendemain, Hobab revint lui-même des pâturages de l'ouest. À Jethro qui lui demandait s'il avait lui aussi vu Moïse en route pour la montagne, il répondit :

— J'étais sur le retour hier lorsque nos chemins se sont croisés. Je l'ai accompagné jusqu'à la tombée de la nuit, en le mettant en garde contre ce qui l'attendait. Il n'a pas desserré les dents et m'a fait comprendre que je n'avais rien à faire à son côté.

— C'est bien, approuva Jethro. C'est bien.

— Comment peux-tu dire que c'est bien ? s'énerva Hobab avec une vigueur qui surprit Jethro. Les pâturages de la montagne sont misérables, les pentes dangereuses pour les brebis autant que pour les chameaux.

— Il n'y va pas pour nourrir son troupeau, répliqua Jethro.

— Alors, il fallait l'en empêcher. C'est folie que de le laisser partir ainsi.

Jethro balaya sa protestation d'un revers de manche.

— Il ne connaît ni les sentiers ni les sources de la montagne, insista Hobab. Il se perdra, il ne peut en aller autrement...

Jethro posa la main sur l'épaule de son fils et montra les nuées vaporeuses qui tournoyaient autour du sommet d'Horeb.

— Apaise-toi. Horeb prendra soin de lui. Il trouvera son chemin.

Hobab haussa les épaules sombrement, bien peu convaincu par l'assurance de son père.

Quelques jours plus tard, Moïse n'était toujours pas revenu. Tsippora passait tout son temps auprès de Gershom. Pas une seule fois elle n'était venue assister

Jethro pour les offrandes. À Sefoba qui lui servait son repas du matin, il demanda :

— Tsippora serait-elle malade ?

— Si c'est une maladie de ne pas desserrer les dents et de n'avoir que son orgueil pour retenir ses larmes, oui, on peut dire qu'elle est malade.

— Mais pourquoi donc ?

— Oh ! Mon père, ne fais pas l'étonné ! s'agaça Sefoba. Moïse est parti, la voilà à nouveau enceinte et toujours sans mari. Même les servantes commencent à se demander ce qu'elle va devenir. Voilà le résultat de ton obstination.

— Holà ! s'écria Jethro. Souviens-toi que lorsque Moïse est venu me demander sa main, c'est elle qui l'a refusé, et non moi.

— Allons donc ! Je vous connais tous les deux. Si tu ne l'avais pas soutenue et encouragée dans cette folie, il y a longtemps que nous aurions mangé le pain de leurs épousailles.

Jethro se contenta d'un grommellement.

Moïse ne revenait pas. Il en fut ainsi pendant des jours, des nuits, et des jours encore. La nervosité et l'inquiétude gagnaient chacun, les visages se tournaient sans cesse vers la montagne et il n'était pas de journée sans que l'on craignît d'entendre exploser la colère d'Horeb.

Aux premières lueurs de l'aube, chaque matin, Tsippora sortait pour scruter le ciel et les masses sulfureuses sur la montagne, afin de s'assurer qu'elles n'allaient pas rouler sur les pentes et y brûler l'air. Son ventre grossissait doucement et vite à la fois, comme s'il était non seulement la vie que Moïse lui avait laissée en gage, mais aussi l'implacable mesure du temps qui ne cessait de croître depuis son départ.

Une après-midi, alors qu'elle encourageait les efforts de Gershom qui tentait ses premiers pas, Sefoba la rejoignit, le rire aux lèvres. Tsippora se redressa précipitamment, déjà prête à recevoir la bonne nouvelle. Hélas, elle n'entendit pas les mots qu'elle espérait tant. La joie de Sefoba était tout autre : enfin, elle était enceinte à son tour.

— J'ai tellement attendu, riait-elle. Et tu peux me croire, je n'ai pas fait qu'attendre. Mais rien, et encore rien, alors que toi...

Sefoba souleva Gershom pour le manger de baisers.

— Maintenant, je peux l'avouer, j'ai craint tout ce temps d'être aussi stérile que l'épouse d'Abraham !

Elle exultait. Tsippora n'eut pas la force de partager son bonheur. La déception était trop grande. Elle agrippa les épaules de Sefoba comme une noyée et éclata en sanglots.

Le lendemain, alors qu'elle sortait comme à l'accoutumée pour surveiller la pointe de la montagne, Hobab vint à son côté.

— Le ciel n'a jamais été aussi limpide que depuis le départ de Moïse, remarqua-t-il avec perplexité.

Ils restèrent un moment silencieux, puis Hobab murmura :

— Où peut-il bien être ?

Il désigna la montagne et, avec le mince sourire qu'il avait lorsque, enfants, ils se partageaient les tâches et les jeux, il déclara :

— Toi, tu surveilles le sommet, et moi, les pentes. Si jamais il fait un feu, nous aurons peut-être la chance d'en apercevoir la fumée.

— Il ne fera pas de feu, répliqua Tsippora, le visage défait. Même ici, il n'en faisait pas devant sa tente si on ne l'allumait pas pour lui.

Hobab lui jeta un coup d'œil peiné, comme s'il regrettait la moindre critique de Tsippora contre Moïse. Elle tourna vers lui ses yeux brillants et, les lèvres frémissantes, ajouta :

— De toute façon, il est parti sans rien pour faire un feu. Ni briquet de bois, ni pierre, j'en suis certaine.

Hobab lui enlaça les épaules :

— Il y a des bouches de feu dans la montagne. Il sort tout seul dans des failles de roche, affirma-t-il paisiblement. Il suffit d'y jeter des broussailles pour se réchauffer lorsque les nuits deviennent trop froides.

Le lendemain matin, Hobab fut encore à côté d'elle. Après avoir contemplé les pentes où la nuit se retirait lentement, il saisit la main de Tsippora.

— Pourquoi ne vas-tu pas assister notre père sur l'autel d'Horeb pour les offrandes du matin ?

Tsippora approuva d'une simple pression des doigts. Lorsqu'elle rejoignit Jethro, le vieux sage ne cacha pas sa joie. Mais il ne sut pas mieux dissimuler l'inquiétude qui l'avait atteint à son tour. Moïse était dans la montagne depuis bien trop longtemps.

*
**

Le printemps tout entier s'écoula. L'été commença sans que la chaleur devienne redoutable. Pas une seule fois la montagne d'Horeb ne gronda, son sommet demeura dégagé et serein. Les récoltes d'orge furent les meilleures depuis bien des années, aucune maladie ne diminua les troupeaux, et les caravanes, qui passaient désormais plus régulièrement par la route d'Epha, revenaient riches des ventes d'encens réalisées en Égypte. Les marchands achetaient sans compter tout ce que les forgerons pouvaient leur vendre.

En vérité, on se souvint par la suite que jamais le ciel de Madiân n'avait été aussi radieux que pendant ces lunes. Pourtant, ce fut comme si une nuée invisible et morne pesait sur la cour de Jethro. Les rires y étaient rares, les fêtes interdites et la gravité marquait tous les visages.

Jethro entra dans une violente colère en découvrant que les servantes les plus âgées avaient commencé à tisser des vêtements de deuil. Il ordonna qu'ils soient défaits sur-le-champ et que les fils utilisés en soient brûlés. Mais il ne pouvait lutter contre les pensées et les silences. Qui pouvait encore croire, avec un peu de raison, que Moïse fût toujours vivant ?

Une aube, Tsippora demanda à Hobab :

— Saurais-tu retrouver sa trace dans la montagne ?

Hobab hésita avant de répondre. Il baissa les yeux sur le ventre de Tsippora, déjà gros et lourd.

— Il y a quelque temps, cela n'aurait pas été trop compliqué, soupira-t-il. Mais aujourd'hui ? Qui peut savoir jusqu'où il est monté ? Il peut aussi être sur l'autre versant, et là-bas, il n'y a plus de sources.

— Il peut aussi être blessé. Incapable de revenir. Cela fait des jours et des nuits que je l'imagine ainsi. Attendant que nous venions à son secours.

Hobab observa longuement la montagne, comme s'il s'agissait d'un fauve en travers de son chemin. Il savait ce que sa sœur kouchite n'osait dire. Si Moïse était mort, par accident, par faim ou soif, il fallait trouver son cadavre avant que les animaux ne le fassent tout entier disparaître. Il hocha la tête et admit :

— Oui. Il est temps de savoir.

Il fut de retour sept jours plus tard. Ce qu'il annonça sema la désolation.

Tout à l'ouest de la montagne, il avait d'abord trouvé la moitié des bêtes de Moïse, seules et égarées. Ensuite, sur une distance de cinq cents coudées, les failles et les ravins étaient jonchés des cadavres des bêtes restantes dévorés par les fauves et les oiseaux de proie.

— Le troupeau a dû s'éparpiller dans tous les sens, effrayé et sans que personne ne le retienne, expliqua Hobab.

Il avait poursuivi son ascension, se brisant la voix à appeler Moïse. Au crépuscule, à peine à mi-hauteur, là où les pentes n'étaient plus que roches, éboulis, poussière et buissons d'épines, il avait aperçu la tente.

— Ce qu'il en restait. Des pieux brisés et la toile déchirée par le vent.

Hobab ne pouvait poursuivre sans risquer sa propre vie.

Jethro demanda :

— As-tu vu sa mule ou sa chamelle ?

— Ni l'une ni l'autre.

Devinant la pensée de son père, il ajouta précipitamment :

— Là haut, il n'y a rien, mon père. Pas une herbe à brouter, pas le plus mince filet d'une source.

Jethro lui lança un regard dur.

— Détrompe-toi, mon fils. Il n'y a pas rien, là-haut. Il y a Horeb !

Le sage des rois de Madiân ne quitta plus l'autel d'Horeb. Assisté le plus souvent de Tsippora, il y accomplit scrupuleusement tous les rites, y déposa des offrandes de plus en plus riches. Il sacrifia dix des plus belles brebis de son troupeau de petit bétail, deux génisses et un jeune veau. Hobab, qui voyait son père consommer ses richesses pour un homme qui n'était ni un fils, ni un frère, ni même un époux, ne protesta pas une seule fois. Sicheved lui-même conduisit à son beau-père des bêtes de son troupeau pour qu'en son nom il les offre à Horeb.

Bientôt, la cour et les pâturages alentour furent recouverts de la fumée noire, grasse et pestilentielle de la viande calcinée. Nul ne protesta de devoir vivre en se bouchant le nez. Puis, au plus chaud d'un jour, Tsippora ressentit les premières douleurs de l'accouchement, et l'on prépara les linges et les briques.

Sa délivrance fut bien plus rapide qu'elle ne l'avait été pour Gershom. Le soleil se posait à peine sur l'horizon lorsqu'elle poussa un dernier cri. Sefoba, qui avait elle-même la taille déjà bien ronde, sortit dans la cour pour annoncer que l'enfant était un garçon. Cependant, avant même que la sage-femme tranche le cordon et dépose le nouveau-né entre les seins de Tsippora, des hurlements montèrent. Ils étaient si violents, si terribles, que toutes les servantes qui avaient assisté à l'accouchement tressaillirent. Tsippora, encore brûlante de son effort, se redressa en gémissant. Sefoba ouvrit la porte, une servante cria :

— Il est revenu ! Il est revenu !

Tsippora se laissa retomber sur le dos, l'enfant à peine né contre sa bouche. Une onde glacée gela la sueur sur son corps. Hobab, Sicheved et les jeunes bergers braillèrent tous ensemble :

— Moïse est revenu ! Il est là. Il est vivant. Moïse ! Moïse est là, il est vivant.

Tsippora murmura contre la petite joue de son enfant :

— Il est venu avec toi, ton père est venu avec toi !

*
**

Hobab rit en disant :

— C'est sa mule qui l'a ramené ! Elle a retrouvé toute seule son chemin avec lui couché dessus. Elle est à peine en meilleur état. Elle tremble de fièvre et de soif.

Sicheved s'écriait :

— Il respire, même s'il n'ouvre pas les yeux ! Mais c'est à peine croyable. Comment fait-il pour être vivant ? Depuis quand n'a-t-il pas bu ?

Sefoba pleurait à grosses larmes et marmonnait :

— On ne le reconnaîtrait même pas. Sa tunique est en lambeaux, ô Tsippora, on dirait qu'il est fait de poussière ! Mais il est vivant.

Jethro avait les yeux brillants et la barbe tremblante. Il écoutait les uns, les autres, et répétait :

— Horeb nous l'a rendu. Je vous l'avais dit.

Les douleurs de l'enfantement lui sciant encore les reins, Tsippora voulut se rendre dans la pièce où on avait étendu Moïse. La vieille servante le lui interdit.

— Il est là, il vit. Maintenant, je vais m'occuper de lui. Toi, c'est ici que tu as à faire, ordonna-t-elle en déposant le nourrisson langé de propre à côté d'elle. Aie confiance, souris et dors. Demain tu verras ton Moïse.

Toutefois, dans le jour à peine levé, lorsque Tsippora arriva près de Moïse, son enfant serré contre, elle se mordit les lèvres pour ne pas crier. Moïse était si amaigri que les os des tempes semblaient pouvoir déchirer sa peau. Son torse était lacéré de griffures aux plaies boursouflées, ses lèvres avaient éclaté, sa barbe et ses cheveux avaient brûlé par touffes. Des croûtes sombres recouvraient ses bras, le sang et les humeurs suintaient de ses pieds, traversant les emplâtres et les linges qui les enveloppaient. Comme si sa gorge était déchirée, sa respiration sifflait, aiguë et lancinante.

Tsippora s'agenouilla, posa ses mains sur le front brûlant. Moïse frémit. Elle crut qu'il allait ouvrir ses paupières assombries, mais ce n'était qu'un effet de la fièvre.

— Les plaies de ses pieds et les griffures de sa poitrine ne sont pas aussi graves qu'elles en ont l'air, déclara la matrone. Elles ne sont pas profondes et les emplâtres les cicatriseront vite. Ce qui m'inquiète, c'est sa soif. Il ne doit boire que de petites gorgées. La fièvre est mauvaise. Elle lui brûle l'intérieur et ce qu'il boit s'évapore trop vite.

Tsippora ne réfléchit pas longtemps. Elle fit chercher des couvertures, se mit nue, s'allongea tout contre Moïse et réclama son enfant. La vieille se récria. Tsippora ordonna :

— Fais préparer du bouillon d'herbe et de viande. Passe-le au tamis et fais le refroidir.

— Tu vas le tuer ! Un homme ne doit pas toucher une femme qui vient d'accoucher !

— Je ne vais pas le tuer. Ma chaleur et celle de son fils nouveau-né consumeront sa fièvre.

La vieille poussa des hauts cris.

— Fais ce que je te dis ! gronda Tsippora.

Un instant plus tard, la vieille était de retour avec Jethro et Sefoba, gémissant au blasphème et prenant à témoin toute la maisonnée qui s'était assemblée devant de la porte.

Jethro la fit taire et Hobab referma l'huis. Avec stupeur, ils contemplèrent l'étrange masse que formaient sous les couvertures Tsippora, Moïse et leur fils. Un petit gloussement sec sortit de la poitrine de Jethro. Ses yeux fatigués se plissèrent.

— Fais ce que te demande Tsippora, ordonna-t-il à la sage-femme.

Elle sortit en maugréant, tandis que Sefoba aidait Tsippora à tremper un linge propre dans l'eau fraîche d'une cruche. Tsippora le pressa au-dessus des lèvres craquelées de Moïse. L'eau pénétra dans sa bouche, il déglutit avec un petit grognement. Au même moment, le nouveau-né s'éveilla, poussa un cri pour réclamer son lait. Sefoba voulut le saisir. Tsippora la retint.

— Laisse. Je vais lui donner ce qu'il réclame.

Jethro se mit à rire.

— Ma fille kouchite a-t-elle l'ambition d'accoucher de son époux après avoir donné la vie à son enfant ?

*
**

Durant quatre jours et trois nuits, Moïse lutta contre la fièvre, délira, et enfin reprit vie. Pas un instant Tsippora ne le quitta, le nourrissant en même temps que leur enfant, apaisant sa soif et la brûlure de ses souvenirs.

Au cœur de la seconde nuit, alors qu'elle s'était assoupie, elle fut réveillée par une douleur à la main. Moïse s'agrippait à elle, les yeux grands ouverts. Une mèche d'huile brûlait dans la pièce, mais sa lumière était trop chiche pour que Tsippora puisse savoir si Moïse avait vraiment repris conscience. Alors que, de sa main libre, elle s'assurait que son enfant ne s'était pas réveillé, Moïse se mit à gronder :

— Ils ne me croiront pas ! Ils n'écouteront pas ! Ils diront : Comment oses-tu prononcer le nom de Yhwh ?

Arc-bouté, suspendu à la main de Tsippora, tirant si fort qu'elle bascula contre lui en gémissant de douleur, il cria encore :

— N'importe qui d'autre !

La porte s'ouvrit dans un couinement. Tsippora devina la silhouette d'Hobab.

— Il s'est réveillé ! Il parle ! souffla son frère en s'agenouillant près d'eux. Moïse ! Moïse...

Mais Moïse était déjà retombé dans son sommeil de fièvre, relâchant enfin le poignet de Tsippora. Hobab la vit qui se massait en grimaçant.

— Il a repris des forces, n'est-ce pas ? sourit-il.

Tsippora lui sourit en retour. Elle esquissa une caresse sur le front de Moïse qui respirait à goulées rapides.

— Demain, il ira encore mieux.

L'enfant, à côté, poussa un vagissement. Tsippora attira son berceau, Hobab sourit encore et ressortit pour reprendre sa place dehors, sur la couche dressée devant la porte.

Tsippora avait dit vrai. Le lendemain, Moïse allait mieux. Dans la nuit il se réveilla vraiment. Les yeux écarquillés, mi-effrayé mi-soulagé, peinant à la distinguer dans l'ombre, il découvrit Tsippora à son côté.

— Tsippora ?

— Oui ! Oui, Moïse, c'est moi.

Il la toucha, pressa ses lèvres sèches contre son cou, l'enlaça, bredouillant :

— Je suis donc revenu !

Tsippora rit, les yeux humides :

— Ce qui restait de toi est revenu sur le dos d'une mule.

— Ah !

Il eut un frémissement, Tsippora craignit le retour de la fièvre.

— Il m'a parlé.

Il lui agrippa les épaules, répéta :

— Il m'a appelé. Il m'a fait venir à Lui !

Tsippora n'eut pas besoin de lui demander de qui il parlait. Elle le repoussa doucement. Il la retint :

— Je dois te raconter. Il a fait jaillir un feu dans la montagne. Il m'a appelé : « Moïse ! Moïse ! »

Il s'agitait, la bouche et les mains tremblantes. Tsippora posa les doigts sur ses lèvres.

— Plus tard. Demain tu raconteras. Repose-toi encore. Il te faut boire et manger un peu pour avoir la force de raconter.

Pour le contraindre à la patience, elle posa le nouveau-né dans ses bras.

— Il est sorti de mon ventre alors que la mule qui te portait entrait dans la cour.

Moïse enfin parut s'apaiser. Il hésita, souleva l'enfant jusqu'à ses lèvres :

— Celui-là, annonça-t-il avec un hochement de tête, c'est moi qui lui donnerai son nom. Il s'appellera Eliezer, « *Dieu est mon soutien* ».

Un petit rire roula dans la gorge de Tsippora, le soulagement se répandit en une ivresse brutale dans tout son corps. Elle enlaça Moïse et l'enfant Eliezer, tandis que Moïse chuchotait à son oreille :

— Tu avais raison. Il me faut retourner en Égypte. Je l'ai accepté.

*
**

Le lendemain fut un jour comme personne encore n'en avait vécu dans la maison de Jethro.

Tsippora quitta enfin la couche de Moïse. On lui changea ses nattes et sa tunique, on le rasa et le parfuma et enfin, un peu avant que le soleil parvienne au zénith, chacun eut le droit de venir l'écouter.

Jethro était là, assis dans la chambre même, sur les coussins qu'il y avait fait transporter. Hobab et Sicheved étaient à ses côtés, ainsi que Sefoba. Gershom sur les genoux, elle serrait la main de Tsippora, qui berçait Eliezer. Les autres, les bergers, les servantes, les jeunes et les vieilles, se pressaient devant la porte, en un groupe si serré que le jour ne pénétrait plus qu'à peine dans la pièce. La voix de Moïse n'était pas bien forte, parfois il fallait tendre l'oreille.

— La flamme a jailli à vingt pas de moi. Une vraie flamme de feu. Moi, qui n'avais pas de feu depuis celui que Tsippora avait allumé pour moi sous le sycomore ! Pas de feu et même, à ce moment-là, plus rien. Plus de troupeaux, plus de lait, plus de dattes. Rien que mes semelles aux pieds. Mais le feu est là. Ma faim est si grande que je ne pense en le voyant qu'à ce que je pourrais y faire rôtir. C'est alors que je me rends compte que les flammes brûlent, mais sans consumer le buisson d'épines qui est devant. Je dis : Comment est-ce possible ? Je pense : Ai-je perdu la raison ? Alors je m'approche. Et je vois bien ce que je vois : les flammes sont des flammes. Mais elles ne brûlent pas le buisson. Elles sortent de terre, bleues et transparentes, avec un doux grondement.

Moïse s'interrompit, les yeux baissés. On n'entendait pas d'autre souffle que le sien. Il releva le visage, passa le pouce sur sa bouche encore douloureuse. Ses yeux se posèrent sur Tsippora, qui ne broncha pas. À côté d'elle, Jethro opina. Un petit mouvement de la tête, encourageant, auquel répondit Moïse.

— Les flammes étaient des flammes, et j'ai entendu la voix. « Moïse ! Moïse ! Me voici. N'approche pas plus loin ! Enlève tes sandales. Cette terre est sacrée !

Je suis le Dieu de ton père, Je suis le Dieu d'Abraham, Dieu d'Isaac, Dieu de Jacob ! »

À nouveau Moïse se tut, cette fois en dévisageant ceux qui lui faisaient face comme si les mots qu'il venait de prononcer pouvaient déclencher des rires ou des cris. Il n'y eut que le tremblement de la barbe de Jethro et le claquement de sa paume sur sa cuisse. Puis une voix de femme vers la porte demanda avec impatience :

— Et alors, toi, qu'est-ce que tu as fait ?

— Je me suis caché les yeux, répondit Moïse en mimant le geste. Les flammes ne brûlaient pas le buisson, mais elles me brûlaient les yeux. Ça, oui.

— Ne l'interrompez pas ! grogna Jethro. Laissez-le donc raconter. Le prochain qui parle, il s'en va.

On regarda Jethro avec reproche. Mais il était vrai que Moïse avait l'air encore bien faible et, si son histoire était aussi longue que son absence, mieux valait ménager ses forces. Ils le laissèrent donc poursuivre sans plus l'interrompre.

Il raconta le grondement de colère dans la voix qui disait :

« — *J'ai vu le fouet sur les épaules de Mon peuple en Égypte. J'entends les cris sous les coups des gardes-chiourme ! Je suis descendu pour le délivrer. Va Moïse ! Je t'envoie vers Pharaon. Fais sortir Mon peuple du pays de Pharaon. Fais sortir les fils d'Israël d'Égypte. Je vais les délivrer de la main des Égyptiens pour les conduire dans un pays bon et vaste, un pays ruisselant de lait et de miel ! Va, Je t'envoie vers Pharaon.* »

Et lui, Moïse, effrayé, répondait :

« — Je vais vers les esclaves hébreux et je leur dis : Le Dieu de vos pères m'envoie vers vous. Ils me demanderont : Quel est son nom ? Et moi, que dirai-je ?

« — *Ehye asher ehyeh*, Je suis Celui qui est », avait répondu la voix.

— Mais je ne voulais pas et j'ai encore protesté, racontait Moïse. J'ai dit : « Ils ne me croiront pas ! Ils n'écouteront pas ! Ils diront : Comment oses-tu prononcer le nom de Yhwh ? »

« — Pourtant, c'est ce que tu diras aux fils d'Israël », avait répondu la voix.

Moïse encore avait objecté qu'il ne savait pas parler, qu'il était maladroit dans la langue des fils d'Abraham, et qu'il y avait certainement des Hébreux plus sages, plus savants et plus sûrs que lui pour une mission aussi importante et aussi grave.

« — Pourquoi moi ? Pourquoi moi ? » avait-il gémi, exactement comme quand Tsippora lui répétait : « Tu dois retourner en Égypte, je le sais depuis que je t'ai vu en rêve ! »

Alors la voix s'était mise en fureur :

« — Qui a mis une bouche à l'homme ? Qui le rend sourd ou muet, voyant ou aveugle ? avait-elle grondé. Qui, sinon Moi, Yhwh ? Allez, va ! Va ! Je serai ta bouche, Je t'apprendrai ce que tu ignores ! »

Et Yhwh avait longuement expliqué à Moïse ce qu'il adviendrait quand il serait de retour chez Thoutmès le Pharaon.

« — Je connais le roi d'Égypte, avait dit la voix de Yhwh. Je connais son cœur endurci. Il ne vous laissera pas partir tant que Je ne l'y contraindrai pas ! Et Moi, Je frapperai l'Égypte de tous Mes prodiges. »

— J'étais encore plus effrayé d'entendre ça, racontait Moïse. Je grinçais des dents, je suppliais : « Ils ne me croiront pas ! Ils n'écouteront pas ! » Alors la voix me dit : « Jette le bâton que tu as dans la main ! » Alors j'ai jeté mon bâton, comme ça.

Et Moïse de prendre le bâton que tout le monde lui connaissait depuis toujours, le bâton avec lequel il avait brisé la tête du fils de Houssenek, et de le jeter sur le sol de la chambre, devant les servantes.

Ce fut une débandade. Sur le sol il n'y avait plus un bâton, mais un serpent. Et quel serpent ! Tout noir et plus long qu'une taille d'homme. Il releva la tête, cligna de ses prunelles fendues, sortit sa langue et siffla au milieu des hurlements. Tous, maintenant, ils étaient debout, Tsippora avec son nourrisson dans ses bras, Sefoba, Hobab, Sicheved, tous debout, avec les enfants qui criaient ! Seul Jethro demeurait assis, riant la bouche grande ouverte, la barbe secouée de plaisir, tandis que le serpent, affolé par cette agitation, se lovait sur lui-même, roulait son corps à la manière d'un fouet et menaçait tout autant de frapper que de s'enfuir. Moïse à son tour, autant qu'il le put, se mit à crier :

— Ne le laissez pas s'enfuir ! Ne le laissez pas s'enfuir, je dois le reprendre par la queue !

Mais il était bien trop faible pour se lever et son bras ne pouvait atteindre le serpent. Sicheved eut l'idée de lancer un coussin sur la bête, l'obligeant à reculer dans un froissement sinistre de ses écailles, et Moïse put enfin mettre la main sur lui. Il y eut un « Ah » stupéfait, suivi d'un silence essoufflé.

Dans sa main Moïse tenait à nouveau son bâton. Rien d'autre que son bâton. Il y eut d'autres exclamations, d'autres cris incrédules tandis qu'il déposait cet incroyable bâton à son côté en soupirant. Mais avant qu'ils reprennent leur place, le cœur encore battant, Moïse leva la main droite afin que chacun la voie. D'un coup brutal il se frappa les doigts contre le torse.

— Yhwh m'a aussi fait mettre la main dans ma poitrine. Vous pouvez me croire, elle est entrée en entier dans mon corps, et quand je l'ai ressortie, elle était blanche de lèpre. Il m'a dit : « Rentre-la de nouveau dans ton sein ! » Je l'ai fait. Quand je l'ai ressortie, il n'y avait plus de lèpre, elle était comme vous la voyez maintenant. Cela, je ne peux plus le refaire, mais c'est la vérité.

Dans le silence ahuri, on entendit le claquement de la main de Jethro sur sa cuisse. Il attrapa le bras de Tsippora pour l'obliger à se rasseoir et ordonna à tous :

— Assis, assis, laissez Moïse raconter !

Cette fois, Moïse en avait presque fini.

Comme encore il cherchait à se dérober, la colère de Yhwh avait brûlé contre lui, enflammant sa barbe autant que son esprit, elle l'avait culbuté contre les cailloux en tonnant : « Fais ce que Je t'ordonne ! Prends ton bâton et va en Égypte. Tu ne seras pas seul. Ton frère Aaron le lévite viendra à ta rencontre ! Pour parler, lui, il parle ! Je serai ta bouche, lui sera ta bouche si tu le veux, car tu seras un dieu pour lui ! »

Moïse soupira, secouant la tête.

— Comment la mule m'a ramené ici, je ne le sais pas. Pas plus que je connaissais l'existence d'un frère du nom de Aaron. J'ai honte d'avoir tant voulu échapper à la volonté de Yhwh. C'était plus fort que moi. Vous, vous saviez qu'Horeb était là-haut, mais moi, comment pouvais-je le savoir ?

Il saisit son bâton. Il y eut des murmures, de nouveaux cris d'effroi. Il sourit, un demi-sourire qui adoucit son visage fatigué, et reposa le bâton sur ses cuisses. Il regarda tour à tour Tsippora et Jethro :

— Maintenant, il faut préparer nos enfants pour aller sur la route de l'Égypte.

*
**

La grande agitation qui précéda le départ évita aux uns et aux autres de s'alanguir dans l'émotion de la proche séparation. Il fallut choisir et séparer les bêtes qui allaient former le troupeau de petit bétail. Avec ces bêtes, Tsippora et Moïse pourraient tout ensemble avoir du lait et de la viande, vendre et acheter, et aussi apparaître comme de simples bergers aux yeux des soldats de Pharaon qu'ils rencontreraient sur leur route. Il fallut aussi charger des mules et des chameaux de bât avec du grain, des dattes, des jarres d'olive, des linges, les grandes gourdes d'eau, les toiles et les pieux des tentes.

L'impatience de Moïse était si grande qu'Hobab et Sicheved n'eurent que deux journées pour tresser deux nacelles de jonc qu'ils sanglèrent sur le dos des chameaux. Aménagées de coussins et recouvertes de dais épais, elles offraient une bonne protection contre le soleil et un confort très acceptable pour un long périple. Hobab, en montrant son ouvrage à Tsippora, insista pour l'accompagner.

— Moïse est encore bien faible. Il ne connaît pas la route. Que feras-tu en cas de mauvaises rencontres ?

— Ta place est ici, répliqua Tsippora. Notre père Jethro a plus besoin de toi que nous. Qui conduira ses troupeaux à Édom et à Moab si tu t'en vas ? Demeure ici, soutiens-le et trouve-toi une épouse !

Au lieu de rire, Hobab s'énerva.

— Sicheved peut prendre ma suite ici, il en sait autant que moi. Et Jethro sera heureux de me savoir avec vous !

Tsippora refusa encore, avec douceur mais fermeté.

— Nous ne craignons rien, Hobab. Le dieu de

Moïse le protège. Crois-tu qu'il l'envoie chez Pharaon pour qu'il périsse en route ?

En maugréant, Hobab se plia à la volonté de sa sœur. La route d'Égypte n'était plus aussi incertaine depuis que les caravanes des marchands d'Akkad l'empruntaient régulièrement. Néanmoins, il chercha de bons guides pour les accompagner. Il n'eut guère de peine à trouver quatre jeunes bergers parmi ceux qui avaient suivi Moïse les hivers précédents. De même, Murti et une demi-douzaine d'autres servantes vinrent baiser les mains de Tsippora :

— Laisse-nous partir avec toi. Nous serons tes servantes. Nous nous occuperons de tes fils. Moïse sera bientôt un roi, tu auras besoin de servantes.

Tsippora répondit en riant :

— Allez demander à mon père Jethro. C'est lui qui décidera.

Jethro leur accorda tout ce qu'elles voulaient sans même les écouter. Que des servantes suivent Tsippora était bien le dernier de ses soucis. Pour la première fois de sa longue existence, les mots l'abandonnaient, trop incertains, insuffisants à exprimer l'orage de joie qui l'avait envahi après que Moïse lui eut, encore et encore, et pour lui seul, répété chacun des mots prononcés par la Voix. Et après les avoir écoutés avec tout son savoir, il exultait, embrassant Moïse, déchaînant son vieux corps en applaudissements.

— Il nous revient ! L'Éternel n'a pas oublié notre alliance. Nous ne sommes plus sous Sa colère. Yhwh repose Sa main sur les fils d'Abraham !

Une joie, hélas, qui se teinta bien vite de chagrin. La veille du départ, il prit soudain conscience que Tsippora n'allait plus être là. Elle ne lui servirait plus ses repas du matin, ne serait plus à ses côtés pour les offrandes, ne soutiendrait plus ses longs et savants bavardages. De tout le jour, il ne put la quitter d'un pas, la suivant à gauche et à droite alors qu'elle s'activait aux derniers préparatifs. Il l'observait comme s'il devait incruster son visage dans sa cervelle. Ses lèvres étaient figées sur un sourire alors que sa barbe frémissait et que ses paupières battaient sur des prunelles trop brillantes. De temps à autre, il voulait la toucher, reposait sa main sur son bras, frôlait son épaule ou sa nuque. Une fois même, comme un jeune homme, il la saisit par la taille. Tsippora attrapait ses doigts, les baisait avec une infinie tendresse.

— Nous nous reverrons, mon père. Nous nous reverrons, je le sais. Maintenant tes jours seront paisibles et tu pourras devenir très vieux.

Le rire de Jethro, enfantin, résonnait dans la cour.

— Que Yhwh t'entende, que l'Éternel t'écoute ! s'écriait-il, tout heureux de faire rouler ces mots dans sa bouche.

À l'aube du départ, alors qu'elle allaitait Eliezer, deux mains se refermèrent sur les yeux de Tsippora. Elle reconnut sans peine leur frais parfum.

— Sefoba !

Sefoba se coula à côté d'elle. Elle recouvrit l'enfant et les jambes de Tsippora d'une couverture magnifique tissée de bandes colorées, de motifs subtilement agencés.

— Que c'est beau, souffla Tsippora, écartant Eliezer de sa poitrine pour palper l'étoffe.

L'enfant cria, Sefoba s'en saisit, le pressant en riant contre sa joue humide de larmes. À ce contact, Eliezer, surpris, se tut. Tsippora avait étalé la couverture et en découvrait à présent le dessin qui, sur le fond de lin sombre, scintillait dans la lumière du matin.

— Un arbre de vie !

— Tu te souviens de cette belle étoffe que Réba avait offerte à Orma ? demanda Sefoba en berçant Eliezer. Celle qu'elle a déchirée le lendemain de l'arrivée de Moïse...

Tsippora opina en caressant du bout des doigts les oiseaux pourpre et doré, les fleurs d'ocre, les papillons d'indigo qui se perchaient sur les fins branchages.

— Je l'avais conservée pour toi sous ma couche, renifla Sefoba, que l'émotion emportait. Depuis longtemps je sais que ma sœur kouchite va partir et me laisser seule.

Longuement, alors que dehors s'amplifiait le bruit des bêtes que l'on formait en caravane, Tsippora et Sefoba se tinrent enlacées, serrant contre elles Gershom et Eliezer.

Plus tard, lorsque Moïse fut dans l'une des nacelles, Tsippora et ses enfants dans l'autre, et la caravane sur le point de quitter la cour de Jethro, c'est toute la maisonnée qui les accompagna au son des flûtes et des tambours, des chants et des cris. Puis ce fut le dernier adieu. Ils s'éloignèrent dans la grande plaine poussiéreuse. Les nacelles disparurent en dernier, balancées aux pas des chameaux, leurs dais soulevés par la brise qui venait de la mer et qui sembla répandre sur tout Madiân un calme que l'on n'avait pas connu depuis longtemps.

*
**

Cela arriva après quatre jours de route. Les chameaux avaient été débâtés et les bergers montaient les tentes. Comme il en avait la coutume désormais, Moïse s'éloigna pour dresser un autel de pierres pour Yhwh, ainsi que Jethro le lui avait enseigné. Alors que le soleil était très bas, Tsippora l'aperçut qui revenait d'un pas étrange. Elle se redressa pour mieux voir. Les ombres étaient longues et la lumière éblouissante. Elle cria :

— Moïse !

Au même instant, il trébucha. Il posa un genou à terre et ne dut qu'à son bâton de ne pas tomber. Elle courut vers lui qui se remettait en marche en chancelant. Tsippora l'enlaça pour qu'il ne s'effondre pas.

— Qu'y a-t-il ? Que se passe-t-il ?

Le souffle rauque de Moïse seul lui répondit. Il était si pâle, les yeux clos et les lèvres tirées, qu'elle crut le revoir tel qu'il était apparu à son retour de la montagne. Les jeunes bergers arrivèrent à son aide. Ensemble, ils allongèrent Moïse sous la tente. Tsippora posa sa tête sur ses genoux, réclama de l'eau, des linges.

Alors qu'elle lui rafraîchissait le front, Moïse ouvrit les yeux. Il eut une méchante grimace en la découvrant penchée sur lui :

— Yhwh prend mon souffle, chuchota-t-il. Ma poitrine flambe.

Il gémit en pressant les mains sur son torse comme s'il voulait s'arracher les poumons. Tsippora déchira le col de sa tunique d'un coup sec. Elle étouffa un cri. Les plaies, qui depuis plusieurs jours n'étaient plus que des cicatrices claires, à peine visibles, s'étalaient sur le torse de Moïse, écarlates et boursouflées.

Il râla et murmura :

— Suis-je encore en faute ? Quelle faute ?

L'effroi ôtait toute pensée à Tsippora. Elle caressa le visage de Moïse.

— Non, non, il n'y a plus de faute. Je vais panser tes plaies.

Elle réclama les huiles et les onguents que les vieilles servantes avaient serrés avec précaution dans des sacs de cuir avant leur départ. Moïse chercha sa main, l'agrippa, réunit toutes ses forces pour demander :

— Comment aller en Égypte si Yhwh me reprend la vie ?

La colère et la peur pinçaient les reins de Tsippora.

— Non, cela ne se peut ! s'écria-t-elle. Yhwh est revenu pour la bonté et la justice, Il ne peut te faire mourir.

Moïse garda un instant la bouche grande ouverte, comme un animal à l'asphyxie. Puis le souffle lui revint. Il eut une grimace qui était peut-être un sourire.

— Yhwh peut ce qu'Il veut, souffla-t-il d'une voix éraillée.

— Non, protesta encore Tsippora. Je sais qu'Il te veut vivant devant Pharaon ! À quoi Lui serait utile la mort de Moïse aujourd'hui ?

Elle voulut se dresser et supplier le dieu de Moïse, mais lui revinrent les mots qu'elle avait prononcés devant Hobab : « L'Éternel le protège. Crois-tu qu'Il l'envoie chez Pharaon pour que Moïse périsse en route ? » Elle répéta :

— Rien n'est encore accompli. Cela ne se peut pas, je le sais, tu dois vivre.

Mais pourquoi restait-il de la colère d'Horeb en Yhwh ? Elle devait chercher, ne pas se laisser impressionner par la douleur et les plaies. Qu'avaient-ils commis, l'un ou l'autre ?

Ah, si son père Jethro était là !

Moïse frissonna. D'une voix à peine audible, proche du délire, il gémit :

— Yhwh punit les injustices. Il vient rappeler Son Alliance.

Alors Tsippora écarquilla les yeux.

— L'Alliance, s'écria-t-elle, des larmes de rire se mêlant aux larmes d'effroi. Moïse, souviens-toi, l'Éternel a dit : « Ceci sera le signe de Mon Alliance entre toi et Moi. »

Mais Moïse n'avait plus la force d'écouter et de comprendre. Tsippora se rua hors de la tente, lança aux servantes effarées :

— Eliezer ! Eliezer, amenez-moi mon fils Eliezer ! Et aussi un tranchoir, le plus fin, le plus coupant.

Moïse, haletant, souleva les paupières pour la voir revenir, son fils serré dans ses bras, ordonnant aux uns et aux autres :

— Versez de l'huile de menthe et de romarin dans cette écuelle ! Murti, va me chercher une pierre plate. Et toi, apporte l'eau bouillante, il y en a sur le feu, je l'ai vue. Je veux qu'on y plonge le tranchoir. Et des linges, apportez encore des linges, il n'y en a pas assez !

Tout en parlant, elle démaillotait l'enfant. Les cris d'Eliezer inquiétèrent Moïse plus encore que sa propre douleur.

— Que fais-tu ! ? Que fais-tu ? geignit-il.

Tandis que les servantes s'agitaient autour d'elle, Tsippora déposa le petit corps d'Eliezer sur la pierre que l'on venait d'apporter, nu à côté de Moïse.

— Que fais-tu ? haleta Moïse.

Tsippora lui montra le tranchant du silex et pinça avec tendresse le sexe minuscule d'Eliezer.

— Ton Dieu a annoncé à Abraham : « Votre prépuce sera circoncis en signe de l'Alliance entre Moi et vous. Sera circoncis de génération en génération chaque enfant de huit jours. Mon Alliance traversera votre chair, Alliance pour toujours entre Moi et vous. » Ton fils Eliezer a aujourd'hui plus de huit jours, et ni toi ni mon père ne l'avez circoncis. L'Éternel t'a appelé pour que renaisse l'Alliance entre ton peuple et Lui. Comment cela peut-il être, si ton fils n'en porte pas le signe selon Sa volonté ?

D'une main ferme et assurée, comme si de toujours elle avait fait cela, après l'avoir trempé dans l'huile parfumée d'herbes Tsippora abattit le silex sur le prépuce de son fils. Le cri d'Eliezer ne fut guère plus fort que ceux qu'il poussait déjà.

Sans attendre, elle souleva son fils, brandit les bras et le dressa au-dessus de Moïse.

— Seigneur Yhwh, Dieu d'Abraham, Dieu d'Isaac et de Jacob, Dieu de Moïse ! Ô, Seigneur Yhwh, écoute les cris d'Eliezer. Ton Alliance traverse sa chair, Alliance pour toujours. Regarde, Seigneur Yhwh, le fils de Moïse, le second, est circoncis selon Ta loi. Ô, seigneur Yhwh, écoute la voix de Tsippora, l'épouse de Moïse. Je ne suis que ce que je suis, mais reçois mon fils, fils de Moïse, parmi Ton peuple. Seigneur Yhwh, que le sang d'Eliezer, que le prépuce tranché de son fils efface la faute de Moïse. Tu as besoin de lui, et moi j'ai besoin de lui. Moi qui suis son épouse par le sang d'Eliezer. Ô Seigneur Yhwh, écoute-moi, je suis Ta servante et, sous le noir de ma peau, je suis Ton peuple.

Quand elle se tut, il y eut un curieux silence qui les surprit tous avant qu'ils se rendent compte qu'Eliezer ne criait plus.

Puis il y eut le souffle de Moïse. Un souffle violent comme un coup de vent. Comme si la vie, de toute sa puissance, pénétrait sa poitrine.

Tsippora abaissa Eliezer tout près du visage de Moïse qui, les paupières closes, respirait à grands traits. Elle pressa le visage d'Eliezer contre la joue de son père. Un bref instant, ils respirèrent ensemble. L'enfant poussa à nouveau un cri, puis encore un. Tsippora sourit. La servante Murti et une autre, très jeune, se mirent à rire. Tsippora leur tendit Eliezer :

— Vite, dit-elle.

Elles l'emmenèrent en courant pour enduire sa plaie de baume et l'envelopper de linges.

Le sang rougissait les doigts et la paume de Tsippora. Elle remonta la tunique de Moïse, saisit son sexe comme elle avait saisi celui de son fils. Dans une caresse elle enduisit le membre de Moïse du sang de son fils. Moïse se redressa, la poitrine soulevée d'un souffle rapide. Avant qu'il ne pose de question, sans cesser sa caresse de sang, Tsippora murmura :

— Nos épousailles non plus, nous ne les avons pas prononcées. Mais je te l'avais promis, ce jour est celui de nos noces. Que l'Éternel nous voie et nous bénisse, mon époux bien-aimé. Tu es celui que je veux et que j'ai choisi. Tu es l'époux de mon rêve, celui qui me sauve et m'emporte, celui que j'ai toujours voulu, celui que j'ai attendu sans même connaître son visage. Ô Moïse, tu es celui que tu dois être, et cette nuit sera celle de nos épousailles. Moi, Tsippora, la Kouchite, l'étrangère en tous les pays, dès cet instant je suis ton épouse de sang. Il n'y a plus de faute, Gershom et Eliezer ont père et mère. Je suis ton épouse de sang, ô mon époux bien-aimé.

Moïse souriait, tendant avec peine les bras vers elle. Tsippora s'y coula, s'allongea tout contre lui, baisa sa poitrine blessée, mêla sa bouche à la sienne et son souffle au sien.

*
**

La nuit venue, Tsippora put constater à la lueur d'une mèche allumée que les plaies de Moïse s'étaient effacées tout aussi prodigieusement qu'elles étaient apparues. Elle lui caressa et lui baisa le torse avec gourmandise, mais sans parvenir à le réveiller ni même à tirer de lui un grognement. Elle en rit et s'endormit à son côté, tout aussi épuisée.

Au cœur de la nuit, Moïse la réveilla à force de caresses, Moïse redevenu Moïse, dressé dans son désir et chuchotant des mots rauques de passion :

— Oh, mon épouse ! Mon épouse de sang qui me nourrit de vie, me donne et me redonne la vie ! Réveille-toi, ceci est la nuit de nos noces.

Baisant ses seins, son ventre et ses cuisses, il murmurait :

— Tu es mon jardin, ma myrrhe et mon miel, ma goutte de nuit et ma colombe noire. Oh, Tsippora, tu es mon amour et les mots qui me sauvent.

Et jusqu'à l'aube, ce furent les heures de leurs épousailles.

Troisième partie

L'épouse écartée

Miryam et Aaron

Tsippora vivait dans le bonheur. Elle marchait vers l'Égypte au côté de son époux bien-aimé. Depuis longtemps, et de toutes ses forces, elle avait voulu vivre ces jours. Ce n'était plus un rêve qui la poussait, mais l'impatience de ce qui allait être accompli au pays de Pharaon. Qu'importaient la monotonie des jours, le balancement nauséeux des chameaux pareil à une houle sans fin, la brûlure du soleil, la glace des nuits ! À l'horizon des plaines mornes qui s'étendaient chaque matin sous ses yeux se levait la grandeur de la mission confiée par Yhwh à son époux. Il lui suffisait de poser la main sur le poignet, la poitrine ou la nuque de Moïse pour être comblée de joie. Il lui suffisait de voir son époux auprès de ses fils, d'entendre le souffle de sa jouissance entre ses bras, pour être bien certaine qu'il n'était pareil à nul autre. Qu'il était, en tout son corps et toute son âme, l'espérance.

Ainsi, dans ce long voyage, les jours étaient heureux, les jours étaient promesses. Pourtant, le bonheur cessa alors même qu'il devait devenir accomplissement.

*
**

Ne pouvant la traverser avec leur troupeau, il leur fallut contourner la mer des Joncs. Cinq lunes durant, ils longèrent les plis désolés des montagnes sans qu'une ombre ne les divertisse de la poussière et des cailloux. Ils avaient beau progresser vers l'ouest, le Fleuve Itérou n'apparaissait jamais.

Moïse devint fébrile. La lenteur des jours l'agaçait, la longueur des nuits l'irritait. Le rire et le babillage de ses fils ne détournaient plus son regard, rivé sur l'ouest, et ne détendaient plus le froncement de ses sourcils. Tsippora surprit, quelques fois, sa lassitude sous ses caresses.

Il n'y eut bientôt plus de soir sans que l'inquiétude le tourmente. Étaient-ils sur la bonne route, les bergers ne se trompaient-ils pas, eux qui n'étaient jamais allés jusqu'en Égypte ? Les bergers répondaient en souriant :

— Sois sans crainte, Moïse. Il n'y a qu'une route, et tu pourrais la trouver sans nous. Il suffit d'aller vers le soleil couchant.

Alors Moïse trouvait d'autres raisons de se tourmenter. Son frère Aaron allait-il venir à sa rencontre, comme Yhwh le lui avait promis ? Comment le reconnaîtrait-il ? Et ensuite, comment atteindraient-ils Ouaset, la reine des cités ? Comment parviendraient-ils devant Pharaon ? Les fils d'Israël l'accepteraient-ils ? Le croiraient-ils, seulement ? Le Seigneur Yhwh lui parlerait-il encore ?

Il disait à Tsippora :

— Je dresse des autels comme ton père me l'a enseigné. Je crie Son nom, je fais des offrandes. Mais il n'y a que les criquets et les sauterelles pour me répondre !

Tsippora rétorquait avec patience :

— Aie confiance en ton Dieu. Qu'as-tu à craindre ? L'Éternel n'est-Il pas la volonté même ?

Moïse opinait, riait, jouait avec Gershom, dessinait pour lui des bêtes imaginaires dans le sable. Puis à nouveau fronçait les sourcils et s'inquiétait.

Un jour, il en vint à jeter son bâton comme il l'avait fait dans la cour de Jethro. Le bâton redevint serpent, sema la terreur parmi les servantes et les rires chez les bergers. Gershom admira grandement ce père capable d'un pareil prodige.

Puis un jour arriva où ils franchirent une colline pareille aux centaines de collines qu'ils avaient laissées derrière eux. Cette fois, cependant, les bergers s'immobilisèrent net. Ils pointèrent le doigt et crièrent :

— L'Égypte ! L'Égypte !

Tsippora et Moïse étaient déjà debout, agrippés aux lisses de leurs nacelles. Une ombre verte, droit devant eux, traçait un trait dans l'immensité ocre et gris et liait jusqu'aux confins de l'horizon la terre au ciel. Moïse souleva Gershom et le posa sur ses épaules. Son chameau agenouillé, il dansa et emporta Tsippora dans ses bras, les joues mouillées de larmes. Ce soir-là, son offrande à Yhwh fut longue et le feu de leur fête brilla toute la nuit.

Après une seule journée de marche, le Fleuve Itérou apparut, tel un serpent sans tête ni queue au cœur de la coulée verte. Puis ils furent dans la plaine, et le vert grandit, barrant l'horizon du nord au sud. Ce fut là, à l'orée du désert et tout devant l'opulence inimaginable du pays de Pharaon, dans la brume d'un petit matin, qu'un groupe d'hommes vint à la rencontre de leur caravane.

*
**

Ils portaient de larges tuniques de lin beige qui cachaient jusqu'à leurs pieds. Des turbans aux pans rabattus sur leurs visages ne laissaient voir que leurs yeux, et tous tenaient un bâton à la main. Ils se placèrent devant le troupeau, les bergers sifflèrent, toute la caravane s'immobilisa.

Les nouveaux venus écartèrent le bétail et s'avancèrent jusqu'aux chameaux. Moïse était déjà prêt à sourire. Tsippora saisit Eliezer, le serra dans ses bras. Elle songea : « Voici enfin ce frère inconnu. » Elle aussi avait la bouche prête au sourire, au partage de la joie qui allait étreindre Moïse. Néanmoins, une crainte inattendue lui fit serrer Eliezer un peu plus fort et rajuster avec soin son turban de couleur avant de faire agenouiller sa monture.

Les nouveaux venus s'approchèrent, la démarche vive et raide, jusqu'au museau du chameau. Moïse enjamba la nacelle. Tsippora entendit une voix d'homme qui demandait :

— Es-tu mon frère Moïse ? Es-tu celui qui nous revient envoyé par le Dieu d'Abraham, Dieu de Jacob et de Joseph ?

Et comme Moïse, bouleversé, ne savait qu'ouvrir les bras et lever son bâton, l'homme ajouta :

— Car Yhwh, le Dieu des fils d'Israël, m'a visité pour m'annoncer cette venue.

L'accent, Tsippora ne le connaissait pas encore. Mais dans la puissance aisée et autoritaire de la voix, elle devina l'homme coutumier des mots et de leur force. En comparaison, le ton de Moïse fut humble, presque inaudible, lorsqu'il balbutia :

— Oui, oui, bien sûr. C'est moi ! Je suis Moïse. Comme je suis heureux. Il y a des jours... Il y a des jours... Bien sûr que je suis Moïse !

Un bref instant ils se regardèrent, stupéfaits de leurs apparences tout autant que de la réalité de ce qui leur arrivait. Les bergers et les servantes qui se pressaient autour de Tsippora scrutèrent les inconnus, cherchèrent les regards entre les plis des turbans. Et les inconnus les dévisagèrent, hésitant, les mains serrées sur leurs bâtons comme s'ils devaient encore craindre une menace.

— Et moi, je suis Aaron ! répondit enfin Aaron.

Il saisit l'extrémité de son long voile et, d'un mouvement habile, découvrit son visage. Un visage d'une grande maigreur et qui en imposait, les paupières et les yeux sombres, sévères, la bouche rouge sous une barbe éparse. Son front, peut-être, rappelait celui de Moïse bien que, prématurément creusé de rides, il remontât plus haut dans la chevelure bouclée et abondante. Un visage où la flamme de la passion devait s'embraser vite, et qui faisait paraître Aaron plus âgé que Moïse alors qu'il en était le cadet de plusieurs années.

Moïse laissa éclater son bonheur, l'accueillit dans ses bras avec effusion. Les bergers à leur tour poussèrent des cris de joie. Tsippora, Eliezer reposant sur sa poitrine, poussa Gershom dans les bras de la servante Murti. Mais avant qu'elles ne parviennent au côté de Moïse, l'un de ceux qui accompagnaient Aaron s'approcha et dénoua son turban. Le flot de cheveux noirs, lourds et soyeux, qui s'en écoula, appartenait à une femme. Une femme qui saisit les mains de Moïse et s'exclama avec feu :

— Oh Moïse ! Moïse ! Ce jour est celui de mon bonheur. Je suis ta sœur Miryam.

Moïse demeura pétrifié, incapable de répondre à l'élan d'affection de celle qui lui faisait face. Tsippora découvrit avec stupeur la raison de son silence.

Le visage de Miryam était d'une grande et terrible beauté. Sa bouche était parfaite et pleine. L'arc de ses sourcils se tendait sur un regard brillant d'émotion et d'intelligence. Le front lisse et doux, la délicatesse des narines, il n'était pas un trait qui ne soit sans élégance ou charme et, au contraire d'Aaron, elle qui avait peut-être quinze ou seize années de plus que Moïse semblait encore dans la jeunesse. Mais il suffit que le vent soulève sa lourde chevelure pour que se révèle la trace terrible qui la défigurait. Irrégulière, aux rebords étrangement ourlés et qui, sur la tempe, s'élargissaient jusqu'à l'œil, comme si la plaie en avait été martyrisée, une cicatrice épaisse, aux reflets violacés, balafrait tout le côté du visage.

— J'ai une sœur, finit par bredouiller Moïse. Miryam, ma sœur ! Je ne me connaissais pas de sœur.

Il éclata d'un grand rire, pressa les mains de Miryam contre ses joues.

— Il est vrai qu'il y a peu, je ne me connaissais pas non plus de frère !

Tsippora, et peut-être elle seule, perçut l'embarras sous l'effusion. Miryam et Aaron ruisselaient de bonheur, les embrassades succédaient aux embrassades.

— C'est ainsi, Moïse, c'est ainsi ! s'exclamait Aaron en dressant les mains vers le ciel. Yhwh est venu à ma rencontre. Il m'a dit : « Marche, va à la rencontre de Moïse ton frère ! Soutiens-le car il va conduire les fils d'Israël hors de la poigne de Pharaon. » Abandonnant tout, nous sommes partis. Il m'a dit : « Tu le trouveras au désert, sur la route de Meïdoum. » Nous sommes venus t'attendre à l'orée du désert sur la route de Meïdoum, et te voilà !

— Ah ! rit Moïse. Moi qui étais si inquiet ! Je me disais : « Mon frère viendra-t-il ? Saurai-je le reconnaître, moi qui ne sais pas même son nom ? » ah ! Quelle sottise d'avoir craint ! Tsippora avait raison, une fois de plus, et elle s'est bien moquée de moi.

— Le croirais-tu ? intervint Miryam en le dévorant des yeux et comme si elle ne l'avait pas entendu, le croirais-tu ? Un jour je t'ai porté enfant dans mes bras !

Moïse rit encore, un peu décontenancé, un éclat de sérieux dans le regard.

— Moi enfant ? s'étonna-t-il.

Mais Aaron s'était tourné vers celle que Moïse avait désignée. Il fronça les sourcils, la surprise sur les traits, posant sur Tsippora et sur Eliezer un même œil de braise.

— Tsippora ? s'enquit-il avant que Miryam réponde à Moïse.

— Oui, Tsippora ! acquiesça Moïse avec chaleur. Tsippora ma bien-aimée, mon épouse de sang. Qu'elle soit bénie celle à qui je dois tout, et même d'être en vie. Voici mon fils premier-né, Gershom. Voici mon second fils, que j'ai appelé Eliezer, Dieu est mon soutien, car il m'est venu en même temps que la voix du Seigneur Yhwh.

Tsippora souriait. Mais en retour, elle ne vit que leur stupeur. Miryam, le regard rendu encore plus pesant par la marque terrible de son visage, parcourait la silhouette de Tsippora comme si elle était capable de la voir nue sous ses vêtements. Les paupières d'Aaron battirent, sa bouche frémit. Incrédule, il se retourna vers Moïse.

— Ton épouse ?

Miryam avança d'un pas, leva la main, la dirigea vers la servante Murti comme si elle avait encore l'espoir de s'être trompée.

Moïse eut un drôle de rire. Son bras, d'un même mouvement, enlaça Tsippora et Eliezer.

— La fille de Jethro, le sage et grand prêtre des rois de Madiân. À lui aussi, je dois beaucoup. Tout ce que tu vois derrière nous, mon frère, ce bétail, ces mules et ces chameaux, et même la tunique et les sandales que je porte, tout cela est bonté de Jethro. Ces bergers qui m'accompagnent vivaient dans sa maisonnée. Mais le plus grand don qu'il m'ait fait, c'est de m'accorder sa fille. Oh oui, je vous le dis, sans Tsippora et Jethro, Moïse ne serait pas Moïse !

Il avait cherché à mettre un peu de chaleur dans ce long discours. Le froid qui émanait d'Aaron et de Miryam n'en fut qu'à peine réchauffé. Aaron se retourna vers Moïse :

— Tu étais donc chez les Madianites ? Et leur prêtre est un kouchite ?

Moïse eut un vrai rire, où tinta la raillerie autant que l'amusement. Tsippora rit elle aussi, tâchant de mettre autant de douceur que de politesse dans sa voix.

— Non, Aaron, sois sans crainte. Mon père Jethro est comme tous les Madianites, fils d'Abraham et de Qetoura.

Le frère et la sœur marquèrent leur surprise. Des sourires polis se posèrent sur Tsippora. Elle baissa le front sous leur poids et s'en voulut aussitôt de cette soumission.

Moïse resserra sa main sur son épaule. À travers la pression de sa paume, elle devina son inquiétude, les mots de silence qui traversaient leurs chairs complices et murmuraient : « Ne t'offusque pas, ils ne te connaissent pas encore. Ils ne savent pas. Ils sont d'Égypte et accoutumés au fouet de Pharaon. La défiance les quittera bientôt. »

À haute voix, il déclara :

— C'est une des longues histoires qu'il me faudra vous conter. Remettons-nous en marche, car j'ai hâte d'atteindre Ouaset. Nous parlerons en route, nous avons beaucoup à apprendre les uns des autres.

Aaron s'exclama que oui, oh combien, mais, sur le visage de souffrance de Miryam, Tsippora lut la déception et l'incompréhension. Et une souffrance nouvelle. La grande joie de ses retrouvailles avec son frère, si chéri, si attendu, déjà était flétrie.

*
**

Trente jours durant ils marchèrent vers le sud, empruntant des chemins humides et étroits à l'écart des grandes routes. Ce qu'elle avait sous les yeux, Tsippora ne l'avait jamais vu. Une immensité de verts, champs, jardins et bosquets, le vert des berges d'un fleuve énorme, semé d'îles touffues, parcouru de barques innombrables dont les voiles glissaient, pareilles à de gigantesques papillons, sur le courant puissant.

Parfois les palmeraies et les jardins étaient si vastes et prospères qu'ils auraient pu nourrir à eux seuls tout un royaume de Madiân. Tsippora découvrit des fruits, des graines, des feuillages à l'apparence et aux goûts inconnus. De temps à autre, entre les haies de joncs, de ficus ou de lauriers, entre les troncs chargés de dattes des palmiers, apparaissaient les murs d'une cité. Elle était impatiente de les approcher mais, avec constance, Aaron et Miryam entraînaient la caravane à l'écart afin d'éviter la curiosité des habitants.

— Il en est toujours qui espionnent, expliquaient-ils. Ils verront vite que vous n'êtes pas d'Égypte. Ils courront prévenir les soldats de Pharaon.

Tsippora plus d'une fois fut tentée de dire ce qu'elle avait répété à Moïse tout au long de leur route : pourquoi être effrayés, puisque vous agissez selon la volonté de votre Dieu ? Cependant, craignant d'embarrasser Moïse, elle se tut. En vérité, elle voyait si peu son époux qu'il lui aurait fallu réclamer son attention au risque d'irriter l'humeur déjà sensible de son frère et de sa sœur.

Moïse avait annoncé à Aaron qu'ils auraient beaucoup à se raconter. De fait, ils ne se quittèrent pas du voyage. D'abord, ils se parlèrent dans la nacelle. Puis Aaron fut indisposé par le ballant du chameau. Côte à côte, ils chevauchèrent des mules, leur voix bourdonnant du matin au soir. Celle, sèche et nette d'Aaron, surtout, car, après quelques jours, Tsippora remarqua que c'était lui qui parlait. Moïse écoutait et approuvait de la tête.

Au bivouac, ils s'éloignaient pour sacrifier ensemble à Yhwh leur Dieu. Puis ils mangeaient à l'écart de tous et Aaron avait encore beaucoup à dire. Moïse ne rejoignait sa tente qu'au cœur de la nuit, alors que Tsippora dormait. Le matin, à la première lueur de l'aube, Aaron les réveillait, toujours pressé d'aller accomplir les offrandes du matin en compagnie de Moïse, toujours pressé de replier les tentes et de reprendre la route, toujours inquiet d'être surpris par les soldats ou les espions de Pharaon.

Aux premiers jours, Moïse avait confié à Tsippora :

— Aaron est comme ton père Jethro. Il veut tout savoir du feu et de la voix de Yhwh. Je dois lui répéter cent fois ce qu'Il m'a dit. Il veut aussi que j'apprenne tout de l'histoire des fils d'Isaac et de Jacob, et surtout ce qu'il est advenu à Joseph. Oui, il est bien comme

Jethro. Mais pour ce qui est de raconter, il est moins doué que toi !

Il y avait encore de l'amusement dans sa voix. Bientôt, cependant, Tsippora devina la tristesse et la préoccupation qui s'emparaient de lui.

Un jour, il déclara :

— Je croyais en savoir déjà un peu sur notre passé, mais je n'en sais pas assez. Et je croyais en savoir sur la souffrance des Hébreux sur cette terre, sur la méchanceté et la haine de Pharaon, mais je ne sais rien.

Elle se retint de lui poser des questions, et il ne demanda pas son aide. Au soir, les tentes dressées, elle passait tout son temps avec Gershom et Eliezer en compagnie des servantes. Il était rare désormais que Moïse pose un seul regard sur ses fils. Et, étonnamment, tout aussi rare que sa sœur Miryam leur accorde un peu d'attention. Murti la première s'en étonna :

— N'est-ce pas étrange que la sœur de Moïse ne vienne jamais voir tes enfants ? Elle s'est approchée l'autre jour et, depuis, elle se tient bien loin de nous.

Comme Tsippora ne cillait pas, feignant d'avoir à peine écouté, Murti insista avec une pointe de rancœur :

— Sont-ce là les mœurs des femmes d'ici ? Être loin des enfants et des servantes, dormir à l'écart la nuit, être fourrée tout le jour avec ses frères et leurs compagnons comme si nous autres avions la peste ?

Tsippora s'obligea à sourire.

— Nous ne nous connaissons pas, nous sommes des étrangères l'une pour l'autre. Et puis, nous avons eu Moïse depuis bien longtemps. Miryam est gourmande de son frère. Elle veut s'en rassasier.

— Oh, grinça Murti, pour s'en rassasier, elle s'en rassasie ! Si elle pouvait le dévorer, elle le ferait. Je suis étonnée qu'elle ne trouve rien à redire quand il vient dormir sous ta tente !

— Est-ce une jalouse qui parle de la jalousie ? se moqua Tsippora.

— Oh non, s'exclama Murti avec sincérité. J'ai commis cette faute dont tu m'as sauvée, mais aujourd'hui Moïse n'est que mon maître et celui que j'admire. C'est toi que j'aime.

— Bientôt, cela ira mieux, promit Tsippora en lui caressant la nuque. Aaron aura moins à dire, Moïse sera un peu plus souvent avec nous.

— Crois-tu ? s'écria Murti en retournant habilement Eliezer pour enduire ses fesses d'une fine poudre de craie. Il ne me semble pas près d'arriver, le jour où Aaron parlera moins.

Tsippora rit. Et cacha le tremblement de ses lèvres. À quoi bon montrer cette douleur qui déjà lui empoisonnait le cœur avant même leur arrivée à Ouaset ? Il n'y avait que trop de vérité dans les paroles de Murti.

L'un des premiers soirs de leur route commune, Miryam, belle, un voile masquant sa joue droite, le sourire contraint, s'était approchée de la tente de Tsippora qui, en cet instant, démaillotait Eliezer. Ôtant le dernier linge du petit corps potelé, elle avait guetté la réaction de Miryam. Un effroi véritable avait soulevé les sourcils de sa belle-sœur.

Nu, Eliezer ne cachait rien de son ascendance. Miryam voulait s'assurer qu'il était bien circoncis, mais ce qu'elle découvrit, surtout, ce fut la couleur de sa peau. À la différence de Gershom, Eliezer était à cet égard plus le fils de sa mère que celui de son père. Et plus il perdait son apparence de nourrisson plus sa peau, quoique plus claire que celle de Tsippora, acquérait un noir doux, lumineux, mêlé d'un peu de brun. En vérité, il faisait songer à un petit pain fourré d'herbes, si croustillant qu'on en dévorerait tout le jour, affirmaient les servantes attendries.

Mais Miryam, elle, ne songea pas à dévorer Eliezer, et ne s'attendrit pas.

Elle ne chercha pas même à dissimuler sa répulsion et sa colère. Elle ne prononça pas un mot. Elle s'éloigna, jetant dans le silence derrière elle toute son amertume.

En vérité, Tsippora n'avait pas besoin de mots pour comprendre. Sa vie tout entière lui avait déjà appris les refus et les aversions que pouvait faire naître sa chair. Miryam, depuis toujours baignée dans le savoir et la tradition qu'aimait à conter et raconter son frère Aaron, n'avait pu imaginer un seul moment que Moïse, ce Moïse qu'elle semblait déjà adorer comme le dieu que Yhwh avait annoncé, puisse avoir un fils si étranger à son peuple.

*
**

Un matin, alors qu'ils s'apprêtaient à partir, comme chaque jour, Aaron déclara :

— Ouaset est à cinq jours de marche. À partir d'ici, il nous faut aller à pied, sans troupeaux, chameaux ni mules, sans bergers ni servantes.

Moïse montra son étonnement.

— Et pourquoi, mon frère ?

— Si tu approches de la ville de Pharaon dans cet équipage, Moïse, ses soldats seront sur nous avant le soir. Nous sommes des esclaves. Les esclaves ne possèdent rien et n'ont rien le droit de posséder.

Moïse regarda ceux qui avaient fait un si long voyage avec lui et qui l'observaient, incrédules. Aaron devança sa protestation :

— Ils peuvent redescendre le long du fleuve et attendre à l'endroit où nous nous sommes rencontrés. Ils ne risqueront rien.

— Attendre quoi ? demanda l'un des bergers, la colère dans la voix.

— Attendre que Moïse et moi ayons parlé à Pharaon et que nous conduisions notre peuple hors d'Égypte.

— Cela peut durer longtemps ! grinça Murti. C'est maintenant que ma maîtresse et les fils de Moïse ont besoin de leurs servantes.

— Chez nous, lança Miryam d'une voix dure, les femmes et les fils n'ont pas de servantes. Les épouses s'occupent de leurs enfants sans autres mains que les leurs.

Murti voulut répliquer, mais Tsippora d'un signe lui ordonna de se taire. Moïse lui jeta un regard d'embarras, mais se tut lui aussi. Alors Tsippora sourit. Elle posa avec calme les yeux sur Miryam et sur Aaron.

— Moïse n'est pas un esclave, pas plus que son épouse. Il n'est pas venu devant Pharaon pour mener la vie des esclaves, mais, au contraire, pour qu'elle cesse.

Il y eut un drôle de silence. Aaron et Miryam dévisagèrent Tsippora avec autant de stupéfaction que s'ils la découvraient.

Moïse s'inclina, prit Gershom dans ses bras. Ce simple geste encouragea Tsippora à dire enfin ce qu'elle taisait depuis des jours :

— L'Éternel veut Moïse devant Pharaon. Croyez-vous qu'une paire de chameaux, quelques mules et un troupeau de petit bétail contrarieront Sa volonté ? Ne vaut-il pas mieux que Moïse arrive parmi les vôtres comme ce qu'il est : un homme libre et qui ne craint ni la poigne, ni la haine, ni les caprices de Pharaon ? Le peuple des Hébreux doit-il croire que celui qui va le libérer est soumis et craintif ?

Miryam et Aaron vibrèrent d'indignation.

— Fille de Jethro ! s'exclama Aaron, le sourcil haut. Nous savons qui sont les nôtres et ce qu'ils attendent. Et il est bien présomptueux pour une fille de Madiân de parler de la volonté de Yhwh.

— Aaron, Miryam, intervint Moïse avec un sourire qui n'atteignait pas ses yeux, je comprends votre souci. Il est plein de bon sens et je vous en sais gré. N'oubliez pas, cependant, que je connais assez bien moi-même Thoutmès, ses routes et son pouvoir.

— Bien sûr ! Bien sûr ! opinait Aaron, déjà confus.

Moïse, déposant son fils dans les bras de Tsippora, laissa peser un peu plus la fraîcheur de son sourire sur sa sœur et son frère.

— Je ne doute pas de ta grande sagesse, Aaron, mon frère. Mais, si je suis devant toi, c'est pour avoir écouté Tsippora. Elle est sage et savante comme je ne sais l'être. N'ai-je pas dit que sans Tsippora, Moïse ne serait pas Moïse ? N'ai-je pas dit que sa pensée est ma pensée, et que c'est pour cela qu'elle est devenue mon épouse ?

L'embarras gagnait tous les visages, sauf celui de Miryam. Car si Aaron baissait la tête en démonstration d'humilité, Miryam, la paupière déformée par la palpitation rageuse de sa cicatrice, rivait sur Tsippora toute la dureté de son regard.

— Allons tous ensemble jusqu'au village des ouvriers, décida Moïse sur un ton apaisant. Nous verrons là-bas si nous sommes les bienvenus.

Ce soir-là, Moïse revint plus tôt sous sa tente et prit Tsippora dans ses bras. D'abord, ils se turent, goûtant ce simple moment de tendresse. Puis Moïse murmura :

— Ne leur en veux pas. Aaron sait fort bien qui tu es, mais il leur faut encore un peu de temps pour accepter...

Moïse hésita.

— Accepter ton étrangère d'épouse, conclut Tsippora à sa place.

Moïse eut un petit rire qu'il étouffa en baisant les tempes et les yeux de Tsippora.

— Sans compter que Aaron n'aime guère les Madianites. Il a de savantes préventions contre eux. Il est convaincu qu'ils ont vendu notre ancêtre Joseph à Pharaon.

Ils rirent ensemble. Puis Moïse soupira, sans plus de joie.

— Tout devient compliqué. Mais ils sont ceux pour qui je viens. Ils ont souffert, et la souffrance modèle leur esprit. Pourtant, ils sont forts et sincères. Laisse-leur le temps d'apprendre à t'aimer et à te juger par le bien que tu leur feras.

Tsippora songea au regard de Miryam sur Eliezer, sur elle. Baisant le cou de Moïse comme elle aimait à le faire, elle répondit aussi légèrement qu'elle le put :

— Ne crains pas mon impatience. Ne crains rien ! Ni Aaron ni Miryam, ni même Pharaon. Tu es Moïse. Ton Dieu t'a dit : « Va, Je serai avec toi. » Moi, comment pourrais-je espérer un autre bonheur que de t'accompagner, toi et nos fils ?

Deux mères

Ils longèrent le fleuve pendant deux jours. Les voiles des embarcations s'y serraient en troupeau. Les rives étaient bordées de maisons de brique aux murs blanchis, souvent surmontées d'un étage sous les toits plats et carrés. Des fenêtres s'y ouvraient, nombreuses et plus larges que les portes d'une chambre de Madiân. De spacieux jardins les entouraient, agrémentés de monuments à colonnes, plantés de palmiers, de vignes, de grenadiers, de figuiers ou de sycomores. Et des murs encore, à l'empilement de briques parfait, hauts de dix à quinze coudées, ceinturaient chaque maison.

Ils dessinaient les larges rues droites qui débouchaient sur d'autres jardins, plus vastes et regorgeant de légumes et de fruits. Partout s'activaient hommes, femmes et enfants. Les hommes étaient glabres, le torse nu. Les femmes étaient vêtues de courtes tuniques serrées sous la poitrine et, quelquefois, des coiffes de paille recouvraient leurs longs cheveux noirs, lisses et fluides. Paisiblement, des vieillards tiraient des ânes lourdement bâtés tandis que des jeunes gens transportaient des nasses de poissons fraîchement pêchés.

Plus loin, plus près de la ville reine, la route s'écarta de la rive. Ils se trouvèrent devant une vaste étendue de palmeraies qui reliaient le fleuve aux collines et aux falaises ocre qui annonçaient le désert. Et là, la pointe dressée vers le bleu du ciel, apparurent les temples de Pharaon.

Il y en avait une dizaine, les plus grands entourés de plus petits, comme s'ils s'engendraient eux-mêmes par portées. Roche dans la roche, défiant l'entendement, les arêtes tranchant l'horizon, ils étaient si fabuleusement gigantesques que les falaises elles-mêmes ne semblaient, à leur côté, que de vagues monticules. La chaleur dansait sur leurs faces miroitantes et ondoyait telle une huile dans la transparence du ciel. La route qui y menait, soigneusement briquetée, était brûlante.

Tsippora se souvint des mots de Moïse racontant la splendeur des temples de Pharaon. La démesure qui se dressait devant elle dépassait cependant toute imagination. Rien, ici, n'avait taille humaine. Pas même les gardiens de pierre érigés çà et là, monstres à visages d'homme et corps de lion.

Plus loin, ils découvrirent de vastes chantiers en contrebas des pyramides. Colonnades et aiguilles de calcaire blanc, murs sculptés et peints de milliers de dessins se dressaient en façade de palais creusés dans les falaises. Là, inachevés, les monstres n'avaient pas toutes leurs ailes, les sculptures toutes leurs têtes, et les routes, par endroits, se défaisaient en chemin, les briques encore entassées sur les bas-côtés. Et partout, innombrables, travaillaient les esclaves. Partout, un fourmillement de silhouettes charriait, façonnait, frappait, en un tumulte qui montait dans la chaleur du jour et qui, si loin qu'ils fussent encore des chantiers, parvenait jusqu'à eux.

Moïse, qui retrouvait là un spectacle familier, demeura impassible. À l'inverse, Tsippora, comme les bergers et les servantes, ne put retenir une exclamation d'admiration. Aaron guettait sans doute leur stupéfaction. D'un coup sec il tira sur la bride de sa mule et se retourna. Il leva son visage émacié. Il parut plus vieux encore. Il se laissa glisser de sa monture, sa main s'agita furieusement en direction des temples de Pharaon.

— Tout cela, tout cela qui est à Pharaon et que vous admirez, nous l'avons construit ! s'écria-t-il. Nous, les fils d'Israël, ses esclaves. Pharaon s'enorgueillit de ce qu'il bâtit avec notre sang depuis des générations et des générations. Mais regardez...

Il bondit sur le côté de la route pour y saisir deux vieilles briques abandonnées. Avec vigueur, il les frotta l'une contre l'autre. Une fine poussière s'en dégagea, ruinant les briques aussi bien que si elles fondaient entre les paumes d'Aaron.

— Pharaon bâtit, mais ce qu'il bâtit n'est que poussière, clama-t-il.

Avec un cri qui pouvait être un rire, il jeta ce qu'il restait des briques, qui allèrent se briser aux pieds des chameaux.

— Il suffira au Seigneur Yhwh d'un souffle pour balayer tout cela qui vous semble si prodigieux, conclut Aaron avec mépris.

Chacun de ceux qui, avec un ébahissement enfantin, avaient contemplé un instant plus tôt la démesure de Pharaon baissa le front, honteux. Tsippora jeta un regard vers Moïse. Il regardait son frère avec une fervente admiration. L'Éternel le lui avait bien dit : pour savoir parler, Aaron savait parler.

*
**

Le village des esclaves ouvriers s'étirait au fond d'une carrière désaffectée. Un mur épais de trois coudées et haut de cinq encerclait de longues et étroites ruelles. Les baraques de brique crue s'adossaient les unes aux autres, identiques, avec pour seules ouvertures une porte et un trou dans le toit d'où s'échappait la fumée des âtres.

Moïse ordonna aux bergers de dresser leurs tentes sur l'un des versants de la carrière où se tenait déjà une caravane de marchands. Seules Murti et deux autres servantes suivirent Tsippora lorsqu'elle s'engagea derrière son époux sur un chemin de terre. Miryam les observa, mais se tut. Aaron marchait fièrement devant leur petite troupe. Moïse s'étonna de ne voir nulle part des soldats de Pharaon.

— Non, ils ne viennent plus nous surveiller ici, répondit Aaron. À quoi bon, ils savent bien que nous n'avons pas d'autres endroits où aller que ces masures. Ils se contentent de venir toutes les deux ou trois lunes compter les femmes enceintes et les nouveau-nés.

Après avoir rapidement parcouru une rue poussiéreuse qui paraissait centrale, Aaron et Miryam s'engagèrent dans un dédale de ruelles remplies d'immondices pour déboucher sur une place. Une pièce d'eau peu profonde y était recouverte d'un toit de jonc. Des enfants étaient là, les fillettes lavant du linge, les garçons tressant des nattes avec de la paille. Ils levèrent le visage vers les nouveaux venus. Reconnaissant Miryam et Aaron, ils furent aussitôt debout.

— Ils sont là ! Mère Yokéved, Aaron et Miryam sont de retour !

Alertée par les cris, une foule envahit la petite place. Il y eut de brèves exclamations de joie. Une femme âgée s'avança vers Miryam, qui lui saisit la main en souriant :

— Mère...

Mais Yokéved la dépassa et marcha droit jusqu'à Moïse. Elle s'immobilisa à quelques pas de lui.

La beauté dont sa fille avait héritée vivait encore en elle, malgré l'âge et les épreuves qui avaient blanchi la lourde chevelure. Sous les rides de fatigue et de souffrance demeuraient l'élégance des traits et la puissante douceur d'un regard dont la paix, la sérénité, bouleversèrent Tsippora. En cet instant, le souffle court, la pointe des doigts tremblant sur ses lèvres entrouvertes, Yokéved conservait une dignité qui ôtait tout excès à son émotion. Très bas, elle prononça le nom de Moïse. Cela seulement :

— Moïse.

Ce n'était ni un cri, ni une question, ni un doute. Tsippora devina que cette femme, cette mère, goûtait là l'extraordinaire bonheur de prononcer ce nom pour la première fois depuis longtemps, si longtemps !

— Moïse !

Moïse avait compris ce bonheur avant même de goûter au sien. Il sourit, hocha la tête avec précaution.

— Oui, ma mère, je suis Moïse.

Sans qu'une larme ne passe ses paupières, elle répondit à son sourire, murmurant :

— Je m'appelle Yokéved.

Alors seulement l'un et l'autre franchirent le pas qui les séparait et s'enlacèrent. Cette fois, blottie dans les bras de Moïse, les paupières closes sur une douleur qui n'avait plus d'âge, Yokéved laissa échapper un sanglot :

— Oh, mon fils, mon fils premier-né !

Tsippora tressaillit, se rendit compte qu'elle serrait un peu trop fort Eliezer contre sa poitrine et relâcha son étreinte avec un rire ému.

Tout autour se pressait le village, emplissant d'une cohue bruyante l'étroit espace. Moïse saisit la main de Yokéved et attira sa mère devant Tsippora. Yokéved la regarda avec ravissement et s'exclama :

— Ma fille ! Oh toi, tu es ma fille !

Son regard s'agrandit encore à la vue de Gershom et d'Eliezer. Son rire eut la douceur d'une bénédiction :

— Et voilà mes petits-enfants ! s'écria-t-elle en ouvrant les bras. Ma fille et mes petits-enfants. Que l'Éternel soit loué !

Ces mots que Tsippora attendait depuis si longtemps s'écoulèrent comme un feu dans sa poitrine. Elle, elle n'eut pas la retenue de Yokéved. Elle ne put retenir le flot de ses larmes. Manquant de laisser choir Eliezer, elle s'agrippa aux épaules de la mère de Moïse comme elle n'avait jamais pu s'agripper à sa propre mère.

*
**

Dix jours durant, il n'y eut qu'espérance et bonheur.

Moïse fit sacrifier la moitié du troupeau venu de Madiân. Les femmes broyèrent le grain qui n'avait pas été consommé durant le voyage. Les fours embaumèrent, des tables de fortune furent dressées dans la nuit alors que des hommes se postaient sur le chemin pour donner l'alerte en cas de visite des soldats de Pharaon. Devant les feux, Moïse racontait. Lorsque sa voix devenait pâteuse de fatigue, Aaron prenait la suite avec vigueur et plus encore de détails. Quand l'aube se levait, ceux qui devaient retourner sur les chantiers de

Pharaon reformaient les rangs de l'esclavage après quelques heures de repos.

Mais le soir suivant d'autres hommes, d'autres femmes, d'autres enfants rejoignaient discrètement le village et la petite place devant la maison de Yokéved. À leur tour ils voulaient voir et entendre celui qui avait reçu de l'Éternel l'extraordinaire promesse : « Je vous délivrerai de la main de l'Égyptien, Je vous ferai monter vers un pays bon et vaste, un pays où coulent le lait et le miel ! »

La nouvelle se répandit sur les chantiers tel un parfum de fleur au printemps. D'ailleurs, les visages eux-mêmes ressemblaient à des fleurs de printemps, comme si la fatigue n'y avait plus de prise.

De toutes ces journées, Tsippora ne vit guère Moïse, toujours retenu par les uns ou les autres, et qui s'octroyait à peine quelques heures de sommeil. Elle-même passait son temps en compagnie de Yokéved, s'occupant de ses fils et des tâches dévolues aux femmes. Il était rare que Miryam demeure avec elles deux. Si cela arrivait, elle restait silencieuse et distante. Le plus souvent, elle s'affairait auprès des femmes du village ou des nouvelles venues, qui la considéraient avec un très grand respect et réclamaient ses conseils.

Yokéved, qui n'avait d'autre bonheur que de s'occuper de Gershom et d'Eliezer, ignora la froideur de Miryam envers Tsippora. Elle ne releva pas la sécheresse de ses regards, le pincement de ses lèvres lorsque avec de grands rires elle-même baisait et caressait la peau noire d'Eliezer. Pas une seule fois la peau noire de Tsippora ne retint Yokéved de l'appeler tendrement « ma fille ».

Et Tsippora riait de l'entendre. Elle ne se rassasiait pas, encore et encore, de ces mots merveilleux. « Viens donc, ma fille », « Tsippora, ma fille, où es-tu, mon enfant ? »

Des mots qui glissaient en elle comme un miel, comme si, déjà, la promesse d'un monde plus doux et plus juste qui avait été faite à Moïse s'accomplissait.

***

Bientôt, de vénérables vieillards arrivèrent au village. Ils furent reçus avec beaucoup d'égards, et une famille libéra une maison pour leur céder la place. Tsippora comprit qu'ils venaient parfois de loin, des chantiers éloignés d'Ouaset, au nord comme au sud. Là-bas aussi, le nom de Moïse était parvenu, telle une semence emportée par le vent. Elle en fut d'abord tout heureuse, car chaque chose se déroulait ainsi que le Dieu de Moïse l'avait annoncé.

Toutefois, un matin, alors qu'il partageait comme chaque jour son repas avec Moïse, Tsippora entendit avec surprise Aaron s'exclamer :

— Ils vont tous arriver très vite, Moïse. Ils t'écouteront, puis tu entendras leur avis sur la meilleure manière de t'adresser à Pharaon. Nous pourrons alors décider de ce qu'il faut faire.

Les traits tirés, les cernes de fatigue ombrant ses yeux, Moïse écoutait à peine. Il laissa s'écouler un bref instant avant de demander :

— Décider de ce qu'il faut faire ? Que veux-tu dire ?

— Décider du meilleur moment pour aborder Pharaon. Comment faire pour parvenir jusqu'à lui. Beaucoup, dans son entourage, voudront nous en empêcher. Il faut aussi réfléchir à ce que nous lui dirons.

Moïse parut surpris.

— Ne crois-tu pas, cependant, que les anciens seront trop nombreux pour parvenir à un accord ?

Aaron se récria, offusqué, assurant qu'il n'y avait pas de meilleure conduite à tenir.

— Nos anciens ont toujours fait ainsi, et nous devons suivre leur exemple. Réunir les anciens, écouter leurs conseils et les appliquer, voilà ce qui a toujours été fait. C'est notre loi. Rien n'est plus grand que la mission qui nous attend, et il nous faut l'accomplir selon la coutume. Les anciens décideront.

Tsippora se figea en entendant cette réponse. Elle n'en croyait pas ses oreilles. Aaron avait-il oublié les paroles de son Dieu qu'il avait lui-même répétées pendant des jours et des jours ? Le Seigneur Yhwh n'avait-Il pas dit à Moïse : « Vous irez, toi et les anciens d'Israël, devant le roi d'Égypte. » N'avait-Il pas dit : « Je serai avec ta bouche, Je vous instruirai de ce que vous ferez. Et pour ton frère Aaron, tu seras un dieu. » N'était-ce pas là les paroles mêmes de la Voix dans la montagne d'Horeb ?

Qu'y avait-il à décider qui ne l'était déjà ? Quant à la difficulté de se présenter devant Thoutmès qui préoccupait tant Aaron, Moïse n'était-il pas Moïse ? Il lui suffisait d'aller devant le palais de Pharaon, Tsippora n'en doutait pas, et les gardes se feraient l'instrument de la volonté du Seigneur Yhwh.

Elle fut sur le point de laisser éclater son irritation, mais, se mordant les lèvres, sut se retenir. Elle espéra que Moïse lève les yeux vers elle, mais il se contenta, d'un signe de tête, d'approuver avec résignation les paroles d'Aaron.

Alors, en cet instant, Tsippora mesura à quel point les événements précédents avaient épuisé son époux et combien les perpétuelles interventions d'Aaron usaient son esprit et sa volonté.

Le remords lui serra le cœur. Dans l'effusion de cette fête d'espérance qu'on lui faisait, elle avait cru Moïse sans besoin de son épouse. Elle s'était livrée sans retenue à la douceur de Yokéved, inconsciente qu'elle abandonnait Moïse à l'appétit de commandement d'Aaron et à l'intransigeance de ses certitudes. Et, déjà, Moïse retrouvait ses tourments et ses doutes. L'assurance d'Aaron effritait l'audace et l'autorité qu'il avait acquises pendant le voyage.

Cependant, voulant éviter un affrontement avec Aaron, Tsippora se tut, songeant qu'elle trouverait bientôt un moment d'intimité où elle pourrait parler avec Moïse. Elle n'en eut pas le temps.

*
**

Dans le milieu de l'après-midi, alors que Moïse dormait, des enfants accoururent en criant :

— Un espion de Pharaon ! Ils ont attrapé un espion de Pharaon !

La cour s'emplit de monde. On amena devant Aaron un homme d'âge mûr, petit et les sourcils épais. Il était vêtu de la tunique commune aux Hébreux, néanmoins ses cheveux, sa bouche, et surtout ses joues à peine ombrées d'une barbe, trahissaient sans peine l'Égyptien. S'approchant avec Yokéved, Tsippora croisa son regard, noir et profond. Elle y lut la peur. Il fut légèrement houspillé avant que Aaron lui demande qui il était. Il se redressa et jaugea celui qui lui faisait face. Dans ce geste, chacun comprit qu'un jour cet homme avait eu l'habitude d'être obéi. Il répondit sans détour, avec bien peu d'accent :

— Sénemiah, gardien du couloir de la puissante Hatchepsout.

Ces mots et l'aplomb avec lequel ils étaient prononcés intimidèrent ceux qui criaient un instant plus tôt. Aaron lui-même en parut ébranlé. Il quêta le soutien de Miryam, qui approchait. Plus grande que l'Égyptien elle le toisa, d'un mouvement sec releva ses cheveux et découvrit sa cicatrice, comme si elle voulait que l'homme puisse la contempler tout à loisir. Elle eut un rire bref où se mêlaient le mépris et l'indignation.

— Alors, je comprends que tu te sois égaré, espion de Pharaon. Car ta reine n'est plus.

— Elle vit ! protesta Sénemiah. Sa mort n'est qu'une rumeur propagée par Thoutmès. Elle vit, je te le jure, par Amon !

— Ne jure pas ici avec la boue de ton dieu ! tonna Aaron.

Sénemiah agita les mains comme pour effacer ces mots.

— Pardon, pardon ! Hatchepsout ne vous veut pas de mal.

Miryam eut encore un rire.

— Je connais Hatchepsout et je sais ce qu'elle nous veut, si elle vit encore, comme tu le prétends.

Aussi bien que Tsippora et quelques autres qui étaient là, Sénemiah l'observa avec étonnement. Puis il se tourna vers Aaron et déclara :

— Je ne suis pas ici pour espionner. Je suis venu voir Moïse.

Un murmure de stupeur parcourut la cour. Tsippora sentit la main de Yokéved qui se refermait sur son bras. Elle se tourna vers la vieille femme et découvrit la peur qui déformait ses traits. Mais avant qu'elle puisse réagir, la voix de Moïse résonna, rieuse et chaleureuse :

— Sénemiah ! Sénemiah ! Mon ami !

Les yeux encore gonflés de son sommeil interrompu, Moïse franchissait le seuil de la maison d'un pas vif. Sans s'occuper de quiconque, il se précipita vers le nouveau venu. Chacun, pétrifié, put voir l'impensable : Moïse accueillait l'Égyptien dans ses bras, l'embrassait, le serrait contre sa poitrine avec des exclamations de joie, des caresses et force démonstrations d'affection.

La stupeur tenait encore les bouches ouvertes lorsque Moïse prit conscience du silence pesant. Il parcourut les visages, le sourire d'abord hésitant, puis amusé.

— N'ayez crainte, dit-il. N'ayez crainte, Sénemiah est un ami. Il a été mon maître lorsque j'étais enfant, il m'a beaucoup appris. Il m'a grondé et châtié comme un bon professeur.

Moïse hochait la tête en riant, puis sa main serra l'épaule de Sénemiah et sa voix se fit plus grave :

— Et, surtout, Sénemiah m'a aidé à fuir Thoutmès, au péril de sa vie.

Ses mots ne diminuèrent en rien l'embarras qui l'entourait. Son regard chercha celui de Tsippora. Avec douceur, elle s'écarta de Yokéved qui retenait encore son bras et s'approcha de lui.

Miryam disait :

— Moïse, nous n'avons pas d'amis chez les Égyptiens. Ils font semblant d'aider un jour, ils trahissent le lendemain.

Aaron approuva d'une grimace suspicieuse :

— Et pourquoi porte-t-il nos vêtements ?

— Parce que je fuis Thoutmès et ses espions, répliqua sèchement Sénemiah, chez qui on ne décelait plus aucune crainte. Et parce que c'était la seule façon de parvenir jusqu'à Moïse.

— Et que lui veux-tu, à Moïse, qui te rende si courageux que tu te faufiles comme une anguille chez nous, les esclaves ? demanda Miryam.

Il y eut des rires et des quolibets pour soutenir le sarcasme de Miryam. Moïse leva la main, le visage dur :

— J'ai dit que Sénemiah est mon ami ! Laisse-le parler et ne lui manque pas de respect.

Miryam ferma les paupières comme si Moïse venait de la souffleter. Tsippora, fascinée, ne pouvait détacher les yeux de ce visage terrible, dur et clos, où la cicatrice semblait s'assombrir, vivante et menaçante.

Les anciens maintenant entouraient Aaron et formaient autour de sa sévère silhouette un halo majestueux de barbes blanches. D'une voix pressante Sénemiah s'adressa à Moïse :

— Hatchepsout est vivante. Elle t'attend. Elle veut te voir.

Moïse étouffa un cri.

— C'est un piège de Pharaon, intervint Miryam en désignant Sénemiah. Comment sais-tu qu'il ne ment pas ?

Moïse n'eut pas l'air de l'entendre, pas plus qu'il ne sentit Tsippora glisser sa main dans la sienne.

— Ainsi, c'est vrai ! murmura-t-il. Elle est vivante ?

— Thoutmès la maintient dans la villa des boswellias, qui est aussi close qu'un tombeau. Mais elle est vivante. Pour quelques jours encore. Elle attend de te voir pour mourir, Moïse.

Plus lourd encore, le silence pesait alentour. Tsippora, à travers leurs mains jointes, perçut le tremblement de

Moïse, indifférent à l'humeur qui l'entourait. Il tressaillit lorsque Miryam affirma :

— Tu ne peux y aller, c'est impossible.

Les anciens approuvèrent d'un murmure, hochant la tête.

— Il n'est plus temps, intervint Aaron à son tour. C'est fini, Moïse, tu n'es plus de l'Égypte.

Tsippora lut l'horreur et l'incompréhension sur les visages, ceux des anciens, d'Aaron et de Miryam, et aussi ceux des villageois. Comment Moïse pouvait-il hésiter ? Comment Moïse pouvait-il écouter l'Égyptien, prêter attention à ses mots ?

Pourtant, Moïse regardait Sénemiah et demandait :

— Elle a donc su que je revenais ?

Sénemiah opinait et ajoutait, la voix pressante :

— Depuis plus d'une lune. C'est ce qui la tient en vie. Mais nous devons partir sans tarder. Tout est arrangé pour que tu puisses entrer dans la villa cette nuit. Demain, il sera trop tard.

— Moïse ! Moïse ! s'écria Miryam. Qu'as-tu à faire de celle qui t'a volé à Yokéved, ta mère ? Qu'as-tu à faire de celle qui a volé ta vie et que Yhwh va châtier demain ?

Moïse recula sous la violence des mots. Il eut conscience de la main de Tsippora dans la sienne et s'y agrippa, alors qu'Aaron faisait un pas en avant, le bras levé.

— Miryam dit vrai, Moïse ! Mon frère, oublies-tu ton devoir ? Que t'importe celle qui fut Pharaon ? C'en est fini. Tu n'es plus de là-bas.

Autour d'Aaron les vieillards grondèrent leur accord, et l'un d'eux déclara :

— Cela serait une insulte pour nous tous.

— Une insulte ? riposta Moïse, la voix lourde

comme une pierre. Une insulte que je voie celle qui m'a recueilli et gardé en vie alors que j'étais nourrisson ?

Il leva la main qui serrait toujours celle de Tsippora et l'agita, plein de fureur.

— Ma mère Yokéved n'a-t-elle pas refusé la mort programmée par Pharaon pour que je vive ? Et pour que je vive, n'a-t-il pas fallu l'amour d'une autre mère ? Où voyez-vous l'insulte dans tant d'amour, vénérables anciens ?

Un silence de glace lui répondit. Miryam, le feu dans les yeux, joignit les poings comme si elle voulait les abattre à la manière d'un marteau. La main de Yokéved se posa sur les siennes. La vieille femme se tourna vers Aaron et les anciens.

— Écoutez la parole de Moïse. Ce qu'il dit est juste. J'ai confié mon premier-né à l'eau du fleuve et j'ai prié pour qu'une femme se penche sur lui. J'ai prié pour qu'elle l'aime comme je l'aimais. Souviens-toi, Miryam ! Apaise ta colère, mon enfant, tu as prié comme moi. Écoutez Moïse. Sa mère Hatchepsout va aller vers son dieu, elle veut emporter le visage de Moïse dans ses yeux. Ce n'est que justice, il n'y a pas de mal.

— Pas de mal ? À quoi songes-tu, femme ? tonna un ancien. Celle d'Égypte va vers son dieu, dis-tu ? Mais son dieu n'est que mensonge et noirceur, honte à la face de Yhwh !

La colère allait à nouveau emporter Moïse. Celle de Tsippora, trop longtemps contenue, explosa.

— Êtes-vous donc incapables de confiance ? Vous roulez dans vos bouches le nom de Moïse et celui du Seigneur Yhwh, mais autant boire du lait coupé d'eau croupie ! Depuis des jours et des jours, vous vous enivrez des paroles de Moïse et de celles que lui a adressées Yhwh. Ah oui ! ivres vous l'êtes, mais sourds vous l'êtes aussi ! Croyez-vous qu'il y ait désormais un seul geste, un seul mot que Moïse accomplisse sans qu'il soit le fruit et la volonté du Seigneur Yhwh ? L'Éternel a dit à Moïse : « Va ! Je t'envoie devant Pharaon, Je serai avec toi, Je serai avec ta bouche... » Croyez-vous que cela soit des mots en l'air, un bavardage sur lequel vous pouvez sans fin donner votre opinion ? Depuis des jours, Moïse par sa bouche vous annonce la volonté du Seigneur Yhwh. Et vous, vous continuez à agir comme si ses paroles n'étaient que des paroles ! Comprenez-vous que depuis longtemps, depuis avant même que Moïse ne parvienne en terre de Madiân, ce qui doit advenir est en route ? Et que rien, rien ne pourra l'empêcher ? Faites confiance ! Si l'Éternel ne voulait pas que Moïse se rende près de sa mère Hatchepsout, celle-ci serait-elle encore en vie ? Ou alors croyez-vous que votre Dieu n'a pas cette force ?

À ces derniers mots, la stupeur figea les visages. Ainsi que l'exaspération et le courroux. Celui de Miryam se déversa sans retenue.

— Comment oses-tu parler ainsi, toi qui n'es pas de notre peuple ? Voudrais-tu nous donner des leçons, étrangère ? Sais-tu que ceux de ta race se couchent devant Pharaon et tiennent ses armes quand il l'ordonne ?

— Miryam ! gronda Moïse. Retiens tes paroles.

— Tu t'es longtemps laissé emporter par les songes de Madiân, mon frère, rétorqua Miryam, qui n'entendait pas se taire. Et peut-être bien qu'ils ont eu leurs douceurs. Mais, aujourd'hui, tu es de retour dans ton peuple et c'est lui que tu dois entendre. Moïse, ouvre les yeux, écoute les anciens, défais-toi des erreurs que l'on t'a enseignées. Ceux de Madiân ne furent pas le peuple de Joseph, ils ne sont pas le tien aujourd'hui.

— Ne te laisse pas aveugler par les histoires d'un passé trop longtemps ressassé, Miryam, intervint Tsippora, évitant à Moïse de s'embourber dans les arguties de sa sœur. Crois-tu que celui qui doit être un dieu aux yeux de Aaron possède une épouse hors de la volonté du Seigneur Yhwh ? Le regard du Seigneur Yhwh passerait-il à travers moi comme la brise traverse un arbre sans feuilles ? Moi, l'épouse de Moïse, la mère de ses fils, celle qui a circoncis Eliezer, ne serais-je qu'une ombre ignorée par l'Éternel ?

Il n'y eut que Miryam à soutenir son regard, tandis que les autres baissaient les yeux. Mais, cette fois, Miryam se tut.

Moïse se tourna vers Sénemiah.

— Conduis-moi près d'Hatchepsout, je te suis.

Dans sa main il tenait toujours la main de Tsippora.

*
**

Tsippora sentit l'étrange odeur alors qu'ils étaient encore sur le fleuve, tapis dans le fond de la barque. Un parfum poivré, charnel, animal, et qui éveillait en elle un bizarre sentiment d'attirance et de répulsion.

Il faisait nuit. Des torches et des coupes de poix enflammée se reflétaient par centaines sur la surface ondulante du fleuve. Dans leurs lueurs on devinait les murs et les toits de palais immenses, des portiques et des quais, l'alignement régulier de sculptures dont les visages peints et les yeux grands ouverts paraissaient soutenir la nuit.

Sénemiah, à voix basse, prononça quelques mots dans la langue d'Égypte. Les deux hommes qui manœuvraient la barque sans voile répondirent d'un seul son. L'étrave de l'embarcation pointa vers une zone où ne brillait aucune lumière.

La bouche contre l'oreille de Tsippora, Moïse murmura :

— Nous arrivons. Ne sois pas inquiète, tout se passera bien.

Dans la pénombre, Tsippora lui répondit d'un sourire qui ne montrait aucune inquiétude.

Mais, au même instant, Sénemiah chuchota :

— Attention, une voile !

Moïse et Tsippora se tassèrent un peu plus dans le fond de l'embarcation. Les deux marins ne ralentirent pas leur cadence tandis que, longeant l'autre rive et portée par le courant, une felouque pontée glissait vers le sud de la ville. Risquant un regard par-dessus la lisse de la barque, Tsippora vit, entre les torches qui illuminaient le bateau de bout en bout, des silhouettes qui dansaient. Les rires, le son des flûtes et le frappement des timbales résonnèrent sur le fleuve.

Un instant plus tard, la barque entra dans la zone d'ombre et les marins accélérèrent leur mouvement. Ombre dans l'ombre, la barque glissa le long d'un quai. Il y eut un jappement. Deux silhouettes surgirent, qui immobilisèrent la barque. Sénemiah sauta.

— Vite, vite.

Moïse souleva Tsippora et la poussa sur le quai. Lorsqu'il la rejoignit, les marins s'éloignaient déjà. La main de Moïse pressa les reins de Tsippora. Ils coururent sur des dalles où résonnèrent leurs sandales. Elle n'eut que le temps de voir la barque pénétrer dans le halo assourdi des torches. L'odeur étrange, plus intense et âcre, la prit à la gorge, et une porte se referma sans bruit derrière eux.

— Attendez, chuchota Sénemiah. Je vais m'assurer que tout va bien.

Il disparut dans le noir. Habituée à l'obscurité, Tsippora comprit qu'ils se trouvaient dans un vaste jardin. On y entendait le murmure d'une fontaine et le bruissement de feuillages dans les secousses d'une brise légère. Tsippora réprima une toux, la gorge irritée par le parfum qui, ici, laissait un goût de poussière dans la bouche. Moïse chuchota :

— L'oliban !

Il devina que Tsippora levait le visage vers lui et ajouta sans élever la voix, mais avec une tendresse amusée :

— Ce que tu sens, c'est l'encens de l'oliban. Ma mère Hatchepsout lui a toujours trouvé de grandes vertus ! Le jardin devant nous est planté de trente botwellias. Il semble bien que Thoutmès n'a pas eu le courage de les lui enlever...

Tsippora n'eut pas le temps de lui poser la question qui montait à ses lèvres. Un lumignon se balança devant eux, un pas s'approcha.

— Venez, venez, tout va bien, chuchotait Sénemiah.

Le jardin était assez grand pour qu'ils s'y perdent si Sénemiah ne les avait guidés. Une porte s'ouvrit sur un vestibule à peine éclairé par les lanternes que brandissaient deux très jeunes servantes. Elles s'inclinèrent bas devant Moïse en chuchotant des mots que Tsippora ne comprit pas. Sénemiah, devant, poussait déjà une autre porte, deux fois plus haute et ferrée d'or. Ils la franchirent, entrant dans une antichambre mieux éclairée, tendue de tissus et où de courtes colonnes supportaient des sculptures de bois peint, hommes et femmes à la fois, vêtues de tuniques transparentes et de colliers de pierres bleues. Leurs bras dressés semblaient vouloir atteindre un plafond qui se perdait dans l'obscurité.

L'odeur était ici à peine respirable et une fumée bleue rendait l'air opalescent. Sénemiah n'en parut pas plus incommodé que les servantes. Il foula les tapis de pourpre, contourna les colonnes et tira une tenture. Un flot de lumière éblouit le sol alors qu'il pliait le buste et demeurait sans un mouvement.

Moïse, dont le bras maintenant tremblait, entraîna Tsippora. Quand ils parvinrent sur le seuil de la pièce qui s'ouvrait à eux, Tsippora ne put retenir un cri, pressant les mains sur sa bouche.

*
**

Au centre d'une pièce immense et vide, Hatchepsout était allongée sur une plaque de granit vert et redressée à demi. Sur cette pierre, elle était nue, le pubis seulement recouvert d'une plaque d'or. Nue, mais tout le corps brillant d'une pellicule épaisse d'huile d'oliban, ambrée comme une résine et qui recouvrait chaque parcelle de sa chair.

Dans l'incandescence violente des torches, elle semblait ainsi faite de bronze, révélant sans discrétion les décrépitudes de son grand âge alors que le visage, qui se tournait avec effort vers Moïse et Tsippora, était surprenant de jeunesse. Les yeux en amande, soulignés d'un lourd trait noir, étaient si parfaits, le front ceint d'une coiffe d'épis bleu et rouge et d'une houppe d'autruche si lisse, le menton si rond et doux, que Tsippora crut d'abord que ce n'était qu'un masque. Mais les paupières s'abaissèrent. La bouche s'ouvrit. La gorge se souleva sur un soupir qui expira un peu de vie.

Face à celle qui avait été Pharaon, ainsi que dans un miroir, sur une pierre identique à celle qui la supportait, reposait une effigie. Une sculpture de bois peint, tout aussi nue mais possédant la jeunesse du corps et, pour coiffe, un casque de cuir fiché des longues cornes ondulées du bélier et de deux plumes d'autruche. À quelques pas en retrait, entre les vasques où se consumait l'encens d'oliban, une dizaine de servantes entouraient Hatchepsout, la nuque inclinée, immobiles malgré l'oppressante odeur.

Hatchepsout soupira encore. Elle articula un son doux qui vibra dans l'air comme un appel. Moïse hocha la tête et s'avança.

Tsippora, trop impressionnée par ce qui l'entourait, demeura pétrifiée. Moïse s'immobilisa à quelques pas du corps luisant de la vieille reine. Il déclara avec douceur :

— Oui, c'est moi, mère Hatchepsout. Je suis Moïse.

La bouche d'Hatchepsout s'ouvrit, béante. Tsippora crut qu'elle allait pousser un cri. Mais la bouche demeura silencieuse et se referma lentement. Effarée, Tsippora comprit qu'Hatchepsout venait de rire.

Un long instant, les yeux rivés sur Moïse, le visage de la reine redevint un masque. Sa poitrine se soulevait cependant avec tumulte, miroitant sous les flammes des torches, et ses doigts, étrangement courts, s'agitèrent contre ses hanches. Tsippora se demanda si ce qui la traversait était de la souffrance ou du plaisir. Puis la gorge de la reine vibra, des mots glissèrent entre ses lèvres entrouvertes.

— Amon est grand, mon fils, qui me donne ta lumière pour le rejoindre.

Moïse approuva d'un sourire contraint. Hatchepsout reprit son souffle et questionna, la voix encore plus nette :

— Tu l'as retrouvée ?

— Oui, répondit Moïse sans hésiter.

— Quelle chance elle a.

Tsippora comprit qu'ils parlaient de Yokéved. Moïse eut un petit mouvement du buste.

— Je suis heureux de te voir, mère Hatchepsout.

Le visage qui ne semblait pas appartenir au corps eut une brève secousse de dénégation.

— J'aurais voulu être belle pour toi, fils de mon cœur. Mais l'encens d'oliban ne peut plus rien pour Hatchepsout.

Elle prit le temps de respirer et ajouta :

— Toi aussi, tu es différent.

Moïse opina avec un petit sourire :

— Je suis Moïse l'Hébreu.

À nouveau Hatchepsout eut la grimace qui lui servait de sourire. Tsippora fut brusquement consciente de l'extraordinaire complicité qui allait du regard de Moïse à celui de la vieille reine.

— Thoutmès est cruel et rusé, chuchota Hatchepsout.

— Je sais.

— Plus que tu ne le sais. Il ne cédera pas.

— Il devra.

— Il te hait.

— Il sera faible.

— Que ton Dieu t'entende.

À nouveau elle dut prendre le temps de respirer. Il n'y eut pas d'autre bruit dans la pièce que le grésillement de l'encens. Soudain, les paupières d'Hatchepsout battirent. Son regard fut sur Tsippora, et sa voix nette.

— Approche, fille de Kouch.

Moïse sursauta en même temps que Tsippora. Il se retourna vers elle, lui tendit la main. Avec réticence, Tsippora avança, évitant de regarder le corps de la reine mais craignant ses yeux et sa bouche. Moïse annonça :

— Voici mon épouse.

Les paupières d'Hatchepsout battirent en signe de compréhension. Ses mains se dressèrent un peu, faisant miroiter l'huile épaisse qui recouvrait ses doigts.

— Épouse de Moïse, l'oliban vient de Kouch ! Hatchepsout depuis longtemps vit de l'oliban. L'oliban est le don d'Amon pour Hatchepsout. Tu es le don d'Amon pour Moïse ! Mais Amon n'est plus rien pour lui.

À bout de souffle, elle ouvrit en grand la bouche, grimaça son rire silencieux.

La poitrine nauséeuse de parfum, les tempes battantes, épouvantée par ce qu'elle voyait, Tsippora sentit ses jambes faiblir. Étouffant un gémissement, elle agrippa la tunique de Moïse.

Hatchepsout referma ses paupières. Un instant, elle réunit ses forces et ordonna, les yeux sur Moïse :

— Je sais que tu es revenu. Thoutmès le sait aussi. Éloigne-toi, maintenant.

Moïse approuva d'un signe de tête. Après une brève hésitation, il prononça quelques mots en égyptien. Les yeux d'Hatchepsout ne semblaient déjà plus être vivants mais identiques à ceux de la statue qui lui faisait face.

*
**

Aussi vivement qu'il les avait fait entrer dans le palais, Sénemiah les pressa d'en sortir. Son lumignon à la main, il les entraîna dans le jardin.

Encore ébranlée par la vue d'Hatchepsout, la bouche pâteuse d'avoir trop inhalé les effluves de l'oliban, Tsippora accueillit avec soulagement la fraîcheur de la nuit. Alors que Sénemiah et Moïse s'éloignaient dans l'obscurité, elle s'arrêta un bref instant pour reprendre son souffle.

Dans l'obscurité, elle devina Moïse qui se retournait vers elle et entendit son chuchotement :

— Tsippora !

Elle s'élança à sa suite. Le lumignon de Sénemiah était cependant déjà trop éloigné pour éclairer ses pas. Contrainte d'avancer avec prudence pour ne pas se heurter aux buissons où s'accrochaient les pans de sa tunique, elle fut vite distancée. Au lieu de se rapprocher, en quelques secondes, le halo de lumière qui s'agitait au bout du bras de Sénemiah s'éloigna. Il se mit à apparaître et disparaître entre ce qu'elle imagina être des arbres, vague point de repère qui l'égarait plus qu'il ne la dirigeait. Elle dressa ses mains devant elle pour prévenir les obstacles, soudain inquiète. À voix basse elle appela :

— Moïse !

Moïse ne l'entendit pas. Elle devina le tronc rugueux d'un arbre au bout de ses doigts. S'écarta, appela d'une voix plus forte. À ce moment-là, et beaucoup plus près qu'elle ne l'imaginait, la porte du jardin donnant sur le fleuve et le quai s'ouvrit avec un très léger grincement. Il y eut des cris et le rougeoiement de torches qu'on agitait. Dans leur lueur, elle vit Moïse qui dressait son bâton comme s'il s'apprêtait à se battre. Des hommes, casqués de cuir et armés de lances, l'entourèrent et le dissimulèrent à la vue de Tsippora. La voix de Sénemiah s'éleva, couvrant les autres. Tsippora s'entendit hurler : « Moïse ! Moïse ! » Son cri la tira de l'hébétude où l'avait plongée la surprise du guet-apens.

Elle se précipita vers la porte du jardin. Elle n'en était qu'à quelques pas lorsqu'une silhouette surgit. Un bras vigoureux l'arrêta, une main se posa sur sa bouche. Elle sentit la dureté des muscles qui la plaquaient contre une poitrine d'homme, encore imprégnée de l'eau du fleuve. L'inconnu l'attira sans ménagement au plus profond de la nuit. Sur le quai on criait encore, et les torches agitées jetaient des ombres folles contre la porte, qui se referma brutalement.

Le noir revint tout entier dans le jardin. Tsippora, saisie de fureur autant que de peur, agrippa la tunique humide de son agresseur, planta ses ongles dans une épaule ou un bras, lançant de coups de talon au hasard. Un instant qui lui parut bien long, elle se contorsionna en vain. Ce n'est qu'à bout de souffle, contrainte de cesser sa lutte inutile, qu'elle perçut le chuchotement à son oreille :

— Tout doux, Tsippora, tout doux ! Je ne te veux pas de mal ! Je suis Josué. Un ami d'Aaron. Tout doux, calme-toi !

Ses doigts relâchèrent la tunique qu'elle déchirait, l'étreinte qui la retenait se desserra. L'inconnu lui libéra la bouche et répéta :

— N'aie crainte, je suis là pour t'aider.

Elle ne pouvait voir ses traits, à peine devinait-elle sa silhouette. La voix et la lutte, néanmoins, lui disaient que l'homme devait être jeune. De l'autre côté du mur du jardin on entendait les appels et des bruits d'armes. Des lueurs orangées se mouvaient dans le ciel. Josué saisit par le coude Tsippora et voulut l'entraîner. Elle protesta :

— Il faut aider Moïse et Sénemiah...

Josué à nouveau plaqua sa main sur sa bouche, cette fois avec douceur, et même une sorte de timidité.

— Chuut ! Ne crie pas ! Suis-moi...

Il l'attira vers le mur, la conduisant à l'opposé de la porte. Là, il lui prit la main, lui fit palper une sorte de marche ronde et murmura :

— C'est le socle d'une statue. Les bras de la statue sont assez solides pour que l'on puisse s'y agripper.

Alors qu'elle posait déjà le pied sur le socle, il ajouta :

— Avant le sommet du mur il y a un rebord, on peut s'y tenir.

À tâtons, Tsippora grimpa. Elle devina plus qu'elle ne vit Josué grimper de l'autre côté de la sculpture. Lorsque ses yeux parvinrent à la hauteur du mur, elle ne put réprimer une exclamation.

Quatre grands bateaux pontés formaient un demi-cercle devant le palais d'Hatchepsout. Des flambeaux de naphte, en proues et poupes, illuminaient vivement le fleuve. Des soldats poussaient Moïse dans une barque où il demeura debout, tandis que les rameurs éloignaient la coque du quai.

Tsippora songea aux dernières paroles d'Hatchepsout : « Je sais que tu es revenu. Thoutmès le sait aussi. » À son côté, Josué eut un grognement qui pouvait être un rire étouffé.

— Voilà comment Pharaon convie Moïse dans son palais. Au moins, il ne se trompe pas sur la grandeur de Moïse : il lui faut quatre bateaux et deux cents soldats pour y parvenir.

Tsippora se retourna vers lui, étonnée par son calme. Dans la lumière sourde des flammes de naphte, elle découvrit le visage fin d'un garçon plus jeune qu'elle, des yeux francs possédant les mêmes reflets cuivrés que la courte barbe, qui soulignait un menton pointu et volontaire. Il répondit à l'air surpris de Tsippora par un haussement de sourcils qui lui donna l'air encore plus jeune :

— N'est-ce pas ce que tu nous as dit toi-même ? Moïse n'a rien à craindre. Le Seigneur Yhwh le veut devant Pharaon.

D'un coup de menton, Josué désigna les barques pleines de soldats qui escortaient celle de Moïse jusqu'aux bateaux et ajouta :

— Tout ça, c'est de l'esbroufe. Pharaon cherche seulement à l'impressionner.

Tsippora ne répondit pas, le regard attiré par une forme sombre qui demeurait immobile et abandonnée sur le quai.

— Sénemiah !

La lumière était suffisante pour que l'on vît la tache de sang sur sa tunique.

— Pas si fort. Les voix portent loin avec le fleuve.

— Ils l'ont tué.

— Il fallait bien qu'ils tuent quelqu'un, répliqua Josué sans s'émouvoir. Mieux vaut que ce soit lui, l'Égyptien.

— C'était l'ami de Moïse ! s'indigna Tsippora, choquée par son cynisme.

Josué eut une grimace d'embarras.

— Pardonne-moi ! Je voulais dire que les soldats, s'ils t'avaient mis la main dessus, auraient pu te tuer, toi. Pharaon ne peut toucher un cheveu de Moïse. Mais abattre son épouse ? Voilà qui aurait été un bon moyen de l'affaiblir avant qu'il soit devant lui.

Tsippora observa la barque où Moïse se tenait toujours droit, la main fermement agrippée à son bâton, et qui accostait mollement le navire ponté. Le cœur serré, Tsippora vit Moïse s'agripper à l'échelle de corde déroulée le long de la coque. En cet instant, quoi que prétende Josué et quoi qu'elle ait affirmé elle-même, elle ne put s'empêcher de songer que, peut-être, elle voyait son époux pour la dernière fois.

— Regarde qui est là-bas, souffla Josué.

Sur le pont, alors que les soldats tiraient Moïse à eux, une silhouette bien reconnaissable apparut.

— Aaron !

Les bras ouverts, il s'approcha de Moïse et le serra contre lui avant que les soldats les séparent.

— Les soldats sont arrivés au village à la tombée de la nuit, expliqua Josué. Ils sont allés droit chez Yokéved et ont demandé Aaron. Pas Moïse : Aaron. Ils lui ont lié les poignets et l'ont emmené. Et moi, je les ai suivis.

Des ordres claquèrent sur les bateaux. Ils entendirent le bruit des lourdes rames glissées contre les tenons de nage. Il y eut un frappement de tambour et un nouveau cri. Toutes ensemble, les centaines de rames se relevèrent et plongèrent dans l'eau noire. Avec une lenteur qui se mua aussitôt en puissance, les bateaux rejoignirent le centre du fleuve et se dirigèrent vers le sud. Moïse et Aaron n'étaient déjà plus visibles. Les flambeaux de naphte furent bientôt assez loin pour plonger à nouveau le palais d'Hatchepsout dans l'ombre.

— Quelle drôle d'odeur il y a ici, fit Josué, fronçant le nez comme s'il venait de la remarquer. Quel drôle d'endroit, aussi. Est-ce là le palais d'Hatchepsout ?

Tsippora ne répondit pas, n'expliqua rien, incapable de quitter les bateaux du regard.

— Sais-tu nager ? demanda Josué en lui saisissant la main pour s'assurer de son attention.

— Oui.

— Tant mieux. J'ai une petite barque de joncs là-bas, en amont du quai. Quand j'ai vu les soldats pousser Aaron sur un bateau, je n'ai pas hésité. Il m'a fallu remonter le courant, mais cette fois ce sera plus facile, il suffira de le suivre. On ne risque guère : les barques de joncs sont si petites que, la nuit, on nous confond avec les troncs d'arbre à la dérive. Ou des crocodiles.

— Des crocodiles ?

Josué eut un petit rire.

— Ne crains rien. Il n'y en a pas par ici. Pas à cette saison.

— Tu sembles bien joyeux ! Moïse est entre les mains des soldats de Pharaon et tu plaisantes.

— Grâce à toi, répliqua Josué avec tout l'enthousiasme de sa jeunesse. Je t'ai écoutée, au village, j'ai aimé ce que tu disais. J'ai aimé que tu nous montres ta confiance dans Moïse. Et je te crois. Oui, je pense que tu as raison. Moïse va accomplir la mission pour laquelle Yhwh l'a envoyé parmi nous. Et nous, notre devoir est de l'aider de notre mieux, pas de craindre notre ombre. C'est ce que les vieux ont bien du mal à comprendre. Mais ça viendra.

En quelques mots et un sourire lumineux Josué venait d'effacer la tristesse et les doutes qui lestaient Tsippora depuis qu'elle avait vu Moïse entre les soldats de Pharaon. Même l'éprouvant adieu qu'il avait fait à sa mère Hatchepsout semblait déjà lointain.

— Je te remercie.

— Oh, de rien ! rétorqua Josué avec un petit rire. Qu'y a-t-il de plus agréable que de savoir que bientôt le monde sera moins injuste ?

Déjà il s'accroupissait sur le sommet du mur et se laissait glisser de l'autre côté.

— Viens, il faut filer maintenant.

Cependant, au moment où ils rejoignaient la barque de joncs, Josué posa la main sur l'épaule de Tsippora, très sérieux, cette fois :

— Tu dois savoir... Au village, tout le monde ne pense pas comme moi. D'autant que les soldats en ont profité pour saccager quelques maisons. Tu peux être certaine que Miryam va être furieuse.

La cicatrice

Josué ne s'était pas trompé. La fureur de Miryam fut terrible, aussi terrible que si, à elle seule, elle eût voulu égaler la colère d'Horeb.

Tsippora et Josué parvinrent à la porte du village un peu après l'aube. Le silence et les visages détournés les accueillirent dès qu'ils s'avancèrent dans les ruelles. Lorsqu'ils parvinrent sur la petite place, Tsippora découvrit les anciens, accroupis sur des nattes tout le long des maisons. La bouche pincée dans les barbes, les bâtons dressés entre leurs doigts tavelés et osseux, ils levèrent vers elle des regards menaçants.

Si Josué ne l'avait encouragée à avancer d'une amicale poussée, peut-être Tsippora n'aurait-elle pas eu le courage d'aller jusqu'à la porte de Yokéved. Par bonheur, Yokéved l'accueillit avec son inépuisable tendresse :

— Tsippora, ma fille ! Enfin tu es de retour. Comme je suis heureuse !

Dans l'embrassade, les rires teintés de larmes, Yokéved murmura :

— Je n'ai pas craint pour mes fils. Mais pour toi, oui. Les soldats de Pharaon détestent ceux de Kouch. J'ai dit à Josué : « Va voir si Tsippora n'a pas besoin de toi. » Nul n'est plus débrouillard et dévoué que ce beau garçon !

Yokéved, tout sourire, adressa une caresse à Josué, qui rougit autant qu'un piment. Mais, déjà, avant même de demander ce qu'étaient devenus Aaron et Moïse, Yokéved la pressait de rejoindre ses enfants.

— Gershom a été sage comme une étoile de l'Éternel. Pas un rire, pas une grimace. Mais Eliezer te réclame. Sans toi, rien au monde ne parvient à contenter ce petit prince.

Tandis que Tsippora réconfortait Eliezer, le cajolant, baisant ses larmes et ses rires, Miryam surgit dans la pièce, la voix tonnante.

— Eh bien, es-tu heureuse, fille de Jethro ?

La surprise redressa si violemment Tsippora qu'elle manqua de laisser échapper son enfant.

— Es-tu satisfaite ? répéta Miryam, le fiel dans les yeux tout autant que sur les lèvres. Mes frères sont dans les geôles de Pharaon, à présent.

La violence du reproche eut l'effet d'un vinaigre sur Tsippora. Elle reposa Eliezer entre les mains de Yokéved, qui eut un petit signe d'encouragement signifiant : « Demeure calme, ma fille, demeure calme. Ce ne sont que des mots dictés par la peur. »

Tsippora, incertaine d'être capable d'une telle sagesse, fit l'effort de s'y contraindre. Sèchement, elle répondit :

— Tu sais ce que je pense, Miryam, à quoi bon cette dispute ?

— Oh ! Voilà qui t'est facile ! Nous, on nous emprisonne, on nous massacre, on détruit nos maisons, mais toi...

Miryam eut un méchant sourire en direction de Josué, qui baissa le front.

— Mais toi, il y a toujours une bonne âme pour te secourir.

Tsippora soutint son regard, mais refusa de répliquer.

— Miryam, intervint doucement Yokéved, l'inquiétude te rend injuste, et l'injustice n'apaise aucune plaie.

Miryam lui jeta un regard dur, une réplique sur les lèvres. Elle se contint pourtant et haussa seulement les épaules. Dans son dos, au seuil de la pièce, Tsippora vit que les anciens avaient quitté leurs nattes pour écouter.

— Mon époux et Aaron seront de retour ce soir, assura-t-elle. Ils ne sont pas dans les geôles de Pharaon, mais devant lui !

— Qu'en sais-tu ? L'Égyptien a trahi, comme je l'avais prévu. Tu as poussé Moïse dans le piège. Mais tu veux toujours en savoir plus que nous !

— L'Égyptien n'a pas trahi, Miryam. Il est mort de la main des soldats de Pharaon.

— C'est vrai, confirma Josué d'une voix presque ferme.

L'exaspération de Miryam grandit. Sa cicatrice palpitait avec la force d'un animal. Sa beauté en cet instant était si grande et si terrible que Tsippora ne put s'empêcher de se détourner.

Elle entendit le cri de dépit de la sœur de Moïse qui se méprenait sur ce geste, le frottement de ses sandales sur le sol tandis qu'elle se précipitait hors de la pièce. Tsippora bondit derrière elle et, du seuil de la maison, lança, avec tant de rage que les anciens reculèrent :

— Miryam ! Miryam ! Quand tu me vois, moi, Tsippora la Kouchite, la fille adoptive de Jethro, tu vois une étrangère. Une femme noire de peau et qui n'est fille ni d'Abraham, ni de Jacob, ni de Joseph.

Oui, oui c'est vrai. Cependant, ce n'est pas une créature de Pharaon que tu as devant toi. Ce n'est pas une ennemie. C'est l'épouse de ton frère !

*
**

Au crépuscule, on entendit des cris, un grand brouhaha de voix : Moïse et Aaron étaient là, fêtés et caressés par tout le village. Il fallut un long moment avant que Moïse, à demi porté par la foule, parvienne jusqu'à la maison de Yokéved et puisse serrer Tsippora entre ses bras.

— J'ai eu peur, grand-peur pour toi ! murmura-t-il à son oreille, tandis qu'autour on le réclamait.

— Josué était là, il s'est occupé de moi. Mais Séneмiah...

— Oui, il n'a pas hésité, il s'est porté au-devant des lances. C'était inutile. Il n'a pas compris que je ne craignais rien.

— Pharaon l'aurait abattu, de toute façon.

— Hélas, Thoutmès est devenu cruel et sans remords. Pire que ses ancêtres.

Moïse la serra plus fort contre lui et, au souffle lourd de sa poitrine, Tsippora comprit que la rencontre avec Pharaon était un échec.

— C'est terrible, murmura-t-il, sachant qu'elle avait déjà deviné. Terrible ! Que vais-je leur dire ? Ils ne vont pas comprendre. Déjà, Aaron ne comprend pas.

Tsippora n'eut pas le temps de lui répondre d'un baiser, d'un encouragement. Les anciens, les jeunes, les femmes, les enfants, ceux qui revenaient des chantiers, les visages creusés, les mains et les pieds recouverts de boue, par endroits assombris de sang séché, là où les cordes des palans et des treuils, les pieux, les pierres avaient déchiré la peau, tous étaient là qui voulaient entendre Moïse, qui l'arrachèrent de ses bras en criant :

— Raconte, Moïse, raconte ce qu'a dit Pharaon !

Moïse les contempla, les yeux brillants, et ils surent eux aussi que les nouvelles était mauvaises. Les cris s'estompèrent. Moïse dit :

— Aaron va vous raconter. C'est lui qui a parlé devant Pharaon.

Et Aaron raconta, et raconta bien. Sans omettre un détail, il dit comment on les avait traînés devant le siège d'or de Thoutmès, comment lui, Aaron, avait annoncé la volonté de Yhwh. À quoi Pharaon avait répondu :

— Qui est ce Yhwh, pour que j'écoute sa voix et renvoie mes esclaves ? Je ne connais aucun roi de ce nom, rien de rien qui puisse m'ordonner quoi que ce soit !

Et de crier que Moïse voulait réduire les Hébreux, cette racaille, à la fainéantise. Moïse s'était énervé et avait menacé Pharaon de la colère de Yhwh, de la peste et de l'épée de l'Éternel, qui le châtierait s'il persistait dans son refus de libérer les fils d'Israël. Pharaon avait ri.

— Moïse, je te connais ! Je te connais si bien que tu as failli être mon frère. Même revêtu d'or par cette folle d'Hatchepsout qui te voulait pour fils, tu étais aussi timide qu'une brebis. Allons donc, Moïse ! Tu te présentes à moi dans une tunique d'esclave et tu me menaces ? Le rire va m'étouffer.

Alors Moïse avait monté les marches jusqu'au siège de Pharaon. Au grand outrage des vizirs, des princes et des filles de voiles, il avait saisi le poignet de Thoutmès pour le lever au-dessus de sa tête en tonnant :

— En ce cas, Thoutmès, si tu ne me crains pas, tue-moi. Fais tomber sur moi ton fouet, celui qui tue et tue les Hébreux ! Allons, courageux Thoutmès, efface-moi de la surface de ce monde, puisque tu en es le dieu.

Et Pharaon avait ri d'un rire faux. Il avait fait repousser Moïse par ses gardes, mais en interdisant qu'on le brutalise.

— Que tu vives me convient. Ainsi, tu pourras constater les effets de la nouvelle loi que je vais dicter pour ton peuple. Dès demain on ne donnera plus la paille à ceux qui font les briques. Qu'ils aillent la chercher eux-mêmes ! Qu'ils la ramassent eux-mêmes. S'ils ont des pieds pour fouler la boue, ils ont aussi des mains pour ramasser la paille. Qu'ils s'en servent ! Et qu'ils fabriquent le même nombre de briques qu'hier et avant-hier. Pas une de moins, ou le fouet claquera.

Quand Aaron se tut après cette phrase, il n'y eut que le silence et des regards d'effroi.

*
**

Cette nuit-là, il était bien tard lorsque Moïse rejoignit sa couche. Tsippora l'y attendait. Elle le prit dans ses bras, le caressa longtemps. Pour la première fois de sa vie de femme, elle reçut contre sa poitrine les larmes de son époux.

— Souviens-toi, murmura-t-elle, souviens-toi des paroles de Yhwh sur la montagne d'Horeb. « Je connais Pharaon, il ne vous laissera pas partir, si ce n'est par Ma main forte. J'étendrai la main et Je frapperai l'Égypte avec tous Mes prodiges. Et le cœur de Pharaon s'endurcira. »

— Je n'ai pas oublié, murmura Moïse après un long

moment. Mais qui les croira, ces mots, après cette nuit ? Qui les croira demain, quand ils devront chercher la paille ? « Ah, Moïse, comme tu nous as bien libérés du joug de Pharaon ! » Voilà ce que tu entendras, Tsippora. Et moi, que répondrai-je ?

Moïse avait raison. Dès le lendemain, ce qui avait été espérance devint accablement et rancœur. Le travail se fit plus dur, le fouet de Pharaon plus tranchant. Au soir, les plus épuisés rentraient, les autres devaient continuer de fouler les briques toute la nuit. Et Moïse tournait en rond, accablé. Aaron lui disait :

— Nous aurions dû décider avec les anciens de la manière de parler avec Pharaon.

Miryam disait :

— Qu'es-tu allé voir cette folle d'Hatchepsout ? Pharaon te hait encore plus et il ne t'écoutera plus jamais.

— Ce n'est pas moi qu'il doit écouter ! Ne le comprenez-vous pas ? répliquait Moïse, s'abandonnant à son tour à la colère. C'est la voix de Yhwh qu'il doit entendre par ma bouche et celle d'Aaron. C'est ainsi que les choses doivent advenir. Et c'est la volonté de Yhwh d'endurcir le cœur de Pharaon envers nous.

— Ça, répliquait Miryam, c'est ce que prétend ton épouse, c'est sa manière de voir, à elle qui n'est pas de notre peuple. Mais comment peux-tu écouter cette sottise ? Qui peut croire que le Seigneur Yhwh veut nous accabler plus encore ? Pourquoi le ferait-Il, puisqu'Il nous veut libres ?

C'est alors qu'une rumeur commença à naître dans le village, aisément colportée par les anciens : si Pharaon s'endurcissait, s'il n'écoutait ni ne se laissait convaincre par les paroles de Moïse, la faute en revenait à son épouse. Car comment Moïse pouvait-il être celui choisi par l'Éternel, comment pouvait-il être Sa parole et Son guide s'il avait pour épouse une fille de Kouch ? La fille d'un peuple sur qui Yhwh, on le savait bien, n'avait pas posé Son regard et avec lequel Il n'avait pas engagé Son Alliance.

Moïse, lorsque la rumeur l'atteignit, menaça de son bâton quiconque proférerait ce mensonge devant lui.

— Elle m'a donné la vie quand je n'étais qu'un fugitif, elle m'a conduit jusqu'à la voix de Yhwh. Elle a circoncis mon fils Eliezer alors que moi-même je l'avais oublié et que Yhwh me coupait le souffle pour m'en punir. Et c'est toute la reconnaissance que vous avez pour elle ?

Mais, dans son dos, les anciens marmonnaient que Moïse ne connaissait pas assez l'histoire de son peuple pour avoir l'esprit clair sur ses devoirs. Que valaient, en vérité, des fils dont la mère n'était pas fille d'Israël ? Miryam ne cachait plus son dédain pour Tsippora.

— Ne les écoute pas, mon amour, ne leur prête pas attention, implorait Moïse la nuit en embrassant Tsippora. Ils sont perdus. Ils ne savent plus ce qu'ils disent, et moi je ne sais pas accomplir la promesse que je leur ai faite.

Mais Tsippora, en lui rendant ses caresses, chuchotait :

— Si, il faut les écouter. Ils ne m'aiment pas. Ils sont déçus de ton choix, je ne suis pas l'épouse de Moïse selon leurs vœux. Et peut-être bien que Miryam a raison. Elle et les anciens, et eux tous : oui, le Moïse dont ils ont besoin doit leur appartenir plus qu'il n'appartient à son épouse.

*
**

Un matin, Yokéved déclara à Tsippora avec tendresse :

— Ne blâme pas Miryam, Tsippora, mon enfant. Moïse lui doit beaucoup, à elle aussi. Quand je l'ai confié à l'eau du fleuve pour lui éviter la mort des premiers-nés, Miryam était une jeune servante dans le palais d'Hatchepsout, qui n'éprouvait pas la haine de son père envers les Hébreux. C'est elle, Miryam, qui a conduit le regard de la fille de Pharaon sur le panier où j'avais langé Moïse. Chacun savait que la reine avait un époux débile incapable de lui donner un fils. Quand elle a vu mon Moïse, elle n'a pas hésité longtemps.

Yokéved eut la force de rire à ce souvenir. Puis son visage s'assombrit.

— Hélas, Hatchepsout a vieilli, et avec elle son pouvoir. Les puissants des palais se déchiraient. Thoutmès s'est souvenu de l'impossible naissance de Moïse. Il a fait rechercher toutes les anciennes servantes d'Hatchepsout...

— Et il m'a trouvée.

La voix de Miryam les fit sursauter toutes les deux.

— Tu as raison, ma mère, de raconter cela à l'épouse de mon frère. Elle qui se croit si savante ignore ce que signifie appartenir au peuple du Seigneur Yhwh sous le joug de Pharaon.

Droite, le regard brûlant, Miryam avança tout près de Tsippora, la voix pareille à une lave.

— Thoutmès se doutait que Moïse n'était pas né du ventre de sa sœur. Tout le monde s'en doutait. Et il m'a trouvée, moi. Les soldats m'ont conduite dans les caves du palais. Pendant vingt jours, ils m'ont interrogée sur celui qui se nommait Moïse. D'abord, j'ai répondu : « Je ne sais pas. Qui est Moïse ? » Les questions sont devenues des coups. Puis les coups sont devenus autre chose. Après, chaque fois, ils demandaient : « Qui est Moïse ? De quel ventre est-il né ? » Et je disais : « Quel Moïse ? Qui s'appelle Moïse ? » Alors ils ont apporté des fers et des fourneaux.

En tremblant, la main de Miryam effleura sa cicatrice.

— Ils ont cru que cela serait suffisant. Mais j'ai dit : « Quel Moïse ? Comment pourrais-je connaître ce nom ? »

Alors, les doigts de Miryam dégrafèrent sa tunique. Elle en ouvrit en grand les pans, s'offrant aux regards. Tsippora, se recouvrant la bouche de la main, gémit d'horreur.

La poitrine, le ventre et les cuisses de Miryam étaient lacérés d'une dizaine de cicatrices aussi épouvantables que celle de son visage. Violacées, elles tranchaient son sein droit, formant des replis semblables à du vieux cuir qui le rendaient informe.

— Voilà ce que c'est, que d'appartenir au peuple de Yhwh sous la main de Pharaon, gronda Miryam. Regarde-moi bien, fille de Kouch ! Regarde la marque des esclaves ! Et comprends que tu n'es que l'épouse de Moïse. Comprends que tu dois te contenter de cette place et jette le silence sur ce bonheur, car il en est chez nous qui ne connaîtront jamais des caresses et des baisers pareils à ceux dont mon frère te comble.

Quatrième partie

La parole de Tsippora

J'avais fait un rêve. Il s'était réalisé.

Mais devant le corps de Miryam, il s'effaçait.

J'avais appelé le dieu de mon père Jethro : « Qui sera mon dieu si ce n'est toi ? » Celui de Moïse avait répondu : « Je suis là, Je suis Celui qui est, Yhwh. »

Et voilà que devant le corps martyrisé de Miryam, le Dieu de Moïse m'était interdit. Devant le ventre et la poitrine de Miryam, devant sa beauté ruinée, sa chair violée, ma chair intacte et douce à aimer me rendait à l'ombre des femmes sans ancêtres.

Tsippora l'étrangère, Tsippora l'épouse de peu de poids.

Miryam n'eut pas besoin de répéter la leçon, je l'avais comprise. L'épouse de Moïse ne pouvait joindre sa parole à ceux qui enduraient la haine de Pharaon parce qu'ils appartenaient au peuple de Moïse et de Yhwh. L'épouse de Moïse n'était d'aucun peuple, qu'il fût exécré ou glorieux. Elle était comme la poussière de l'ivraie après que l'on a trié l'orge.

Yhwh s'était montré à Moïse pour se faire entendre par son peuple, Moïse désormais appartenait à son peuple, comme les plaies de Miryam parlaient pour toutes les plaies endurées par les fils d'Israël sous le joug de l'Égypte.

Comme le poids de Tsippora était léger dans cette bataille !

Comme la parole de Miryam était lourde, qui m'interdisait de recevoir l'amour de mon époux, ou même de le soutenir autrement que par mon silence et le retrait de mon corps trop noir !

Et je gémissais, ignorant encore les jours de tumulte et de sang qui m'attendaient. Ignorant la souffrance de la perte qui aujourd'hui me tue tout autant que le sang qui s'écoule de mon ventre entaillé, de ma plaie aussi béante que celle de Miryam.

Le retour

Il m'a fallu beaucoup de mots et de caresses pour convaincre Moïse que la sagesse m'imposait de rentrer chez Jethro. Sa fureur résonna dans la maison de Yokéved aussi bien que dans les rues du village.

— Yhwh parle pour toi autant que pour les autres ! grondait-il.

Il implorait :

— Demeure avec moi, je ne ferai rien de bon sans toi.

Il allait devant les anciens et s'exclamait :

— L'Éternel serait-Il l'Éternel s'Il ne soutenait que ceux qui ont notre couleur de peau ? Croyez-vous qu'Il se détournera de mes fils parce que leur mère est de Kouch ?

Et les anciens lui répondaient, inlassables et certains de leur savoir :

— Tu oublies l'Alliance, Moïse. L'Éternel tend la main à ceux qu'Il a élus dans son Alliance, pas aux autres.

Ce qui augmentait d'autant l'irritation de Moïse :

— Cette Alliance et ces devoirs que vous avez oubliés durant tout le temps qui a conduit Joseph dans les mains de Pharaon !

Si violente était sa rage qu'elle révélait la certitude qu'il avait de mon départ. Alors, c'est contre moi qu'il retournait sa peine :

— Est-ce tout l'amour que tu me portes ? Tu déguerpis pour mieux m'aimer ? Toi, mon épouse de sang ? Alors qu'ici, devant cette multitude, je suis encore plus faible que dans le désert où tu m'as rendu la vie ?

Il me fallait l'apaiser de baisers et de caresses, dont je m'enivrais comme d'un miel bientôt tari. Et je tentais de m'apaiser moi-même, tant l'envie était forte de lui accorder ce qu'il réclamait et de dire :

— Oui ! Oui, bien sûr que je demeure près de toi.

Mais Miryam était là, qui passait devant moi. Sa seule vue me ramenait à la raison.

Enfin, un soir où le fouet de Pharaon venait de décimer toute une cohorte épuisée et incapable de fournir le monceau de briques réclamé par les contremaîtres, ceux qui rentrèrent au village s'en prirent à Moïse.

— Regarde, Moïse ! Regarde ces cadavres qu'on te rapporte. De la charpie d'homme. Ah ! Que Yhwh vous voie, toi et ton frère. Vous avez fait puer notre odeur au nez de Pharaon et de ses princes. Vous leur avez mis à la main la lame qui nous tranche. Et toi, tu brailles parce que tu dois perdre ton épouse ?

La nuit suivante, Moïse la passa debout sur la crête de la carrière qui surplombait le village. Craignant pour lui, je l'avais suivi avec Josué. Tapis derrière une roche, nous l'entendions qui appelait Yhwh à gorge déployée :

— Pourquoi m'avoir envoyé ? Depuis que je suis venu vers Pharaon pour parler en Ton nom, il maltraite ce peuple et Tu ne le délivres pas. Pourquoi me faire avancer, si c'est pour le pire ?

Il hurlait si fort qu'en bas, au village, ils l'entendirent aussi. Mais, pas plus que Moïse, ils n'entendirent la réponse de Yhwh.

Dès l'aube du lendemain, me rapporta Josué, les anciens et Aaron murmurèrent :

— L'Éternel ne répond pas à Moïse. La présence de la Kouchite le rend impur. Yhwh ne veut pas se montrer à lui tant qu'il n'a pas réglé ce problème.

Il n'était plus temps d'attendre. J'ai ordonné à Murti, ma servante, d'aller prévenir les bergers.

— Qu'ils préparent nos chameaux et ce qu'il faut pour le voyage. Demain à l'aube nous prendrons la route pour Madiân.

Moïse n'a pas protesté. En vérité, il n'a pas même osé me regarder.

Il a pris ses fils dans ses bras et les a gardés longtemps, tout étonnés d'être ainsi tenus par leur père.

Plus tard dans la nuit, ses caresses n'étaient déjà plus celles que j'avais connues. C'était moi qui partais, pourtant Moïse s'était déjà éloigné de moi comme celui qui s'écarte pour un long voyage.

Au moment de l'adieu, il n'y eut que Yokéved et Josué à avoir les yeux brillants.

Deux jours durant, je n'ai pas ouvert la bouche. L'aurais-je pu, je me serais abstenue de respirer. Aurais-je eu la peau claire, tout le monde aurait vu la rougeur de mon humiliation. J'étais devenue Tsippora, l'épouse écartée.

Deux jours terribles.

Puis, alors que nous longions le Fleuve Itérou en direction du nord, j'entendis mon nom hélé depuis une barque. Les voiles gonflées encombraient le fleuve. Je ne le vis pas tout de suite. Josué ! Josué qui agitait les bras en riant.

Un instant plus tard il était devant moi, tout agité :

— Je comptais bien te rattraper ! Je me suis jeté dans une barque dès que j'ai pu. C'est que les bateaux vont beaucoup plus vite que les bidets et les mules !

— Et pourquoi te jeter dans une barque ? Veux-tu déjà fuir l'Égypte et connaître Madiân ?

Ma voix était plus aigre et plus moqueuse que je ne le voulais. Mais Josué riait sans y prendre garde, me pétrissant les mains.

— Yhwh est revenu devant Moïse ! Dès hier. Yhwh lui a parlé ! Il a dit : « Tu vas voir ce que Je vais faire à Pharaon ! Il va endurer, le roi d'Égypte, mais Ma main sera la plus forte ! Il en aura assez, il expulsera Mon peuple, il ne voudra plus en entendre parler ! Je vous ferai venir dans le pays où J'ai levé la main pour le donner à Abraham, Isaac et Jacob ! Tu verras, Je vais rendre inflexible le cœur de Pharaon et Je multiplierai Mes signes et Mes prodiges ! »

Josué tressautait de joie. Avait-il conscience de la gifle qu'il m'infligeait ?

Bien sûr, je ne pouvais que me réjouir. Au moins, le Seigneur Yhwh ne laissait pas Moïse dans le tourment !

Mais, en l'écoutant, comme mon cœur me pesait dans la poitrine ! À peine avais-je tourné le dos que Yhwh se faisait entendre de mon époux ! Était-ce une leçon qu'Il me donnait parce que je n'avais pas cru avec une absolue sincérité au bienfait de mon départ ? Voulait-Il souligner la juste raison de Miryam ?

Disait-il, lui aussi : « Ah ! Débarrassons-nous de cette Kouchite » ?

Les larmes me montaient aux yeux. Josué devina ce qui me tourmentait.

— Non, non ! Tu te trompes. J'en suis certain.

Il m'embrassa, me cajola avec toute la vigueur de son enthousiasme.

— Moïse va nous conduire. Les vieux ne vont plus douter de lui. Et tu le reverras. Je le sais. Nous aussi nous nous reverrons. Je le sais aussi bien que si cela était écrit dans ces nuages.

Il pointa le doigt vers une longue barre de vapeur qui surplombait l'horizon du nord. Je voulus rire avec lui.

— Sais-tu au moins lire les écritures ? me moquai-je.

— Parfaitement ! Lire et écrire ! Presque aussi bien que Aaron. Et pas les écritures de Pharaon, celles de nos anciens.

— Alors sois précieux à Moïse, murmurai-je en l'embrassant une dernière fois. Veille sur lui, aime-le et ne laisse pas Aaron être le seul à l'instruire.

*
**

Les pluies d'hiver commençaient à peine lorsque je revis les murets blanchis du puits d'Irmna.

Alors que durant tout le long trajet depuis l'Égypte j'avais remâché ma tristesse, la seule vue du mur de briques crues qui entourait la cour de mon père fut une caresse. Le bonheur de rentrer à la maison m'apaisa. Je serrai Eliezer et Gershom contre moi en leur murmurant :

— Nous voilà de retour !

Gershom, qui commençait à poser des noms sur les choses, reconnut le grand sycomore de la route d'Epha en riant, et Eliezer battit des mains devant les enclos des mules, des biquettes et de béliers.

Certes, il n'y avait rien ici des splendeurs de l'Égypte. Le vert des oasis n'était qu'une tache dans l'immensité du désert, tandis que les rives verdoyantes du Fleuve Itérou formaient un horizon d'un bout à l'autre de la terre. Mais, ici, les briques qui avaient servi à la construction des murs et des maisons avaient été foulées dans la joie d'édifier et d'abriter le simple bonheur de la paix, de l'affection et de la justice.

Mon cœur battait d'avance des cris de joie qui allaient m'accueillir, je le savais, dès que j'aurais passé la lourde porte aux ferrures de bronze avec mes enfants. Et il en fut très précisément ainsi.

Sefoba accourut avec une petite fille dans les bras en faisant autant de bruit que si le feu avait pris aux toitures de la maison. Mon frère Hobab me souleva de terre comme si j'étais encore une enfant. Mon père Jethro, tremblant des pieds à la tête, leva les mains au ciel en bénissant l'Éternel qui lui accordait de revoir sa fille Tsippora. Les servantes hululèrent si bien leurs cris de joie qu'elles en effrayèrent Gershom et Eliezer. Il y eut quantité de baisers, de rires, de larmes et d'embrassades. Il y eut un festin comme ceux que j'avais connus, autrefois, lorsque je les préparais pour les invités de mon père.

C'est seulement alors, assis sur les confortables coussins et sous son dais, selon sa manière et avec son immuable douceur, que Jethro me demanda :

— Et qu'est-ce qui a causé ton retour, ma fille ? Moïse va-t-il bien ?

Il me fallut plus de la soirée et même plus du lendemain pour raconter ce qu'il était advenu chez Pharaon.

Jethro n'avait rien perdu de sa manière attentive d'écouter. Il posait toujours mille questions : pourquoi

Moïse avait-il fait cela, comment Aaron avait-il déclaré ceci, les maisons des ouvriers étaient-elles de vraies maisons, comment se nommait vraiment cette résine dont était enduite la reine Hatchepsout ?

— Ah, que Yhwh me bénisse, quelle horreur, quelle horreur ! s'exclama-t-il après que je lui eus répondu.

Ce fut le seul jugement qu'il émit, bien qu'il me questionnât encore et encore sur Miryam et les anciens.

Il se fit aussi amener Eliezer pour voir de ses yeux la circoncision que sa fille avait accomplie. Il eut une caresse tendre pour le sexe de son petit-fils, puis il m'agrippa la main et, de ses doigts désormais vrillés par la vieillesse, la serra à m'en faire mal.

— L'Éternel te bénisse, ma fille ! s'écria-t-il, tout joyeux. Qu'Il te bénisse jusqu'à la fin des temps. Quelle chose inouïe ! Oh oui, inouïe, je vous le dis, on s'en souviendra, c'est Jethro qui l'affirme.

Quand enfin je lui racontai mon départ, comment Josué m'avait rattrapée et le conseil que je lui avais donné, mon père claqua dans ses mains, heureux.

— Je reconnais bien là ma Tsippora. Je suis fier de toi, fille de Jethro. Pour ceci comme pour tout le reste que tu m'as raconté, oh oui, que je suis fier de toi.

Ce fut tout son commentaire.

Pendant deux ou trois jours je me réhabituai à la vie dans la cour, usant encore beaucoup de salive pour raconter à Sefoba et aux servantes les étrangetés du pays de Pharaon. Puis, tout à fait comme il le faisait autrefois lorsqu'il voulait me dire quelque chose d'important, Jethro me demanda de lui servir son premier repas du jour.

Alors que je déposais la cruche de lait devant lui, il me désigna ses coussins.

— Assieds-toi près de moi, ma fille.

Il me montra la pointe d'Horeb avec un petit clignement de ses paupières toutes fripées.

— Là-haut, ça n'a pas grondé une seule fois depuis que vous êtes partis d'ici, Moïse et toi. Pas le plus petit grondement depuis le grand ramdam avec ta sœur Orma et Moïse.

Il gloussa et fit claquer sa langue :

— Sais-tu qu'elle est reine, celle-ci ? Dame Orma, l'appelle-t-on désormais. Dame Orma, épouse de Réba, roi de Sheba. Toujours aussi belle, toujours aussi écervelée et portée sur les caprices. Le pouvoir l'émerveille. Elle en use avec tant de vigueur qu'elle terrorise tous ceux qui l'approchent. Même les forgerons la craignent. Qui pourrait croire qu'elle est la fille de Jethro ? Peut-être viendra-t-elle te visiter. Peut-être pas. Car elle t'en veut toujours, et beaucoup, à ce qu'il paraît. Mais elle pourrait se réjouir d'apprendre que tu t'es éloignée de Moïse et ne pas résister au plaisir de t'étaler sa richesse et ses servantes sous le nez. Bah !...

Jethro d'un regard m'indiqua que tout cela était sans importance et qu'il avait bien autre chose à me confier. Il but lentement son lait avant de reprendre.

— Moïse est sur le chemin où le conduit Yhwh. Il y est fermement accroché. Rien n'est achevé, bien au contraire. Il accomplit la tâche qu'il est venu chercher ici.

La main de mon père engloba la cour et la montagne d'Horeb d'un même geste.

— Je sais ce que tu penses, ma fille. Cet Aaron et cette Miryam, le frère et la sœur, t'ont rejetée sans

ménagement. Ta peau de Kouch est devenue l'étendard de leur jalousie. Les anciens du peuple de Moïse t'ont rejetée. Et même, il se peut bien que l'Éternel t'ait rejetée Lui aussi. Voilà ce que tu penses.

Il secoua la tête et souleva un sourcil de la même manière que lorsqu'il me réprimandait, autrefois, pour m'être trompé dans les écritures.

— Tsippora, tu es plus fine et plus forte que ce dépit. Ne laisse pas l'apparence des choses et les peines de ton cœur te faire croire qu'il fait nuit quand le jour est déjà levé. Songe à cela : qui sont aujourd'hui les fils d'Israël ? De pauvres diables qui souffrent. De pauvres diables que Pharaon ne considère, depuis des lustres, que comme des paires de pieds et des paires de mains. Ils ne savent pas ce qu'ils savent ! Leur cœur est endurci par la souffrance. Ils vont d'un mal à un mal, comme les mouches closes dans une cruche et qui ne sont plus capables d'imaginer que le col de la cruche est béant. Ils voient une étrangère et ils s'écrient : « Ah ! Quelle horreur, elle n'est pas comme nous ! Elle a la peau noire, le Seigneur Yhwh l'a couverte d'obscurité, ne l'approchons pas ! » C'est comme si, en voyant une fleur inconnue, ils demandaient : « Quel est son venin ? » Tsippora, mon enfant, n'oublie pas qu'ils sont perdus à eux-mêmes car Pharaon a massacré, à coups de fouet et sous le poids de ses briques, ce qui était leur innocence dans le cœur de Yhwh. Cette Miryam a raison. Si quelques-uns se tiennent encore droits, droits comme l'homme et la femme sont nés pour l'être, c'est en s'agrippant aux crevasses de leurs blessures comme on s'agrippe aux roches, là-bas, pour grimper sur la montagne d'Horeb.

Il prit le temps de retrouver son souffle, posa la main sur ma cuisse et opina :

— Les esclaves sont des esclaves dans leur cœur autant que dans leur corps. Il faut du temps, pour courir loin du fouet de Pharaon, il leur faudra du temps pour qu'ils s'éloignent des cordes qu'il a nouées dans leurs esprits. Mais l'Éternel sait s'y prendre avec le temps. Ils sont en chemin derrière Moïse. N'en doute pas, ma fille, n'en doute pas ! Et ce jeune garçon, ce Josué, a raison. Tu reverras ton époux. Aie confiance, Tsippora, ma douce. Laisse le temps de Yhwh engendrer la vie.

*
**

J'ai écouté la sagesse de mon père Jethro et j'ai laissé le temps s'accomplir. Un drôle de temps.

D'abord, ce ne fut que de l'attente. Des lunes et des lunes où je regardais grandir Gershom et Eliezer. Des centaines d'aubes où le nom de Moïse était sur mes lèvres, le souci de lui dans mes offrandes au Seigneur Yhwh. Et tout autant de nuits où le désir de lui, la faim de lui me réveillaient, en larmes.

Une année s'écoula ainsi sans qu'une nouvelle ne nous parvienne d'Égypte.

— Les marchands d'Akkad ont-ils disparu ? grondait mon père.

— Les caravanes passent à nouveau par Moab et Canaan, expliquait mon frère Hobab. Ces pays sont plus prospères que jamais. C'est là-bas où il faut vendre et acheter.

Pourtant, au plus chaud de l'été, un chef de caravane vint demander l'autorisation de puiser de l'eau au puits d'Irmna. Jethro s'empressa de le questionner sur son voyage et ses affaires. L'homme leva les bras au ciel et clama qu'il revenait d'Égypte, où il avait perdu presque tous ses biens tant le chaos régnait.

— Ah ! s'exclama mon père avec un grand sourire, raconte-nous.

C'est ainsi que l'on apprit les prodiges que le Seigneur Yhwh répandait chez Pharaon par la main de Moïse.

— Tantôt c'est le Fleuve Itérou qui se change en sang, racontait le marchand en roulant des yeux. Et quand il redevient de l'eau, les poissons sont morts. Qui pourrait le croire ? Ah, mais c'est bien la vérité. Et une vérité qui pue. Ah oui ! Quelle infection ! Même le sable du désert en puait ! Mais ce n'est pas tout. Cette pestilence à peine dissipée, c'est le pays tout entier qui se recouvre de crapauds. Ceux-là, ils gonflent sous le soleil et éclatent avec des pets de démon. Ça pue à nouveau, à en mourir ! Ce n'est pas fini, attends : les moustiques, la grêle, les sauterelles ! Les saisons changent et chacune apporte sa calamité sur la tête de Pharaon. Comment faire du commerce dans un pays pareil ? Je me suis enfui avec ce qui me restait alors qu'on ne voyait plus le soleil. Trois jours de nuée sur tout le pays. Trois jours de nuit ! Qui pourrait le croire ? Ah, si je ne l'avais vu de mes yeux, je ne le croirais pas !

Jethro riait. Un rire si grand, si joyeux, que le marchand en fut offusqué.

Quand il reprit son souffle, mon père me lança un regard qui signifiait : « Tu vois, ma fille ! N'avais-je pas raison ? » Moi, je serrais bien fort mes mains l'une contre l'autre pour les empêcher de trembler.

Au marchand, Jethro, sérieux à nouveau, demandait :

— Que fait Pharaon pour se soulager de tous ces malheurs ?

— Oh rien ! Pour ce qu'on en sait, rien du tout. Il a fait dire au peuple que ces choses passeront. Que ce sont des tours de magie et que ses prêtres en viendront à bout.

— Ah ! s'étonnait Jethro, la mine narquoise, clignant de l'œil vers moi, la barbe frémissante.

— Oui, je pense comme toi, grommelait le marchand. Peut-être bien qu'elles passeront, ces magies, mais au train où elles vont, Pharaon risque bien de passer avec elles !

— Et sait-on pourquoi tout cela advient ? Il y a une cause aux choses ordinaires. Il y en a certainement une aussi pour les extraordinaires.

— Bah ! On dit tout et son contraire. On dit : c'est Amon, le dieu de Pharaon, qui se fâche contre lui car il s'est dressé contre celle qui fut Pharaon, son épouse et sa tante, et qu'Amon protégeait. On dit aussi que c'est à cause des esclaves. Mais, je te le demande, comment des esclaves pourraient-ils accomplir ces prodiges ? Ils piétinent la boue des briques, voilà ce qu'ils font, les esclaves.

Le lendemain, Jethro convia la maisonnée sous son dais et raconta les prodiges d'Égypte. Le nom de Moïse revint sur toutes les lèvres. On me fêta :

— Ah, que tu dois être fière et heureuse d'être l'épouse de Moïse, la mère de ses fils !

Je l'étais, oui, je l'étais. Et plus malheureuse encore d'être si loin, si séparée de lui.

Il y eut d'autres caravanes. Les marchands maintenant fuyaient l'Égypte, chacun roulant des yeux pour conter de nouveaux prodiges et s'en effrayer.

— Les esclaves se sont trouvé un chef qui est presque un dieu. Il s'appelle Moïse, et c'est lui qui inflige ces plaies à Pharaon, car il veut conduire tous les fils d'Israël hors d'Égypte.

Dans Madiân, on commença à se souvenir que ce Moïse avait été accueilli dans la cour de Jethro et qu'il était devenu son gendre, le mari de sa fille kouchite. Les visiteurs affluèrent pour entendre les nouvelles d'Égypte de la voix même de Jethro. Chaque fois, mon père faisait venir Gershom et Eliezer sur les coussins, à côté de lui.

— Voici mes petits-enfants, fils de Moïse et de Tsippora, ma fille. Il est bon qu'ils entendent et apprennent ce qu'accomplit leur père, là-bas, de l'autre côté de la mer.

Et il recommençait à raconter le fleuve de sang, les moustiques, la grêle, la suie pustuleuse, les ténèbres... Il prenait son propre bâton, le brandissait et le plongeait entre les coussins :

— Votre père Moïse entend la voix de Yhwh. Elle lui dit : « Va devant Pharaon. Dis-lui : Sois juste, roi d'Égypte. Libère les esclaves de tes corvées, permets-nous de sortir de ton pouvoir. » Pharaon ricane. Sa bouche sans barbe se tord de méchanceté. Il est assis sur son siège d'or, ses serpents sur la tête, les yeux noirs de mépris. Il répond à Moïse : « Non ! Faites des briques pour moi, racaille d'esclaves. » Alors, Moïse pointe son bâton, comme ça, dans la poussière. Et d'un coup le vent se lève. Sans crier gare. Au nord, au sud, whouuff ! Un grand vent glacé et grinçant. Pharaon court sur sa terrasse, dans son jardin magnifique, et il voit les nuages qui s'amoncellent. Le tonnerre craque. Des éclairs immenses fendent le ciel, et

la grêle tombe, tombe jusqu'à recouvrir tout le vert pays de Pharaon.

Mon fils Gershom, effrayé et ravi de l'être, demandait :

— C'est quoi, la grêle, grand-père ?

Et nous tous de rire et d'être heureux. Et tous, comme Eliezer et Gershom, d'avoir envie d'entendre encore et encore les prodiges qu'accomplissait mon époux. Tous de me dire :

— Bientôt, tu seras reine tout autant qu'Orma. Et même une plus grande reine.

À quoi je répondais :

— Moïse n'est ni un roi ni un prince. Moïse est la voix de son Dieu pour son peuple. Et moi, je suis ici.

Un jour, cependant, Eliezer, qui commençait à bien savoir user des mots, demanda :

— Comment il est, mon père Moïse ? Il est comme toi, grand-père ? Tout vieux et tout blanc, ou il est comme maman, tout noir et sans barbe ?

Les servantes en pleurèrent de rire. J'en pleurai sans rire.

Jethro avait dit vrai. Le temps de Yhwh œuvrait. Moïse accomplissait sa tâche. Mais ce temps était long. L'absence de Moïse si longue que mon fils ne savait plus quel était le visage de son père.

Dans tous les prodiges que réalisait Moïse, il en était un que je n'entendais pas s'accomplir : que nous puissions enfin être réunis. Que je puisse à nouveau baiser son cou comme j'aimais tant le faire. Que je puisse le voir tenir ses fils contre sa poitrine.

*
**

À la fin de l'hiver suivant, une nouvelle arriva, plus formidable que celles qui l'avaient précédée.

Les esclaves d'Égypte s'étaient enfin mis en marche. Ils avaient quitté les mares de boue et les villages. Par milliers et milliers. Hommes et femmes de tous âges, les forts et les faibles, tous, tout le peuple des fils d'Israël ! Et même les autres esclaves, capturés dans les conquêtes, car, désormais, les chantiers de Pharaon étaient silencieux comme si le temps s'était arrêté.

Moïse avait conduit ces milliers d'êtres vers la mer des Joncs. Thoutmès avait lancé son armée à leur poursuite. Lorsqu'ils étaient parvenus sur la rive, la tempête menaçait et les lances des soldats de Pharaon étaient déjà visibles dans les vallées conduisant à la mer. Alors Moïse avait plongé son bâton dans les vagues.

Les flots s'étaient ouverts devant lui. La mer des Joncs tranchée en deux, voilà ce qui était arrivé ! Les vagues arrêtées, le fond de la mer devenu chemin jusqu'à l'autre rive !

Les milliers et les milliers d'esclaves qui suivaient Moïse s'y précipitèrent. Arrivés de l'autre côté, ils virent les flots se réunir et engloutir les chars de guerre de Pharaon. Ils étaient libres !

La pensée ne m'en était plus venue depuis des années et des années.

J'ai vu mon rêve. J'ai vu la mer s'ouvrir devant moi, la pirogue s'enfoncer entre les immenses murs liquides. J'ai vu les falaises d'eau qui menaçaient de se rejoindre, tels les bords d'une plaie, et de m'engloutir.

Et j'ai vu, dans le fond de la mer mise à sec, l'homme qui me tendait les bras et me redonnait le souffle que les flots voulaient me prendre. Moïse, que je ne savais pas encore être Moïse.

Celui que le Seigneur Yhwh allait désigner pour rendre le souffle de la liberté à son peuple.

Mon père Jethro me surveillait. Il vit mon regard, mon corps qui tremblait, mes mains qui pétrissaient les épaules de mes fils. Il devinait mes pensées.

Il dit doucement :

— Ne te l'avais-je pas assuré ? Voilà, ils sont en route. Yhwh pousse le temps. Bientôt, nous aurons d'autres nouvelles. C'est une autre histoire qui commence.

Des larmes glissaient de ses paupières, roulaient dans ses rides et disparaissaient dans sa barbe. Il dit encore :

— Demain, nous irons voir la mer. Je veux voir si elle a quelque chose de changé.

Mais avant de parvenir aux falaises où j'avais tant de souvenirs, nous aperçûmes un homme enveloppé dans un manteau de grosse laine que la poussière épaississait encore. Un capuchon tiré sur son front lui masquait le visage. À grands coups de talons il faisait trotter un âne fourbu. On songea à un malandrin esseulé. Mais quand il me vit avec Gershom et Eliezer, l'homme sauta à bas de son âne pour se précipiter vers moi.

— Tsippora !

Son capuchon bascula dans son dos.

— Tsippora !

Il criait et agitait les bras. Je reconnus la voix avant le visage, qu'il avait maigre, la barbe collée par la poussière et les embruns.

— Josué ! Josué !

Quand il me serra contre lui, dans nos rires, c'est la promesse du corps de Moïse qui me fit trembler.

Les jours de tumulte et de sang

Alors commencèrent les jours de tumulte et de sang.

Josué annonça que Moïse et sa multitude avaient dressé les tentes dans une plaine désertique nommée Refidim, à seulement cinq jours de marche des murs de Jethro.

— Moins si l'on court, affirma-t-il en montrant les replis de la montagne d'Horeb, presque blancs dans la brume qui couvrait l'ouest.

Moïse était si près et je l'imaginais si loin !

— Je suis venu vous chercher, reprit Josué. Tsippora et toi aussi, sage Jethro. Moïse a besoin de vous. Sa mère Yokéved est morte. Il n'en peut plus. Là-bas, ils sont fous. Rien ne va : ils se disputent, ils grondent, ils ont faim, ils ont soif, ils n'ont pas de pâturage pour les bêtes... Et quand ce n'est pas la soif et la faim, ils sont fatigués de monter et démonter les tentes. Ils trouvent le désert trop désertique, les roches trop brûlantes et le pays de miel et de lait trop loin ! Le chaos de l'Égypte, on croirait qu'ils l'ont emporté avec eux. L'autre jour, il en est un qui a regretté tout haut de n'être plus sous le fouet de Pharaon. « Au moins, là-bas, il y avait à boire et à manger et de l'ombre ! » a-t-il dit. Si je ne l'avais retenu, Moïse lui aurait

fracassé le crâne de son bâton. « Que vais-je faire de vous ? Je vous sors de l'Égypte et, encore un peu, vous me lanceriez des cailloux à la tête ! » Il a crié si fort que vous auriez pu l'entendre. Et puis Aaron et Miryam veulent tout diriger. Yhwh parle à Moïse et le conseille. Mais Aaron lui assure qu'il ne comprend pas le sens de ces conseils. Il discute de tout et pour tout. Cette confusion ne fait qu'accroître le mécontentement. Et maintenant, voilà qu'on annonce les guerriers d'Amaleq ! Et nous, nous sommes sans armes. Moïse m'a dit : « Cours chez Jethro. Il te conduira chez les forgerons. »

Jethro opina, sa décision était prise, je le savais.

— Nous partirons à l'aube. Toi, va te reposer. Mon fils Hobab ira chez les forgerons. Leur chef Ewi-Tsour fournira des lames de fer.

Il eut un clignement d'œil vers moi.

— Tout ce que lui demandera Tsippora, Ewi-Tsour le fournira en double s'il le peut. Pendant ce temps, Sicheved partagera en deux mes troupeaux. Il en gardera la moitié ici, en prenant soin de ma maison, et l'autre, nous l'emporterons à Moïse.

En vérité, l'aurais-je pu, je serais partie sur-le-champ.

À Gershom et Eliezer j'ai dit :

— Nous allons revoir votre père Moïse.

— Alors, il va faire des prodiges pour nous avec son bâton ?

Et moi, en riant de bonheur, je leur ai assuré que oui.

*
**

Que l'Éternel me pardonne, mais Josué avait vu juste : le chaos d'Égypte, son peuple l'avait emporté avec lui en traversant la mer des Joncs !

À perte de vue des tentes, des fumées, une multitude grouillant, des bêtes ici ou là, un vacarme incessant, des immondices puant dans la chaleur, des milliers de visages contre lesquels on se cognait, des vieillards sombres, des enfants tristes, des femmes inquiètes, les uns mourant, les autres naissant. Une multitude, oui, une multitude qui recouvrait les champs d'herbes sèches à l'orée du désert et qui semblait perdue entre hier et demain. Lorsque nous sommes arrivés, au vacarme qui nous abrutissait déjà s'ajoutait celui de la bataille avec Amaleq qui avait commencé la veille sur la bordure nord du camp.

C'est là que je revis Moïse. Si stupéfaite que j'en restai pétrifiée. Et peut-être bien, déjà, terrifiée.

Il se tenait sur une roche en surplomb de la mêlée. Le soleil jetait des éclats sur les boucliers et les lances d'Amaleq. Entre les mains des combattants de Yhwh, on ne voyait que des bâtons et des pierres. Et, sous leurs pieds, beaucoup de cadavres. Moïse, lui, debout sur une grosse pierre plate, levait les bras au ciel, son bâton brandi.

Comme je demeurais sans une parole, Jethro le désigna aux enfants.

— Votre père, le voilà. Lui, là-bas, qui tient les bras levés, c'est Moïse.

Eliezer, intimidé par tout ce qui l'entourait, s'agrippait des deux mains au bras de Gershom, qui demanda :

— Pourquoi a-t-il les bras levés comme ça ?

On le sut plus tard : quand Moïse baissait les bras, Amaleq était victorieux, quand il les gardait levés, Amaleq était mis en déroute.

Gershom s'écria :

— Regardez Hobab et Josué !

Entraînant Ewi-Tsour et la troupe de forgerons qui avaient consenti à nous accompagner, ils dévalaient la pente vers la bataille. On entendit le hurlement qui les accueillit. Les mules furent débâtées en un clin d'œil et les lames de fer miroitèrent aux poings des Hébreux.

Là-bas, sur la pierre, je vis Aaron qui venait soutenir le bras droit de Moïse. Un autre, que je ne connaissais pas, fit de même avec son bras gauche.

La bataille dura jusqu'au soir.

C'est ainsi qu'au jour de mon retour je ne vis pas mon époux.

À la nuit tombante, Josué était victorieux et rentra dans le camp acclamé par des chansons.

Moi, parfumée d'ambre, parée de bijoux, revêtue de ma plus belle tunique, mes deux fils contre moi, j'attendais Moïse devant la tente que l'on venait de dresser. Mon cœur battait si fort que je craignais que chacun l'entende.

Comme Moïse tardait, occupé avec Aaron à remercier Yhwh, ils furent des centaines à passer devant nous. Ils voulaient s'assurer de la rumeur qui déjà bruissait d'un bout à l'autre du camp, plus rapide que l'annonce de la victoire sur Amaleq : l'épouse de Moïse était de retour.

Et oui, c'était une étrangère, aussi noire de peau qu'on l'avait dit. Une fille de Kouch.

Enfin il y eut des cris, des sons de trompes, de cornes de bélier, des tambours, des chants. Mes fils ne s'y trompèrent pas, qui bondirent :

— Voilà notre père Moïse ! Le voilà.

La foule montait vers nous en masse serrée. Elle s'ouvrit.

Seigneur Yhwh, qu'avais-Tu fait de mon époux ?

Il avançait, chancelant tel un vieillard. Plus vieux, aurait-on dit, que mon père Jethro. Soutenu par Aaron et Miryam, eux droits et forts, l'œil vif et victorieux.

Gershom et Eliezer en restèrent interdits. Le froid me monta dans la gorge et me gela les reins.

Mon époux, mon bien-aimé. Mon Moïse.

Un visage de fatigue, un visage d'épuisement.

J'ai murmuré :

— Que t'ont-ils fait ? Que t'ont-ils fait, comment est-ce possible ?

Gershom a chuchoté :

— Mon père ?

Sa voix est parvenue jusqu'à Moïse, qui a ouvert en grand les paupières. Il s'est redressé avec ce qui lui restait de force.

Grands seigneurs, Miryam et Aaron, s'écartant de quelques pas, l'ont laissé nous accueillir.

Tout autour, la multitude du peuple de Yhwh nous regardait.

Elle a vu Eliezer à la peau de métis dans les bras tremblants de son père qui ne pouvait le porter. Tsippora, ruisselante de larmes qui faisaient briller plus encore le noir de ses joues. Gershom, qui s'accrochait à la taille de mon époux et enfouissait le visage contre son ventre. Voilà ce qu'ils ont vu. La famille de Moïse en entier.

Moïse a gémi :

— Vous êtes là, vous êtes enfin là !

Sa voix était faible, mais tous l'ont entendu. Dans le camp, le vacarme s'était tu. Plus un bruit. Plus un chant. Plus un tambour, une corne ou un vivat. Le silence.

Le silence pour se réjouir que la famille de Moïse soit de nouveau enlacée.

Alors Jethro, de sa vieille voix, a poussé un cri :

— Moïse, Moïse, mon fils. Gloire à toi, gloire à Yhwh ! Qu'Il soit loué de toute l'Éternité, et toi avec !

Josué a fait sonner sa trompe, le bruit du camp est revenu. Mon père Jethro a embrassé Moïse :

— J'ai apporté de quoi faire un festin de victoire ! Ce soir, ceux qui ont combattu pourront se rassasier.

Moïse me tenait toujours la main. Il a ri d'un rire que j'ai enfin reconnu. Il a dit :

— Allons dans la grande tente du conseil. Tu rencontreras les anciens.

J'ai marché à côté de lui, entraînant mes fils. Miryam fut devant moi, m'interdisant le passage :

— Non ! Toi, tu ne peux aller sous la tente du conseil. Elle est interdite aux femmes, et plus encore aux étrangères. Il faudra que tu apprennes. Ici, ce n'est pas comme chez Pharaon et encore moins comme à Madiân. Les femmes doivent se tenir à leur place. Elles ne se mêlent pas des affaires des hommes. Si ton époux veut te voir, il ira chez toi.

*
**

Il est venu.

Au cœur de la nuit, soutenu par Josué. Je l'ai allongé sur ma couche.

Tel un aveugle, du bout des doigts il a frôlé mon visage, mon front, mes lèvres. Il a répété, avec un sourire dans la voix :

— Enfin, tu es venue. Mon épouse de sang, ma Kouchite bien-aimée.

J'ai remercié l'ombre, qui voilait mon désespoir.

Il s'est endormi avant que je puisse lui répondre. Si vite, si brutalement que j'ai pris peur. J'ai cru que j'avais un cadavre à mon côté. J'ai failli crier, appeler à l'aide. Enfin, il a soupiré. Sur sa poitrine, ma main est montée et descendue.

Un gros soupir de sommeil. Le soupir d'un homme qui rêve malgré toute sa fatigue.

Je me suis effondrée en sanglots contre lui, le tenant enlacé et appelant :

— Moïse ! Moïse !

C'en était fini de Tsippora la forte. À cet instant, je l'ai su.

J'étais désormais et pour toujours Tsippora la faible. La faible d'entre les faibles.

J'ignorais encore combien je l'étais, incapable de retenir la vie et de la faire grandir. Mais je savais mon impuissance. Il fallait être Moïse pour résister à la folie de cette multitude. À la folie de cet exode et de cette espérance. Il fallait être comme Miryam, Aaron, Josué... Être du peuple de Yhwh. Avoir enduré la poigne de Pharaon durant des générations et des générations, et en avoir le corps et le cœur entaillés.

Plus tard, plus calme, laissant le lumignon éclairé, j'ai admiré le visage de mon époux.

En vérité, je ne reconnaissais presque plus son visage tant il avait de rides. Les rides du front, longues et dures, s'enfonçant dans les cheveux, plus profondes sur les sourcils. Les rides des tempes, réunies au coin des yeux tels des fleuves avant la mer. Les rides du nez, des lèvres, des paupières, du menton... Comme si Moïse, mon bien-aimé, devait posséder sur son visage autant de rides qu'il y avait d'hommes, de femmes et d'enfants dans le peuple turbulent qu'il entraînait derrière lui.

*
**

Avant l'aube, il s'est brusquement réveillé. Il m'a découverte avec surprise. J'ai baisé ses paupières et ses milliers de rides. J'ai baisé son cou. Et là, doucement, il m'a repoussée.

— Je dois me lever. Ils m'attendent.

— Qui ?

— Eux tous, ils m'attendent. Là-bas, devant la tente.

Je ne comprenais pas. Je l'ai accompagné, et j'ai vu.

Ils étaient déjà là en longues colonnes. Deux cents, trois cents ? Mille ? Qui aurait pu les compter ? Ils étaient là à attendre, chacun voulant passer devant Moïse pour lui dire :

— Mon voisin de tente a déplacé sa chèvre. Elle pue sous mon nez. Ordonne qu'il l'attache ailleurs.

— On m'a volé la pierre sur laquelle mon épouse broyait l'orge. C'était une bonne pierre, la meilleure. Ici, il n'y a que de la poussière ou de mauvaises pierres, comment faire ?

— Moïse, les tentes des tribus sont éparpillées partout dans le camp, on ne sait où est qui. Rien n'est possible dans ce désordre !

— Moïse, les femmes accouchent sans sage-femme. Il n'y en a pas assez. Des enfants naissent dont on ne sait quand couper le cordon. Que faire ?

— Et moi, on m'a volé ce coussin que j'ai rapporté d'Égypte. Oh, je sais qui c'est ! Moïse, que vas-tu lui dire pour qu'il me le rende ?

J'ai compris d'où venait l'épuisement de Moïse. Ce n'était pas d'avoir levé les bras pendant la bataille contre Amaleq.

J'ai couru près de Jethro.

— Va voir Moïse, mon père ! Va le voir et conseille-le.

Le même soir, sous la tente du conseil, Jethro s'est écrié :

— Es-tu devenu fou, Moïse ? Veux-tu tout perdre ? Ils vont t'épuiser pour de bon, et eux avec. Des journées entières, ils attendent sous le soleil que tu leur répondes !

Aaron s'est interposé :

— Qui d'autre que Moïse peut juger les fautes, partager le bien et le mal ? Montrer la voie où chacun doit marcher ? Lui seul le peut. Lui seul, par la voix de Yhwh.

— Yhwh a-t-il besoin de donner de la voix pour retrouver un coussin et balayer le crottin des chèvres ? Allons, soyez raisonnables, vous avez affaire à une multitude. Moïse ne peut y arriver seul. Qu'il indique le chemin et les règles. Qu'il nomme ceux qui seront capables de les appliquer. N'y aurait-il que Moïse, dans toute cette foule, à avoir le cœur droit et un peu de bon sens ?

— Saurais-tu mieux faire ? Il est vrai que les Madianites sont malins. Dans le passé, ils ont déjà vendu Joseph à Pharaon.

— Et ainsi, ils l'ont maintenu en vie ! Au grand chagrin de ses frères, qui auraient bien aimé que ce pauvre Joseph crève et pourrisse dans ce trou où ils l'avaient mis. Allons, Aaron ! Ne me cherche pas querelle sur le passé, j'aurais de quoi te répondre jusqu'à ce que nous n'ayons plus de dents. Aaron, sage du

peuple de Yhwh, ce qui compte, c'est aujourd'hui et demain. Allégez la charge de Moïse, nommez des hommes capables de le seconder. Désignez des chefs de dizaine, des chefs de centaine, des chefs de millier. Les petit larcins, les bagarres de jalousie et le crottin des chèvres, ils les régleront seuls. Moïse tranchera dans ce qui compte pour tous. Voilà ce que je vous propose.

Cependant, dès le lendemain, Josué annonça :

— Le camp gronde contre Jethro. Aaron et ceux qui vont derrière lui courent les tentes pour se plaindre et raconter que Moïse écoute trop ton père, que les Madianites sont des voleurs dans le sang. Toutes ces balivernes. Ils ont peur de perdre la haute main sur tout, voilà la vérité.

— Qu'ils se plaignent ! N'est-ce pas pour cela que tu es venu nous chercher ?

— Oh que oui ! Et Moïse va appliquer le conseil de ton père. Raison de plus : si Jethro veut encore aider Moïse, il vaut mieux qu'il ne demeure pas avec nous.

Avant de se quitter, mon père et Moïse sont demeurés un long moment sous ma tente, à l'abri des regards et des oreilles.

Jethro a demandé à Moïse :

— As-tu senti frémir le sol, hier ?

— Non. Hélas, je ne sens plus frémir que mes genoux, tant je suis fatigué. Mais on me l'a dit.

— Alors, souviens-toi de la colère d'Horeb, mon fils. Celle que tu as connue dans ma cour. Voilà ce qui va se passer. Demain, la montagne d'Horeb va gronder. Dans trois jours, quatre au plus, elle se couvrira de nuées et crachera le feu.

Moïse s'est affolé. Jethro a souri.

— N'aie crainte. Yhwh vient à ton aide. Il faut que tu te fasses entendre de toutes ces oreilles qui sont là dehors. Demain ou tout à l'heure, au premier grondement de Yhwh, ordonne le jeûne, les purifications et les sacrifices. Ordonne-leur de plier les tentes et de marcher jusqu'au pied d'Horeb. Quand ils y seront, tu les laisseras là et monteras sur la montagne, comme tu y es déjà monté une fois, lorsque nous avions cru te perdre.

— Monter pour quoi ?

— Pour te faire entendre quand tu reviendras. Aujourd'hui, tu t'assois devant ta tente et tu dis : ceci est notre loi. Alors, tu as cent bouches qui pépient et bavardent, réclament que telle loi soit plus souple, tandis que mille autres veulent qu'elle le soit moins ! Quelle confusion ! Comment comptes-tu faire régner la justice des hommes libres parmi ce peuple, s'il ne comprend encore que le fouet et la peur ? N'oublie pas qu'ils sont nés et ont grandi dans l'esclavage, Moïse, et qu'esclaves ils le sont encore dans leur cœur tout autant que fils d'Israël.

— Mais les nuées, les cendres, le feu ! Ils vont en mourir.

— Aie confiance dans le Seigneur Yhwh. Nul ne périra sous les cendres. Et il est temps que ce peuple reçoive ses lois et ouvre en grand ses oreilles pour les entendre. Ta seule voix n'y suffira pas. Mais la terreur des cendres et des nuées devrait un peu lui assouplir la nuque.

*
**

Mon père avait raison et Moïse avait tort de craindre pour son peuple. C'était moi qui devais craindre.

Moïse dit :

— Le Seigneur Yhwh va descendre sur la pointe de la montagne. Il veut que je monte pour y entendre Ses commandements. Si l'un de vous me suit, il mourra. Attendez-moi et, à mon retour, nous aurons nos règles et nos lois qui feront de nous un peuple libre dans l'éternité.

Comme les autres, je le vis qui disparaissait dans les nuées et les grondements d'Horeb.

Comme les autres, j'ai attendu. Pour attendre, mes fils et moi, nous savions attendre !

Mais pas Aaron, pas Miryam, pas la multitude. L'attente, ils ne la supportaient plus.

Moïse ne redescendait pas de la montagne et Josué venait me voir en disant :

— Quand donc Moïse va revenir ? Le camp gronde plus fort que la montagne. Les nuées ne les tuent pas, mais elles les rendent aussi ivres que s'ils buvaient du vin du matin au soir.

Ainsi, il a suffi qu'un seul affirme : « Moïse ne reviendra pas ! Il est mort là-haut ! » pour que tous le croient.

Je me suis mise à courir dans tout le camp en suppliant :

— Attendez, attendez encore ! La montagne est haute, laissez-lui du temps, il va revenir. Mon époux n'est pas mort, je le sais. Moïse ne peut pas mourir : il est avec le Seigneur Yhwh.

Et eux de rire et de répondre :

— Que sais-tu, toi, la Kouchite ?

— Comment oses-tu parler du Seigneur Yhwh ? Depuis quand est-il le Dieu des étrangers ?

Et Miryam de m'attraper le bras pour me reconduire à ma tente.

— Qu'on ne t'entende plus ! Tu souilles notre terre et nos oreilles ! Apprends une bonne fois où est ta place.

Par centaines puis par milliers, comme Moïse ne redescendait toujours pas, ils sont venus devant Aaron en suppliant :

— Moïse a disparu ! Plus personne ne nous conduit. Fais-nous des dieux que nous puissions voir, toucher et admirer.

Alors je les ai vus, ces milliers de femmes et de filles, ces époux et amants, ces pères. Je les ai vus sortir leur or, eux qui n'avaient rien. Je les ai vus fondre leurs bijoux dans le moule de glaise modelé par Aaron. Je les ai vus rire et exulter quand le veau d'or a pris forme, j'ai vu le front de Miryam ruisseler de sueur et de joie, j'ai vu sa cicatrice palpiter de bonheur quand Aaron a dit devant la multitude :

— Voici tes dieux, Israël !

Oh oui ! je les ai vus danser et jouir de la mort de Moïse. Je les ai vus, le visage et le corps rutilant comme l'or qu'ils venaient de fondre, danser nus dans la nuit, et chanter et se baiser, ouverts au feu de leurs entrailles et de leur peur, et se prosterner devant Aaron et son veau d'or comme ils se prosternaient devant l'horreur de Pharaon.

Je n'avais plus de voix pour crier. Je n'avais plus de mains pour retenir mes fils qui riaient d'un si grand feu, d'une si belle fête où, eux aussi, ils voulaient jouer et ruisseler de plaisir.

Je suppliais le Seigneur Yhwh :

— Laisse redescendre Moïse ! Laisse redescendre Moïse !

Josué, effaré autant que moi, a dit :

— J'y vais, je monte à sa rencontre. Tant pis, ça me coûtera ce que ça me coûtera !

Il n'a pas eu à monter haut. Moïse était proche, qui déjà reniflait la puanteur de la faute. Je le vois, là, qui sort de la nuée, qui descend le chemin resté vide depuis des lunes. Qui s'arrête et découvre la folie de son peuple, découvre l'or du veau qui trône sur l'autel. J'entends son grondement, ou est-ce le grondement d'Horeb ? Moi, j'appelle Gershom et Eliezer.

— Moïse est là, votre père est là !

Mon doigt le montre. Les enfants bondissent et hurlent :

— Mon père Moïse est de retour !

Ils courent vers le chemin pour le rejoindre, ils s'enfoncent dans la foule en riant :

— Notre père Moïse est redescendu de la montagne !

La foule les entend et les engloutit. Elle ne s'ouvre pas telle la mer devant le bâton de Moïse. Elle les engloutit. Elle ne s'ouvre pas comme devant l'étrave de la pirogue de mon rêve. Elle forme une houle dense et sombre et furieuse. Elle entend le grondement de Moïse et sa fureur. Elle prend peur, broyant mes enfants menus. La foule entend la fureur de Yhwh et elle se piétine en piétinant mes fils. Moi, je cours et je les appelle :

— Gershom ! Eliezer !

Mais là-haut, Moïse brise ce qu'il est monté chercher près de son Dieu. Ici, la terre s'ouvre et prend feu. La foule court sur le corps de mes fils. La foule s'enfuit d'effroi devant la terre qui s'ouvre et engloutit son veau d'or. Elle court et piétine les fils de Moïse.

Ce ne sont plus que deux petits corps de sang que je presse contre ma poitrine en hurlant.

Gershom et Eliezer.

*
**

Ensuite, voici Moïse qui pleure et rage, qui veut massacrer son peuple qui a tué ses fils.

Il le fait. Il met les armes des forgerons dans les mains des descendants d'Aaron, les fils de Lévi. Il ordonne :

— Tuez, les frères, les compagnons, le prochain, tuez !

Le camp est moite de sang comme si le sang de mes fils le recouvrait d'une seule plaie.

Moïse pleure dans mes bras, il pleure contre ma poitrine encore ensanglantée par les corps de Gershom et d'Eliezer. C'est la seconde fois que mon époux pleure contre moi. C'est la seconde fois que je le marque du sang de ses fils. Je lui dis :

— Remonte sur la montagne, remonte près de ton Dieu et ne reviens pas les mains vides. Ton épouse est la faible d'entre les faibles. Elle n'a pas même pu défendre ses fils. Elle est plus faible que les esclaves que tu conduis. Elle a besoin des lois de ton Dieu pour respirer et enfanter en paix. J'ai besoin des lois de ton Dieu pour que Miryam ne me conspue pas. L'étranger a besoin des lois pour n'être pas réduit au seul rôle d'étranger. Retourne, Moïse. Retourne pour tes fils. Retourne pour moi. Retourne, oh mon époux ! pour que le faible ne soit pas nu devant le fort.

— Si je retourne, quelle folie vont-ils encore accomplir ?

— Aucune. Il y a assez de sang dans le camp pour les faire vomir pendant des générations.

***

Moïse a repris son bâton, de nouveau a disparu dans les nuées. J'ai dit à Josué :

— Je m'en vais. Je ne peux plus demeurer ici.

— Où vas-tu ?

— À Madiân, près de mon père. Je n'ai pas d'autre place. De là-bas, je demanderai de la nourriture pour vous, du grain, des bêtes. Au moins ton peuple aura à manger et ne se repaîtra plus que de violences.

— Je t'accompagne. Je rapporterai ce qu'on nous donnera. Ewi-Tsour et ses forgerons viendront avec nous. Hobab demeurera ici pour aider Moïse quand il redescendra.

*
**

Je me trompais. Il n'y avait plus de place pour moi à Madiân et dans la cour de Jethro.

Quand nous sommes arrivés au puits d'Irmna, une troupe nous attendait. Ewi-Tsour s'est écrié :

— Ah ! voilà Elchem, il vient à notre rencontre.

Il souriait, et j'ai reconnu le visage brûlé et déformé d'Elchem qui m'a rappelé celui de Miryam. J'ai songé que ma cicatrice, à moi, ne se voyait pas.

Mais Elchem ne sourit pas en retour à Ewi-Tsour. D'entre le groupe des forgerons qu'il conduisait s'est élevée une voix que j'ai reconnue.

— Où allez-vous ? Qui vous autorise à vous approcher de ce puits ?

— Orma !

Ma sœur Orma s'est avancée. Rien de sa beauté n'avait pâti du temps, bien au contraire. Rien non plus du noir de ses yeux et du mépris de sa bouche. J'ai annoncé :

— Je reviens chez notre père, et aussi chercher de la nourriture pour le peuple de Moïse. Ils crèvent de faim dans le désert.

— Jethro est mort et c'est moi, femme de Réba et reine de Sheba, qui dirige désormais sa cour. Il n'est pas question que la multitude de ton Moïse s'abatte comme des sauterelles sur nos biens.

— Orma, ma sœur !

— Je ne suis pas ta sœur et mon père Jethro n'était pas ton père !

— Orma, ils ont faim ! Mes fils sont morts de leur rage de faim !

— Qui a voulu à toute force être l'épouse de Moïse ?

Elle n'eut qu'un sourire à faire pour qu'Elchem et les siens dégainent leurs lames et se jettent sur nous.

Quand Elchem a plongé son beau fer dans mon ventre, j'ai encore vu sa cicatrice palpiter comme celle de Miryam devant le veau d'or.

Mais que m'importait ? J'étais déjà morte. Ma vie était demeurée dans le corps de mes fils.

Épilogue

Josué est revenu aux tentes d'Israël.

Moïse est redescendu de la montagne. Son visage rayonnait tant que nul n'osait s'approcher. Sauf Josué, qui lui fit le récit de la mort de Tsippora.

Moïse n'eut aucun mouvement de colère, aucune parole de haine contre Orma et ceux de Madian. Cependant, le peuple qui le suivait depuis l'Égypte, pour la première fois vit des larmes dans ses yeux.

Il murmura le nom de Tsippora. Il appela son nom comme on appelle ce qui est perdu dans l'obscurité : Tsippora, Tsippora, Tsippora !

Tout doucement, afin que les syllabes ne se perdent pas dans le vent.

Puis il prononça le nom de ses fils, Gershom et Eliezer. Qu'on ne les oublie pas, eux que la foule et la folie avaient piétinés !

Moïse montra à Josué les pierres de la Loi.

— Regarde, dit-il, je ne suis pas revenu de la montagne les mains vides. Tsippora est là, désormais.

Du bout de ses doigts, il effleurait des mots.

— Yhwh a entendu mon épouse de Madian, Josué. Il l'a entendue !

Josué vit que c'était la vérité. Dans la pierre était

gravé : « *Si tu reçois un étranger, ne l'opprime pas. Que l'étranger soit chez toi comme l'un des tiens. Aime-le comme toi-même, vous aussi, vous avez été étrangers en pays d'Égypte. Je suis Yhwh votre Dieu, pas d'injustice en mon nom !* »

Le lendemain, Yhwh couvrit le campement de son souffle. Il montra sa colère et punit Myriam de sept jours de lèpre pour avoir si durement méprisé Tsippora, l'épouse noire de Moïse.

Mais le temps le prouve : les hommes ont la tête dure. Ils n'apprennent pas vite. Le fils de Aaron est venu devant Moïse. En gesticulant, il a déclaré :

— Il faut marcher contre Madian. Nous devons venger le meurtre de ton épouse.

Moïse a répondu :

— Cette vengeance ne sera pas la mienne. Tsippora ne connaissait pas la vengeance, elle non plus. Mon épouse ne voudrait pas du sang de Madian sur son souvenir. Elle ne voudrait aucun sang, aucune guerre. Elle n'aimait que la confiance, le respect et la paix. Elle disait que tous les hommes étaient égaux devant la face de l'Éternel, elle répétait que nul ne pouvait porter la main sur un seul.

Il dit encore :

— Tsippora espérait de moi des caresses qui embellissent le noir de sa peau. Et moi, depuis quand ne lui en avais-je pas donné ? Si tu veux de la vengeance, tue-moi, car moi aussi je l'ai tuée.

Les hommes ont la tête dure. Ils n'apprennent pas vite. Le fils de Aaron n'a rien écouté des paroles de Moïse. Il a convaincu ceux qui voulaient l'entendre. Ils sont allés faire la guerre à Madian.

Moïse eut à pleurer de nouveaux morts. Les morts que Tsippora voulait éviter.

Devant le peuple, il dit :

— Nous ne sommes pas lait et miel. Je vous ai libérés de l'esclavage grâce à la main forte de l'Éternel, mais dans vos cœurs vous êtes restés esclaves. Dans vos cœurs, vous êtes dans le désert. Dans le désert vous mourrez.

Le peuple s'étonna :

— Que veux-tu dire ? Que nous reproches-tu ?

Alors Moïse expliqua :

— La parole du Très-Haut s'adresse aux hommes libres. La liberté est comme l'eau au fond d'un puits. Il faut apprendre à la remonter au grand jour et apprendre à la boire. Vous en êtes incapables. Vos enfants, vos petits-enfants, eux qui n'ont jamais connu l'esclavage entreront au pays de Canaan. Ils découvriront la Terre Promise. Eux et non vous !

Ainsi fut fait. Le peuple que Moïse avait fait sortir d'Égypte tourna dans le désert durant quarante années jusqu'à la mort de tous les anciens esclaves de Pharaon, jusqu'à ce que leurs corps deviennent poussière dans la poussière du désert.

C'est un peuple nouveau qui arriva sur les rives du Jourdain. Moïse, rompu par le grand âge, pleurait toujours Tsippora, son épouse noire. Sa voix lui manquait, son regard lui manquait, ses conseils lui manquaient. Pas un jour sans que tout de Tsippora lui manque !

Arrivé à la frontière de Canaan, il grimpa sur le Mont Nebo pour contempler cette terre dont l'Éternel lui avait parlé.

À la vue du pays de miel et de lait, son cœur fut rempli de doutes. N'était-il pas, comme les autres, indigne de poser son pied sur la terre promise ? N'avait-il pas hésité avant d'accepter la volonté du Très-Haut ? Sans Tsippora, aurait-il eu le courage d'affronter Pharaon et même d'écouter Yhwh ? Sans Tsippora, que saurait-il de la beauté d'une chair noire et étrangère ? Que saurait-il de ce souffle qui est le même entre tous les cœurs ?

Mais Tsippora n'était plus là pour lui apprendre ce qu'il ignorait encore.

Alors Moïse donna à Josué les pierres de la Loi et dit :

— C'est toi et non moi qui entreras dans Canaan. C'est toi qui conduiras le peuple. Moi, je reste ici. Le Mont Nebo sera mon tombeau.

Et il succomba avec, dit-on, un baiser de l'Éternel.

Selon sa volonté, il n'eut pas de bâtisse de pierre ni de caverne sacrée pour ses os. L'idolâtrie, Yhwh n'en voulait pas. Moïse n'était pas un dieu, seulement un homme de chair et d'os qui s'éteignait en contemplant son rêve. Un homme qui demeurera à jamais dans l'immense mausolée des mots et de la mémoire.

Mais de Tsippora, la Noire, la Kouchite, qui s'en souviendra ? Qui se souviendra de ce qu'elle a accompli et qui prononcera encore son nom ?

Que ce livre soit pour elle un modeste tombeau.

TABLE DES MATIÈRES

Impression réalisée sur Presse Offset par

BRODARD & TAUPIN

GROUPE CPI

28461 – La Flèche (Sarthe), le 18-02-2005
Dépôt légal : mars 2005

POCKET – 12, avenue d'Italie - 75627 Paris cedex 13
Tél. : 01.44.16.05.00

Imprimé en France